rororo

Norbert Zähringer, 1967 in Stuttgart geboren, wuchs in Wiesbaden auf. 2001 erschien sein Romandebüt «So» (rororo 24290), das gefeiert wurde als «eines der komischsten, schrägsten und absurdesten Debüts der letzten Jahre» (*Süddeutsche Zeitung*), als «unterhaltsame, souveräne, mit einem Wort: prächtige Literatur» (*Die Welt*).
Norbert Zähringer lebt mit seiner Familie in Berlin.

Norbert Zähringer **Als ich schlief**

Roman **Rowohlt Taschenbuch Verlag**

Der Autor dankt der Villa Aurora, Los Angeles und Berlin,
für die Unterstützung der Arbeit an diesem Buch.

Veröffentlicht im Rowohlt Taschenbuch Verlag,
Reinbek bei Hamburg, September 2007

Umschlaggestaltung any.way, Barbara Hanke / Cordula Schmidt
(Titelillustration: Doris Grahl)
Satz hanseatenSatz-bremen, Bremen
Druck und Bindung Clausen & Bosse, Leck
Printed in Germany
ISBN 978 3 499 24287 8

# I

# Die Luftbrücke

# I

**Eines Abends im Frühjahr 1945,** als der Himmel klar wurde und der Schnee geschmolzen war, hörte der Obergefreite Joseph Hutzinger ein Geräusch im Wald. Er wartete allein neben seiner Feldküche, reckte seine Nase in den Wind und schnupperte. Kurz hatte er das Gefühl, als ob sich da etwas Altes, Großes, Kaltes auf ihn zu und an ihm vorbei durch das Geäst wälzte. Seufzend ließ er seinen Kochlöffel in den Topf fallen, und noch ehe der amerikanische Soldat das Unterholz durchdrungen hatte, hob Hutzinger beide Hände. Die Mündung einer Maschinenpistole zeigte auf ihn. Sofort war er in wilder, gleichwohl unerwiderter Liebe entbrannt: Vor ihm stand, mindestens drei Köpfe größer, ein schwarzer, breitschultriger G. I., der zwar nicht lächelte, dessen Mimik aber jene amüsierte Nachsicht ausdrückte, die starke, große Männer gemeinhin kleinen, schwachen Köchen zuteil werden lassen.

Hutzinger hielt seine Hände vollkommen regungslos in die waldkühle Abendluft hinein, doch vollführten seine dünnen Beine ein nervöses Tänzchen. Er war so aufgeregt. Vor ihm stand die Zukunft: Amerika, das Land der unbegrenzten Möglichkeiten! Schon vor dem Krieg hatte er, der gebürtige Wiener, vom Auswandern geträumt – und von einem österreichischen Spezialitätenrestaurant, das er in seiner neuen Heimat eröffnen würde. Jetzt fühlte er sich seinem Traum ein bedeutendes Stück näher, wenn nicht, nun ja, wenn nicht im letzten Moment der Finger des Schwarzen seiner Lebensgeschichte ein zwar kaum überraschendes, aber vorzeitiges Ende bereitete. Hoch über ihnen, in einem Baumwipfel, betrachtete ein kleiner Vogel die Szene, wippte auf einem dürren Ast, unschlüssig, ob er davonfliegen sollte oder nicht.

«I love Joe Louis!», sagte Hutzinger, um den Retter milde zu stimmen, während seine Füße mit ihrem Stepptanz fortfuhren.

Sein großer schwarzer Freund brachte ihn in ein Sammellager, wo man ihn am nächsten Tag in die Hütte des Lagerkommandanten führte. Der stellte ihm eine Menge Fragen, deren Sinn Hutzinger nicht begriff. Er saß auf einem Hocker dem Kommandanten gegenüber. In der Wehrmacht hatte er gelernt, dass man auf Fragen von Vorgesetzten, auch und gerade wenn man sie nicht begriff, grundsätzlich mit «Jawohl» zu antworten hatte.

«Wir wissen sehr genau, wer Sie sind!»

Hutzinger senkte den Kopf. «Jawohl.»

Die Faust des Kommandanten krachte auf den Tisch. «And we know when somebody is joking!», brüllte er.

Hutzinger sah sich Hilfe suchend nach seinem schwarzen Freund um, der hinter ihm stand, aber keine Miene verzog. Dann geschah etwas Merkwürdiges: Der Kommandant baute sich vor Hutzinger auf, beschrieb mit dem Zeigefinger einen Bogen in der Luft und summte dazu, als wollte er den Flug einer Fliege oder einer Biene nachahmen.

Was hatte das zu bedeuten? Das wäre ja nun wirklich dämlich, auf den Flug einer Fliege mit «Jawohl» zu antworten, dachte Hutzinger. «We too», antwortete er also vorsichtig, drehte sich wieder kurz um und lächelte schüchtern.

*«V2!»* Der Kommandant nickte. «Nun sind wir auf dem richtigen Weg.»

So wurde Joseph Hutzinger mit einem deutschen Raketenspezialisten verwechselt. Er war ein von Grund auf ehrlicher Mann, tat aber angesichts der ausgezeichneten Verpflegung und Unterbringung gefangener Raketenspezialisten nichts, um den Irrtum zu korrigieren. Im Gegenteil. Wo es passte, ließ er vieldeutige Bemerkungen fallen, um seinen Aufenthalt im Prominentencamp zu verlängern. Zeigte man ihm Konstruktionspläne, ließ er einige Sekunden lang seine große Nase darüber kreisen, bevor er erklärte:

«Das Geheimnis eines jeden» – er wollte eigentlich «Menüs» sagen, besann sich aber – «guten Plans ist seine Einfachheit.»

Eines Tages legte man ihm eine Reihe von Papieren vor und ließ ihm die Wahl, entweder sein Wissen in den Dienst der Armee der Vereinigten Staaten zu stellen und amerikanischer Staatsbürger zu werden oder in französische Kriegsgefangenschaft zu wechseln. Wieder konnte Hutzinger seine Füße vor Freude kaum still halten. Er würde Amerikaner werden! In einer schicken Uniform in den New Yorker Swing-Bars abhotten!

1946 fand sich Hutzinger auf dem Testgelände von White Sands in New Mexico wieder. Um White Sands herum gab es vor allem weißen Sand, darüber blauen Himmel und sehr, sehr viel Sonne. Die nächste Bar war zwanzig Meilen entfernt. Hatte er seine Gastgeber noch täuschen können, so erkannten seine früheren Landsleute im Raketenlabor recht schnell, dass er keiner der Ihren war, und nach einer weitschweifigen, aber erstaunlicherweise nahezu folgenlosen Generalbeichte vor dem Stützpunktkommandanten, Major Simmons, verdingte sich Hutzinger als Koch in der Kantine.

Über drei Jahre vergingen, und ihm wurde das ewige Einerlei in der geheimen Forschungsstätte zunehmend lästig. Das Getöse der Raketenmotoren weckte ihn jeden Morgen in seiner stickigen Baracke, in der ihn ein beinahe ebenso lauter Vorkriegsventilator gegen zwei Uhr morgens in den Schlaf gewiegt hatte. Hutzinger stemmte sich ächzend aus dem Bett und machte sich auf in die Küche. Wenn es wenigstens eine normale Offizierskantine gewesen wäre, er hätte es vielleicht länger in White Sands ausgehalten. Aber diese Wissenschaftler hatten keine Kultur. Weder wussten sie morgens seinen Kaffee zu schätzen (früh gab er es auf, Schlagsahne dazu zu servieren) noch mittags seine Leberknödelsuppe, noch abends sein Wiener Schnitzel. Sie aßen wie gehetzte Angestellte; die linke Hand unter dem Tisch, den anderen Arm mit dem Ellenbogen aufgestützt, schaufelten sie das Essen in sich hinein, das sie vorher mit dem Messer in kleine Happen zerstückelt hatten. Mit nunmehr vollem Mund und bekleckerten Kitteln sprachen sie über die immer gleichen Dinge: Raketen, Raketen, Raketen.

Damals wurde in White Sands neben anderem an einer ersten Version eines Marschflugkörpers gebastelt – er trug den Codenamen «Silent Loon». Es war eine weiterentwickelte Form der deutschen «Vergeltungswaffe 1», ein ferngelenktes Fluggerät, das, von einem Transporter ausgeklinkt, fast geräuschlos unter die Radargrenze des Gegners abtauchen sollte, um dann ohne jede Vorwarnung das Ziel zu treffen.

Unter den Wissenschaftlern gab es vor allem Diskussionen über die Frage bemannt oder unbemannt. Die noch unterentwickelte Fernsteuerungstechnologie war der große Haken an der ganzen Sache, insbesondere da ein irregeleiteter «Stiller Taucher» unweit von Rosswell vom Himmel gestürzt war und Major Simmons (immerhin einer der wenigen, die Hutzingers Wiener Schnitzel zu schätzen wussten) eine als Country-Band getarnte Spezialeinheit hatte schicken müssen, um möglichst unauffällig die Trümmer des Tauchers zurück nach White Sands zu holen.

Also wurde überlegt, ob man den Taucher nicht doch bemannen sollte. Ein Teil der Steuerungseinheit könnte ausgebaut werden, um einem Piloten auf einem Schleudersitz samt Fallschirm Platz zu machen, den er dann in letzter Sekunde würde auslösen müssen. Das Risiko war freilich groß. Gerüchte kursierten, die Sowjets würden längst an einer solchen Version der Waffe arbeiten – allerdings ohne Fallschirm und Schleudersitz. Ja es gebe geheime Lager, in denen besonders kleinwüchsige KGB-Agenten ausgebildet würden. Die

Legende von den «Suicide Dwarfs», den kommunistischen Selbstmord-Zwergen, wurde in diesen Tagen geboren.

Ein weiteres Jahr verging, und immer mehr ärgerten Hutzinger die miesen Manieren und die absurden Diskussionen seiner «Gäste». Die Entscheidung, den Dienst zu quittieren und auf eigene Faust sein Glück zu machen, fällte er nach drei einschneidenden Vorfällen.

Der erste war der zunächst als Bitte ausgesprochene Befehl, der kleine Hutzinger möge sich doch probeweise in einen Prototypen der bemannten Version des «Stillen Tauchers» setzen. Er lehnte ab, wurde aber gleich darauf vom Major belehrt, er unterstehe wie alle im Camp seinem Kommando, und daher könne ihm auch befohlen werden, in den Apparat zu steigen. Widerwillig zwängte sich Hutzinger in die deutsch-amerikanische Kamikaze-Maschine, in der er dann, mit seiner weißen Kochmütze auf dem Kopf, eine halbe Stunde in der Sonne New Mexicos schmorte. «Der Geier ist gelandet», witzelten die Raketenspezialisten angesichts Hutzingers unter der Mütze hervorschauender roter und immer röter werdender Nase.

Der zweite Vorfall war die Ankunft meines Großvaters. «Noch heute», schrieb Hutzinger später, «überkommt mich ein Schaudern, wenn ich im Fernsehen einen Affen sehe.» Mein Großvater war kein Raketenspezialist. Er war Arzt mit dem Spezialgebiet Flugmedizin und sollte die Überlebenschancen eines den «Stillen Taucher» steuernden Piloten untersuchen. In einem separaten Schuppen experimentierte er mit seinen Rhesusäffchen. In der Nacht hörte man ihr Quieken, ihr Kreischen, ihre verzweifelten Schreie.

Der dritte Vorfall war der bekannte Tropfen, der das Fass zum Überlaufen bringt. Soldaten und Wissenschaftler hatten Hutzingers Kühlschrank geplündert und wurden abends von ihm dabei ertappt, wie sie die extradünnen Kalbsschnitzel auf kleinen Schaschlik-Spießen über einem offenen Feuer grillten. *Barbecue* – schon das Wort klang in seinen Ohren primitiv, nach tiefstem Mittelalter, schlimmer noch, nach Vorzeit, okkulten Riten und Neandertal. O Großer Barbecue, gib uns unser täglich Beef und lass es Spare Ribs regnen! Hutzinger warf seine Kochmütze in den Wüstensand und reichte am nächsten Morgen seine Demission ein.

Die Fahrt gen Westen, vorbei an Hamburger-Restaurants, Drive-ins, Burrito-Kaschemmen und Hot-Dog-Ständen, ließ ihn seine Hoffnung verlieren, er könne irgendwo in den USA mit einem österreichischen Spezialitätenrestaurant wirklich reich werden. «Ich erkannte», las Ismael Khan viele Jahre später in Hutzingers berühmtem Buch, «dass ich nur auf eine Weise in diesem großen Land das große Geld machen konnte: mit einer einzigen, einfachen Idee. Einer Idee, die es in ihrer Einfachheit und Nützlichkeit mit der Erfindung der Glühbirne würde aufnehmen können.»

Sechs Tage wartete Hutzinger am Strand von Santa Monica auf diese einfache Idee. Deputy-Sheriffs fragten ihn, was er da mache, und er antwortete: «Ich warte» – eine Antwort, die im besten Fall Kopfschütteln auslöste. Am Morgen des siebten Tages wachte er auf, nachdem er einen hässlichen Traum gehabt hatte – zwergenhafte

Wissenschaftler tanzten ausgelassen mit Kalbsschnitzeln am Spieß um ein offenes Feuer, über dem er, eingezwängt in einen goldenen «Stillen Taucher», gegrillt wurde. Tief sog er die Seeluft ein, bemüht, die Erinnerung an den Traum zu vertreiben, und ließ seinen Blick über den Stillen Ozean schweifen. «Und dabei kam mir die Idee, die mein Leben verändern sollte.»

Eine Woche später erwarb er von seinen letzten zwanzig Dollar eine aufgegebene Hot-Dog-Bude am Strand. Am nächsten Tag schon verkaufte er dort seine Idee: «Schnitzel on a stick» war ein kleines Schnitzel am Stiel, einem Eis am Stiel nicht unähnlich. Hutzinger wendete es in seiner später patentierten Panade, um es dann sogleich in heißem Öl zu frittieren, bevor er es seinen Kunden in einer Pappschale servierte. Dazu gab es Pommes frites und «Heuriger Lemonade», eine Art alkoholfreier Weißweinschorle. Beides fand reißenden Absatz. Schon ein Jahr darauf konnte er vier Buden in der Bucht von Santa Monica und fünf weitere in der Gegend um Long Beach aufmachen.

«Unnötig, zu sagen, dass sich mein ‹Schnitzel on a stick› auch prächtig an der Ostküste und in Florida verkauft. Heute bin ich Schnitzel-King und Millionär – und das können Sie auch sein, mit einer einfachen, nützlichen Idee!»

Das Schnitzel am Stiel machte ihn reich, berühmt wurde er durch einen anderen Einfall: Eines Tages verspürte er das Bedürfnis, die Menschen an seinem Glück teilhaben zu lassen. Er beschloss, seine Erfahrungen, die Geschichte seines Erfolges, aufzuschreiben. Und da seine einzige Lektüre bis dahin Kochbücher gewesen waren, schrieb er keine Autobiographie, sondern einen kleinen Ratgeber. Dieses Büchlein schaffte es aus dem Stand auf die Bestsellerliste und – blieb dort. Es war das erste Buch, das Ismael Khan auf Englisch lesen sollte, und es ist eines der wenigen Bücher, die Paul Mahlow überhaupt je gelesen hat, wenn auch nur in Ermangelung anderer Lektüre auf einem Nachtflug von Hongkong nach Los Angeles.

Mahlow ärgerte sich. Er ärgerte sich, dass er trotz Businessclass keine aktuelle Tageszeitung gereicht bekam, angeblich weil die Fluggesellschaft nicht beliefert worden war. Er ärgerte sich, als er Hutzingers Bestseller zwischen den Sicherheitshinweisen im Gepäcknetz vor sich entdeckte, weil er dies als ein sicheres Zeichen wertete, dass man es mit dem Aufräumen und der Reinigung hier nicht so ernst nahm. Und das auf einem Interkontinentalflug, dachte er.

Nachdem Hutzinger das Manuskript beendet hatte, hatte er es noch einmal durchgelesen, auf die Uhr geschaut und ihm den Titel gegeben: *Reich und glücklich in sechs Tagen*. Mahlow sah diesen Titel, noch bevor er das Buch aus dem Netz zog, und sofort stellte sich Verachtung sowohl für den Autor als auch für den unbekannten Vorbesitzer bei ihm ein: So einfach stellen die sich das also vor. Amerikaner. Der grellorangefarbene Umschlag stieß ihn zusätzlich ab, trotzdem zog er nach gut einer Stunde Flug und mehreren vergeblichen Versuchen einzuschlafen (Mahlows Nachbar sprach im Schlaf, schnarchte, hustete, sprach wieder im Schlaf) das Buch heraus und fing an, darin zu blättern.

Es war nicht nur wie ein Kochbuch aufgebaut, sondern hatte auch dessen literarische Qualitäten. Dennoch hatten es zahlreiche Kritiker als eines der «ehrlichsten und wahrhaftigsten Bekenntnisse», die sie je aus der Feder eines Geschäftsmannes lesen konnten, gelobt. Das Buch begann mit einer einfachen Frage:

Sind Sie glücklich?

Dumme Frage, dachte Mahlow, aber da hatte sich diese dumme Frage schon in seinen Gedanken eingenistet. Er versuchte der Antwort auszuweichen, Zeit zu gewinnen, und er tat das, indem er zunächst einmal überlegte, wann er das letzte Mal glücklich gewesen sei, und dann, ob er sich überhaupt jemals glücklich gefühlt habe, in der Hoffnung, dass er, sollte er einmal glücklich gewesen sein, es jederzeit wieder werden könnte.

Mahlow erinnerte sich an den Tag, als er den Jungen fand. Eigentlich wollte er an die Tage denken, bevor er den Jungen fand, da nur sie ihm wirklich unbeschwert erschienen, dann wieder wollte er an die Tage danach mit meiner Schwester denken, da nur sie ihm das Gefühl gegeben hatten, wirklich zu leben. Doch es nützte alles nichts. Das Bild des Jungen, wie er da reglos auf einem Haufen alter Zeitschriften lag, drängte sich immer wieder vor.

Sie flogen über den Stillen Ozean.

«Nein», sagte Mahlows Nachbar im Schlaf, «nein.»

## 2

**Paul Mahlow fand den Jungen** an einem klaren, kalten Samstag im März 1985 auf einem Haufen alter Zeitschriften, deren Titelseiten die damals blutjunge Popsängerin Deborah Wulf zierte: Kaum bekleidet und den Mund halb geöffnet, hatte sie vor ihren Hüften eine E-Gitarre baumeln, was schon merkwürdig war, denn Debbie, wie ihre Fans sie nannten, konnte weder Gitarre spielen noch – da waren wir uns einig – anständig singen.

Merkwürdig war auch, dass Mahlow an dem Tag, als er den Jungen fand, von Debbie Wulf geweckt wurde. Hätte er sich später daran erinnern können, dann hätte er meiner Theorie, der Theorie der Zufallsschübe, die die Welt von Zeit zu Zeit heimsuchen (gleich Schnee im Sommer oder einer Serie von Lottokönigen), vielleicht mehr Glauben geschenkt. Der größte Zufall war allerdings, dass der Junge überhaupt noch lebte. Einige Zeit nachdem Mahlow ihn gefunden hatte, sollte eine Reihe von Artikeln in medizinischen Fachzeitschriften erscheinen, deren Autoren behaupteten, es gebe den Jungen gar nicht, er sei eine Erfindung meines Großvaters, weil niemand das, was der Junge hinter sich habe, überleben könne.

Mahlow ahnte nichts von alldem; er ächzte in der

Finsternis, halb gefangen in einem Traum, in dem er, ganz klassisch, von einem schwarzen Krieger mit einem Wurfspeer verfolgt wurde, sich aber zusammen mit einer Horde Paviane auf einen Baum retten konnte, als der Radiowecker ansprang und Debbie *Make me sweat, oh yeah, make me sweat like no one before!* maunzte. Paul Mahlow war an jenem Morgen 26 Jahre alt, er hatte einige Zeit vertrödelt in Kneipen, mit Frauen und dem Studium der Ökonomie, war einmal Judo-Studentenmeister im Halbschwergewicht gewesen; in diesem Moment jedoch hätte er beim besten Willen nicht sagen können, welche Frau da gerade im Radio sang, geschweige denn, wie sie aussah. Für ihn war es einfach nur eine Stimme, die ihn morgens um vier Uhr fünfundfünfzig aus dem Bett trieb, eigentlich mehr Geräusch als Musik. Benommen knipste er das Licht an und lag einige Sekunden mit offenen Augen da, starrte an die knapp einen Meter von ihm entfernte Decke seines Zwölf-Quadratmeter-Zimmers und befand sich in jener Phase des Aufwachens, in der sein Gehirn allerlei seltsame Kapriolen vollführte, die er nicht kontrollieren konnte, bis er die erste Tasse Kaffee getrunken hätte. Diesmal verfiel sein Gehirn darauf, Debbies Gesang zu übersetzen, zunächst nur den Refrain. Mahlow wälzte seinen schweren Körper herum, stemmte sich hoch. *Lass es uns tu-un! Lass es uns über-a-all tu-un!*, sang Debbie, als er die Leiter hinunterstieg, um den Radiowecker auszuschalten, sich seine Hosen überzustreifen und dann möglichst geräuschlos über den Flur Richtung Badezimmer zu gehen, aber da klopfte schon jemand an die Wand, auweia, vielleicht sogar Miss Ellie …

*Lass es uns tu-un auf dem Badezimmerboden*
*Kümmer dich nich um 'ne offne Tür*
*Heute bin nur ich bei dir*
*O ja, mach mich schwitzen, oh-ho*
*Mach mich schwi-ietzen wie keiner zuvo-or!*

Mahlow zog hastig den Stecker, lauschte danach noch einen Moment, aber das Klopfen hatte aufgehört. Leise schlüpfte er durch seine Zimmertür hinaus zum Bad.

Er putzte sich die Zähne und wusch sein Gesicht mit kaltem Wasser. Faul und schläfrig tastete er nach dem Emailletorso des Badeofens. Gonzo hatte am Abend zuvor eine Reihe konfiszierter Sexheftchen verbrennen müssen, nichts wirklich Pornographisches, nur ein paar barbusige Vorortschönheiten. Doch Miss Ellie duldete keine Ausnahmen. «Wehret den Anfängen!», pflegte sie zu sagen, und deswegen waren auch der *Trucker-Kalender 1985* und ein ganzer Stapel Versandhauskataloge (wegen frauenverachtender Unterwäschewerbung) ein Opfer der Flammen geworden. Die Illustrierte, die Debbie Wulf als Covergirl zeigte und um die es so viel Wirbel gegeben hatte, war nicht dabei. Gonzo musste ganz schön gefeuert haben, denn der Wasserboiler fühlte sich noch lauwarm an. Trotzdem ließ Mahlow das morgendliche Duschen ausfallen. Abends nach dem Dienst würde er baden, oder er könnte zwischendurch bei Verena vorbeischauen, die er zwei Wochen zuvor in der Vorlesung «Grundlagen und Praxis des Wechselgesetzes» angesprochen hatte, und ihre Brause benutzen. Der letzte Gedanke entlockte ihm ein Grinsen, das ungefähr dem Niveau von Debbies Refrain entsprach und ihm einen Monat Staubsaugen bei Miss Ellie eingetragen hätte.

Miss Ellie war unsere Vermieterin, vielmehr die Hauptmieterin einer Vier-Zimmer-Zweck-WG, wie es sie damals in beinahe jedem Haus und vor allem in jener Gegend, in der wir wohnten, gab, eine Kommune, gegründet aus dem Mangel an bezahlbarem Wohnraum. Irgendwann einmal war Elvira Posspichler als Zwanzigjährige aus dem bayrischen Eichhofen mit ihrem damaligen Freund nach Berlin gezogen, und dort hatte sie zum Leidwesen dieses armen Tropfs den praktischen Feminismus kennen gelernt; ihre erste Tat war es, den «Sexualdiktator» aus dem Mietvertrag zu drängen und vor die Tür zu setzen. Danach hatte sie eine Frauen-Wohngemeinschaft gegründet, die aber aus Gründen, über die sie nie sprach, nicht lange hielt, und so war aus ihrem ambitionierten Vorhaben eine Zweckgemeinschaft geworden, wobei es nicht einfach war, den Fuß über Miss Ellies Schwelle zu setzen und eine Untermietvereinbarung zu bekommen. Gonzo hätte ein Lied davon singen können, wenn er nur hätte singen dürfen.

Gonzo befand sich noch in der Probezeit, allerdings war die Probezeit, die bei Mahlow 48 Stunden unter vergleichsweise humanen Bedingungen gedauert hatte, bei ihm bereits auf mehrere Monate angewachsen. Während dieser Zeit zahlte er zwar Miete, durfte jedoch das ihm zugewiesene Zimmer nicht endgültig beziehen; gerade mal seinen Kram hatte er dort reinstellen dürfen. Mittlerweile beherbergte Miss Ellie dort ihre TagesgästInnen, Frauen, die Krach mit ihren Männern hatten oder nach dem allwöchentlich bei Ellie stattfindenden «Arbeitskreis alternativer ManagerInnen» einfach nur sturzbetrunken waren. Gonzo versuchte unterdessen, sich gut zu benehmen. Er war noch jung, ein Soziologiestudent mit spärlichem Bartwuchs, dünnem Haar und Batikhemden. Ursprünglich kam er aus dem Südwesten des Westens, und die Stadt hatte ihn eingeschüchtert. Er besorgte einen Großteil des Haushalts, er kochte, er schaffte den Müll hinunter. Gonzo lebte, wo er arbeitete – in der Küche. Dort hatte er sich auch, nach langem Betteln, sein Schlafquartier einrichten dürfen. Zwei Tage lang ernährten wir uns vom türkischen Imbiss gegenüber, während aus der Küche Hämmern und Sägen drang. Dann war es fertig: Gonzos Hochbett. Jeder in der Wohngemeinschaft hatte ein Hochbett, vielleicht weil Hochbetten damals die Illusion erzeugten, man könne den Wohnraum verdoppeln, zumindest die Kosten halbieren. Das von Mahlow stammte noch vom Vormieter und konnte hinsichtlich Design und Funktionalität nur schwer mit Gonzos Monument mithalten. Dessen Bett ging wie ein Zwischengeschoss über mehrere Ecken, schmiegte sich an die verwinkelten, unregelmäßigen Wände der großen Gründerzeitküche und integrierte an einem Ende elegant die schmierige Dunstabzugshaube über dem Herd. Von unten waren Haken ins Holz getrieben, an denen sein Kochwerkzeug hing, und er hatte Regale für Tassen und Teller sowie eine kleine Sitzecke am Fenster eingerichtet.

Als Mahlow an diesem Morgen in die Küche kam, lag Gonzo noch auf seinem Hochbett. Eingerollt in einen olivgrünen US-Army-Schlafsack, Gesicht zur Wand, war er von unten kaum zu sehen. Das Licht schien ihn nicht zu stören, doch das Klappern des Wasserkessels und das Zischen des Gasherdes entlockten ihm ein Stöhnen, das in ein Wimmern überging, während Mahlow nach der Kaffeedose kramte und dabei die Melodie von Debbies *Make me sweat* vor sich hin summte, typisches Opfer eines primitiven Ohrwurms, das er war. Gonzo wälzte sich auf den Rücken und murmelte:

«Erschießen! Alle erschießen und ab nach Sibirien ins Arbeitslager! Nein, erst ins Arbeitslager und dann erschießen! Damit ihr mal wisst, wie das ist!»

Mahlow runzelte die Stirn. Manchmal machte er sich Sorgen um Gonzo, der ihm einfach zu sensibel vorkam. Offenbar war er mal wieder bei einer Antifa-Demo gewesen und hatte sich den Volkszorn eingehandelt. Mahlow blickte auf den großen *Eine-Welt*-Wandkalender, der neben dem Gewürzregal hing. Darauf hatte Gonzo seine «Termine» eingetragen: Das Jahrestreffen der Waffen-SS-Kameradschaft, aber auch die Frühjahrstagung des Bankenverbandes kamen in Betracht. Aus irgendeinem Grund war Gonzo darauf verfallen, alle Schuld der Welt auf seinen schmächtigen Schultern tragen zu wollen, gegen jede Übeltat die Stimme zu erheben und trotzdem für jeden Verbrecher Verständnis zu zeigen. Tief im Inneren, da waren wir uns damals einig, fühlte er sich schuldig, nur wusste er wahrscheinlich selbst nicht, wofür. Immer stand er in der ersten Reihe, inmitten der Feuerwerker, der Putztruppe, der Berufsdemonstranten, für die er so etwas wie ein Maskottchen geworden war. «Keine Gewalt!», rief er beschwörend, die Profis zeigten ihm ihre schlechten Zähne und öffneten die Armeejacken, in deren Innentaschen die Stahlzwillen und Seenotraketen steckten, die Axtstiele und Brechstangen und Benzinfeuerzeuge. Also wandte er sich der Gegenseite zu, immer noch seine Beschwörungsformel auf den Lippen, starrte auf Helmvisiere, in denen sich die Wolken eines gleichgültigen Himmels spiegelten, auf die greisen Münder der jeweiligen Kameraden, die in ihm, dem einzig Unmaskierten, schnell die Schwäche, das Verkommene, einen Degenerierten ausmachten: «Erschießen! Alle erschießen und ab nach Sibirien ins Arbeitslager! Nein, erst ins Arbeitslager und dann erschießen! Damit ihr mal wisst, wie das ist!»

«He, Gonzo! Alles klar?», rief Mahlow hinauf, unterbrach die Dosensuche und versuchte im muffigen Zwielicht der Hochbettsphäre Gonzos Gesicht zu erkennen. Manchmal kam Gonzo mit Blessuren nach Hause, war einmal mehr ins Zentrum der Schlacht geraten, wo alle Rücksicht vergessen, jede Schonung verpönt war. Doch irgendwie kam er auch immer mit dem buchstäblich blauen Auge davon, mit dem er nun blinzelte und Mahlow aus seinem Army-Schlafsack heraus anglotzte.

«Der Kaffee ist im letzten Regal rechts unten, hinter dem Vanilletee.»

«Danke.» Mahlow schob den Tee zur Seite und hielt endlich die ersehnte Dose «Sandino-Dröhnung» in der

Hand, Solidaritätskaffee aus Nicaragua. «Was dagegen, wenn ich das Radio anmache?»

«Nö», seufzte Gonzo, «kann sowieso nicht mehr schlafen.»

«Gestern auf ’ner Demo gewesen?»

«Nein, gestern nicht. Aber heute geh ich zu einer. Und du?», fragte Gonzo.

«Was denkste, warum ich so früh auf den Beinen bin? Muss arbeiten.»

«Ach ja, klar. Alp auch?»

«Denke schon.»

Im Radio kamen die Frühnachrichten: Nach dem Tod des sowjetischen Parteisekretärs rätselte die ganze Welt über seinen Nachfolger. Der Vizepräsident der USA hatte seine Asien-Afrika-Rundreise beendet und würde zu einem Kurzbesuch in die Stadt kommen.

Mahlow nickte. «Verstehe. Und du willst natürlich wieder mitten ins Getümmel.»

«Das wird ’ne Riesenkundgebung, jeder geht dahin.»

«Ich nicht.»

«Du musst arbeiten.»

Warum musste Gonzo eigentlich nicht arbeiten? Wahrscheinlich reiche Eltern, dachte Mahlow wieder einmal, oder eine Erbschaft. Oder eine staatliche Quelle, die er angezapft hatte. «Hätte mir ja freinehmen können», sagte er. «Vielleicht mach ich das ja noch. Sag, ich bin krank.»

«Nee, nee, lass mal, ihr solltet da nicht hin. Müsst ihr gar nicht. Da werden schon genügend kommen. Ist ja auch erst mittags, die Demo.»

Mahlow zuckte die Achseln, dann setzte er sich mit seinem Kaffee in die Sitzecke, nahm einen Schluck und spähte aus dem Fenster. Noch war es draußen dunkel. Gedämpft hörte er ein Grollen, hinter der Hofmauer raste eine S-Bahn durch die schwindende Nacht. Jenseits der Geleise, die in der Dunkelheit wie ein ausgetrocknetes Flussbett anmuteten, begann die Grenze, man konnte sie eher ahnen als sehen, wie auch die Häuser mit den zugemauerten Fenstern eher gräuliche Schemen als Wirklichkeit waren, und über dieser Stadt vor der Dämmerung hing ein schmaler, sichelförmiger Mond.

«Pass auf dich auf», rief Mahlow, als er die Küche verließ.

«Du auch!», entgegnete Gonzo, aber Mahlow maß dem keine Bedeutung zu.

Unten auf der Straße, den Kunstfellkragen seiner blauen Uniformjacke hochgeschlagen, die Hände in einem Paar klammer Lederhandschuhe, kratzte Mahlow Reif von der Windschutzscheibe eines 280er Mercedes SE, eines 68er Modells, weiß mit roten Kunstlederpolstern, Schiebedach, Automatikgetriebe und einem Sechszylindermotor, der jetzt leise und gierig im Leerlauf vor sich hin gurgelte.

Es war nicht sein Auto. Es war mein Auto. Er hatte es sich tags zuvor von mir, seinem alten Freund, Kameraden und Mitbewohner Alp Tazafhadi, geliehen. Ich habe es bis heute nicht wiederbekommen, was allerdings nicht Paul Mahlows Schuld ist, auch wenn er sich, wie's aussieht, irgendwie die Schuld daran gibt. Vielmehr sind bereits angesprochene Zufallsschübe dafür verantwortlich, und wenn jemand mich, Alp, heute fragen würde: *Was tut Gott?* (viele Menschen fragen sich, ob es Gott gibt, dabei wäre es doch viel wichtiger zu wissen: Was macht er die ganze Zeit?), so würde ich, wenn ich könnte, antworten: Patiencen legen vielleicht. Gott legt sein Blatt, und die meiste Zeit kommt wenig dabei heraus, bis dann plötzlich, aus heiterem Himmel, die richtigen Karten nur so purzeln.

Jener Samstag war so ein Tag, an dem die Karten purzelten. Paul Mahlow kratzte Reif von der Windschutzscheibe des 280er Mercedes, den er mir, dem iranischstämmigen Bereitschaftsarztfahrer und Physikstudenten, tags zuvor abgeschwätzt hatte. Ich hatte den Wagen in den vergangenen Monaten kaum benutzt. Ursprünglich hatte ich vorgehabt, mit diesem Wagen die legendäre Tour meines Vaters zu wiederholen, der einmal in den sechziger Jahren mit dem Auto von Deutschland nach Persien in die Stadt Babol Sar am Kaspischen Meer gefahren war, auf dem Rücksitz ich, der eineinhalbjährige Sohn, der sich später natürlich nicht mehr daran erinnern konnte. Was bedauerlich ist, denn wer heute die Fotografien betrachtet, allesamt aufgenommen mit der ersten Voigtländer-Kleinbildkamera des Vaters, bekommt den Eindruck, dass es eine sehr schöne Reise gewesen sein muss und dass die kleine, junge Familie damals so glücklich war, wie sie es nie wieder sein sollte. Und ausgerechnet daran hatte ich keine Erinnerung … Wie dem auch sei – schon seit geraumer Zeit hatten sich die Verhältnisse im Land der Ahnen so gründlich geändert, dass es ratsam erschien, die Reise bis auf weiteres zu verschieben.

«Dort ist Kriiiech!», hatte Gonzo am Vortag von seinem Hochbett herabgekräht, als ob das nicht jeder wüsste.

«Gonzo hat Recht», sagte Mahlow, «die werden dich in eine Uniform stecken, und dann geht's ab ins nächste Feldlazarett. Du solltest deinen Onkel um einen Satz Knochensägen bitten.»

«Landminen!», wisperte Gonzo.

«Da werden 'ne Menge Amputationen fällig.»

Ich hatte davon gehört. Hatte davon gehört, dass sie jetzt sogar Kinder einsetzten, Zwölfjährige, denen sie ein Gewehr in die Hand drückten und die dann, barfuß und schmutzig und mit einem Kampfschrei auf den Lippen, dem Feind entgegenstürmten. Und ich hatte von der weißen Wolke gehört, manche sagten, es sei eine Art Nebel gewesen, der eines Morgens über den Sümpfen aufstieg, wie Zuckerwatte, hübsch anzusehen und ungewöhnlich für Landschaft und Jahreszeit, und von den Kindern, die mit ihren Gewehren und Gebeten in diesen Nebel liefen, worauf die Schreie erstarben und keines von ihnen je wieder gesehen wurde.

«Könntet ihr bitte damit aufhören, ja?», bat ich.

«Das ist nicht lustig!», rief Gonzo.

Doch Mahlow ließ nicht locker. «Die Fahrt nach da unten mag ja interessant werden. Aber du bist *hier* geboren. Genauso gut könnten wir gemeinsam nach Portugal fahren. Was suchst du dort?»

«Heimat», hauchte ich damals, und wie erwartet runzelte Paul Mahlow die Stirn. Ich sah ihn halb ängstlich, halb angriffslustig an. Lange war es her, dass ich meinem Freund ein Geheimnis anvertraut hatte, ein Geheimnis, das meine wahre Herkunft betraf, von den Vorvätern aber für alle Ewigkeit in die Gruft der Familiengeheimnisse gestoßen worden war. Kurz: Niemand durfte darüber sprechen, niemand durfte erwähnen, geschweige denn verraten, dass mein richtiger Großvater mütterlicherseits ein Deutscher gewesen war, und zwar einer, wie ihn die Deutschen selbst gerne vergessen würden. Die Einzigen, die vielleicht ein Interesse an meinem richtigen Großvater haben könnten, müssten ein paar Filmproduzenten aus Hollywood sein, hatte ich gesagt, und auch die würden an der Geschichte zu kauen haben. Die Geschichte des verleugneten Großvaters sei durchaus unglaublich, ja auf ihre Art auch großartig, doch vor allem sei sie schrecklich. Es sei eine schreckliche Geschichte ohne jede Freude, ohne Hoffnung, ohne Liebe gewesen (von einem Happy End ganz zu schweigen). Einzig die Begegnung zwischen dem Deutschen und der späteren Großmutter habe einen menschlichen Zug gehabt, aber auch der sei bald abhanden gekommen, und einige Alte hätten allen Ernstes, nachdem der Fremde wieder aus Babol Sar verschwunden gewesen sei, behauptet, das Böse selbst habe ihrem friedlichen Städtchen einen Besuch abgestattet. Die eigentliche Geschichte erzählte ich meinem Freund jedoch nie – zunächst, weil ich es nicht wagte, und später, weil ich nicht mehr konnte.

Gleichwohl fürchtete ich in jenem Moment, nachdem ich das Wort «Heimat» ausgesprochen hatte, mein Freund würde mich vor Gonzo auf den verfemten Ahnen ansprechen, doch Mahlow schien diese Episode entweder vergessen zu haben oder aber als Argument für das beabsichtigte Kapern eines 280er SE Automatic nicht in Betracht zu ziehen.

«Ach, Alp», seufzte er, «der Wagen geht vom Rumstehen bloß kaputt, das ist ’ne Tatsache.»

«Wer rastet, rostet», murmelte Gonzo, und es klang seltsam traurig.

«Ich würde ihn gerne eine Woche lang an deiner Stelle bewegen. Nicht ausleihen. Eher ausfahren. Und in dieser Zeit mach ich auf meine Kosten alles: Lass ihn komplett durchchecken, Ölwechsel inklusive, und du bekommst ihn mit vollem Tank und leerem Aschenbecher zurück.»

«Mhm.»

«Wenn irgendwas passiert, komm ich dafür auf. Ehrenwort.»

«Ehrenwort?»

Mahlow hatte die Lüftung im Wagen hochgedreht, der Motor schnurrte, und langsam vergrößerten sich die klaren Flecken auf der Innenseite der Windschutzscheibe. Er öffnete die Tür, warf den Eiskratzer auf den Beifahrersitz, ließ sich hinters Steuer plumpsen und zog den Schalthebel nach hinten. Gemächlich bog er in die Hauptstraße ein, fuhr an Imbissbuden und Automatenspielhallen vorbei, deren Lichter schäbig flackerten, an dunklen Telefonzellen, umgeworfenen Mülltonnen und an einem Mann, der an einem Bushaltestellenschild lehnte, betrunken oder schlafend, wahrscheinlich beides, an den ersten müden Geschöpfen des Tages, die mit ihren Zeitungskarren über das Pflaster der

Gehsteige ruckelten und schattengleich in schwarzen Hauseingängen verschwanden. Die Straße führte stadteinwärts, wenn man in diesem Falle von stadteinwärts sprechen wollte, und durch die klarer werdende Frontscheibe glaubte Mahlow Antares sehen zu können, einen roten Riesen im Sternbild Skorpion, gleich rechts neben dem blinkenden Fernsehturm, beide auf ihre Weise weit entfernt.

Mahlow verdankte sein Wohnrecht bei Miss Ellie mir. Ich war es, der zur rechten Zeit das rechte Verhandlungsgeschick bewiesen hatte. Beide standen wir vor Miss Ellies Küchentisch, die uns mit ihren zwei externen BeisitzerInnen misstrauisch beäugte: mich, den kleinen und, wie es Leuten, die mich nicht kannten, schien, ständig grinsenden Alp, und Mahlow, einen Kopf größer, breitschultrig, mürrisch und dabei sehr gut aussehend, wären, tja, wären da nicht die Ohren gewesen. Blumenkohlohren nennt der Volksmund so was. Klein, aber irgendwie formlos, wie zwei angeklebte, alte Kaugummis. Das war der Preis gewesen, den Mahlow auf der Judomatte gezahlt hatte, in niedrigen, schweißklammen Sporthallen, auf dem Weg zum Studentenmeister im Halbschwergewicht. Wenn andere beim Training ein blaues Ohr bekamen, setzten sie aus, das schonte die Ohren, aber Paul machte immer weiter, krallte seine große Hand in den Jackenstoff des Gegners, zwang ihm seinen Griff auf. Oft hatte ich ihn vom Mattenrand aus beobachtet, damals, als wir zögernd Freunde wurden, hatte beobachtet, wie er seine Trainingspartner unter sich begrub und wie das angeschwollene Ohr weiter gequetscht wurde, über die

Matte schleifte wie ein blockierter Reifen und weiter anschwoll, von Zartrot bis Lila leuchtend.

«Okay, ihr beiden Clowns», brummte Miss Ellie, «warum sollte ich gerade euch bei mir wohnen lassen?»

«Hier nix Ausländer?», fragte ich höflich.

«Äh, meint er, dass wir hier was gegen MigrantInnen haben?», fragte eine der BeisitzerInnen.

«Mhm», machte Mahlow, wobei völlig unklar blieb, was er meinte.

«Höhö», lachte ich und deutete mit dem Daumen auf meinen Kameraden, «der nix verstehen.»

Der Rest war reine Formsache.

Vielleicht dachte Mahlow daran, als er an jenem Morgen in meinem Mercedes saß und durch die leeren Straßen fuhr. Vielleicht dachte er an unsere gemeinsame Zeit in den Judohallen, an den Geruch der feuchten Baumwolljacken, an meine Zweifel an mir selbst, meine Angst, die er nicht verstand und trotzdem zu kurieren wusste, dachte vielleicht auch an jenen Augenblick, als er die Meisterschaft gewann. Selten habe ich ihn mehr geliebt als damals. Er schien mir glücklich, so wie ein Mann glücklich sein kann, wenn er einmal im Leben zur rechten Zeit am rechten Ort ist. Momente wie dieser sind rar. Vielleicht schauen wir uns deswegen Fußballspiele an, warten auf das goldene Tor, lieben Tennisspieler, wenn sie den entscheidenden Aufschlag schlagen, Eiskunstläuferinnen, denen der unmögliche Sprung gelingt. Weil sie das tun, was wir im Leben so selten, viele von uns nie tun.

Nach seinem Sieg, er war gerade zwei Semester eingeschrieben, schlich sich eine seltsame Leere in Mahlows

Leben ein. Es schien, als wäre von ihm plötzlich jeder Ehrgeiz abgefallen. Als er für die Meisterschaft trainiert hatte, war er jeden Tag pünktlich vor Mitternacht ins Bett gegangen. Jetzt lehnte er häufig abends im Türrahmen meines Zimmers und lotste mich mit den Worten «Komm schon, Einstein» weg von meinen Physikbüchern hinaus in die Kneipen des Viertels, aus denen wir erst in den frühen Morgenstunden zurückkehrten. Vielleicht glaubte er, er habe mit dem Gewinn des Titels vorläufig genug geleistet, jedenfalls nahm er diesen Job an, der wie alle früheren ein Nebenjob war, galt Mahlow doch offiziell noch als Student der Wirtschaftswissenschaften, trödelte auch zweimal die Woche gegen Mittag in die Universitätsmensa, wo er sich die Studentinnen anschaute, die immer jünger wurden. Gelegentlich folgte er der einen oder anderen in eine Vorlesung. Eine erfolgreiche Methode, jedenfalls erfolgreicher als die Jagd nach jungen Müttern in Spandauer Möbelhäusern; selten musste er ein Seminar öfter als zwei-, dreimal besuchen, bis man sich traf und dann wieder traf. Außerdem erwarb er sich auf diese Weise ein universelles Halbwissen, das sich in die nächste Verabredung reinvestieren ließ.

So sah Paul Mahlows Welt aus, als er gegen fünf Uhr fünfundvierzig die Straße des 17. Juni kreuzte und in der Dämmerung das Tor gewahrte, das hinter der bleichen Mauer wie der Eingang eines sagenhaften Reiches im Dornröschenschlaf wirkte oder auch nur wie etwas Angefangenes, das man nie vollendet und schließlich vergessen hatte. Als er kurz vor sechs den Wagen auf dem Parkplatz von «Blohfeld & Co.: Wach- und Schließdienste – Automatenservice – Hausverwaltung – Hausreinigung» abstellte, war diese Welt noch in Ordnung. Und als er wenig später durch die, unvorschriftsmäßig, bloß angelehnte Panzerglastür die Sicherheitszentrale betrat – einen verrauchten, stickigen Raum mit Überwachungsbildschirmen, blinkenden Leuchtdioden, verschiedenfarbigen Telefonen, Funkkonsolen und dem Smaragdleuchten eines PC-Monitors, einen Raum mit an die Wand geklebten Pin-up-Postern und kopierten Bürosprüchen, die lustig sein sollten («Die ganze Welt ist ein Irrenhaus, und hier ist die Zentrale»), einem gelegentlich rasselnden Fernschreiber und einem ständig laufenden Radio –, ahnte er nichts. Er wusste nicht mehr oder weniger von der Welt als jeder von uns. Auf der Insel, der Stadt, die er jetzt schon länger bewohnte, hatte er sich bequem eingerichtet, und obwohl ihn von Zeit zu Zeit etwas in die Welt hinaus zog, als wäre da draußen ein dunkler Himmelskörper, ein unbekannter Ort, der einem schwarzen, verborgenen Teil seiner Seele glich, dessen Existenz er zugleich spürte wie leugnete, und er zuweilen fürchtete, das falsche Leben zu leben, war er am Ende eines Tages doch zufrieden mit dem, was er besaß.

Jupp, der Schichtleiter, bot ihm einen Kaffee und eine Zigarette an. Mahlow nahm die Tasse Kaffee, im Radio liefen die Nachrichten, Überschwemmungen in Indien und Unruhen in Ostafrika, Mahlow fragte nach Milch. Die Welt, die wir nicht kannten, konnte warten, und wir glaubten, unendlich viel Zeit zu haben. Der amerikanische Vizepräsident stieg gerade irgendwo in Asien oder Afrika in seine Vizepräsidentenmaschine, winkte den geduldigen Eingeborenen noch ein letztes Mal zu, bevor er sich auf den Weg nach Westberlin machte. Wind pfiff über ein staubiges Rollfeld. Eine Kapelle spielte. Mahlow trank Kaffee. Ich schlief. Der Vizepräsident lächelte. Er ahnte nichts.

# 3

**Wir nannten ihn Ismael.** Vor ihm, gleich hinter dem drei Meter hohen Zaun, im Scheinwerferlicht, das die angelockten Insekten wie Goldstaub glitzern ließ, lag das Rollfeld. Ihr Führer John Obongo, in dessen großem Schatten sie hockten, spuckte in den Staub, bevor er in seiner Tasche nach dem Bolzenschneider suchte. Verrostet und nur von dünnem Draht gehalten, baumelte am Zaun ein Schild mit der Warnung, dass der Zutritt verboten sei und auf jeden Eindringling sofort geschossen werde.

Während Obongo das Loch im Zaun vergrößerte, suchte Ismael den Blick seines Bruders Massud. Dies hier war neu. Keine Kaserne, kein Treibstoff- oder Lebensmittellager, wo es hieß: Schnell rein, stehlen oder zerstören, was man in die Finger bekam, und jeden töten, der sich einem in den Weg stellte.

Sie waren unbewaffnet, Obongo hatte es so verlangt. «Wo du hingehst, brauchst du keine Waffe», hatte er Ismael gesagt. Merkwürdig, nach all den Jahren, in denen er neben Massud mit dem Gewehr an seiner Brust geschlafen hatte, mit einem offenen Auge wie ein wildes Tier, in den Nächten, wenn die Geister der Getöteten durch das Lager streunten, als wären sie Hyänen auf der Suche nach Aas, nach all diesen Jahren, in denen ihm die Stimme des Generals lauter und ewiger in den Ohren klang als das Tosen des Flusses während der Regenzeit, kam er sich plötzlich nackt vor, klein, schwach auf eine früh vergessene, kindliche Art. Und so hatte sie ihr Führer auch angeschaut, als sie vor einigen Tagen auf Mama Sussas Vermittlung hin bei ihm vorgesprochen hatten: wie Kinder, die versuchten, ihr wertloses Spielzeug zu behalten. Mit den Gewehren, die noch vor ihrer Brust baumelten, die Schulterriemen auf das letzte Loch gezurrt, und ihren lässig auf die Läufe gelegten Armen hatten sie ihm in seiner Wohnung, dem Pumpenhäuschen, jenen Anblick geboten, der unter den Erwachsenen Unbehagen, unter den Fremden zuweilen Entsetzen auslöste: die grindigen Füße in Gummisandalen, die kurzen Hosen zerschlissen und übersät mit den Brandlöchern von Zigaretten, die ihnen, waren sie betrunken oder sonst wie benommen, aus dem Mund fielen, die T-Shirts ebenso schmutzig wie die zu großen Mützen. Der einzige Farbtupfer an ihnen war das gelbe Isolierband, das die leicht geschwungenen Patronenmagazine, die von unten klotzig in den Gewehren steckten, zusammenhielt. Ein Lächeln umspielte Ismaels Lippen, fehlte aber in seinen Augen. Das hatte er so gelernt.

Obongo war nicht beeindruckt gewesen. Ein Rülpser entstieg seinem kolossalen Bauch, bevor er erklärte: «Entweder die Artillerie bleibt hier, oder wir vergessen die ganze Sache.»

«Warum?», fragte Ismael, immer noch lächelnd.

«Wenn sie uns erwischen, können wir so tun, als wären wir auf der Suche nach Essbarem. Aber sobald die eine Kanone sehen, knallen sie uns einfach ab. Darum.» Er betrachtete Ismael. «Ich kann auch nichts mit den Dingern anfangen. Pistolen kauf ich manchmal, aber Gewehre gibt's genug. Kannst du in die Klärgrube werfen, wenn du nicht weißt, wohin damit, ist mir egal.»

Hinter ihnen verlief der Abwasserkanal der Stadt, der sich in der Nähe des Flughafens verzweigte und in den Sümpfen verlor. Sussa, Obongos Tante, die in einer Wellblechhütte neben dem kaputten Wehr ihre berüchtigte Bar betrieb, behauptete, in diesen Sümpfen gebe es Kröten, größer als Hunde, die giftigen Dämpfe ließen sie wachsen wie Kürbisse. Die letzten Tage hatten Ismael und Massud bei Obongo gewohnt, der ihnen den Aufenthalt extra berechnen wollte, doch ihr gesamtes Vermögen waren jene zweihundert Dollar gewesen, die er sofort als Preis für seinen Führerdienst verlangt und auch bekommen hatte. Ismael war beunruhigt gewesen, da sie nun kein Geld mehr haben würden, dort, wo sie hinwollten.

«Keine Sorge», murmelte Obongo, «dort verhungert niemand.»

Er war so etwas wie der Hausmeister der Kläranlage, die vor vielen Jahren gebaut worden war, um die Abwässer der wachsenden Stadt zu reinigen, aber schon bald vergessen wurde. Niemand kam mehr, um ihren Betrieb zu kontrollieren, und selbst Obongo wusste nicht, wozu die immer noch blinkenden Schalter und Leuchtdioden auf der Kontrolltafel im Pumpenhaus dienten. Ursprünglich hatten ihn die Erbauer angeheuert, darauf zu achten, dass sich niemand Unbefugtes auf dem Gelände und entlang des Kanals aufhielt. Der Lohn dafür war das Recht, im Pumpenhaus zu wohnen, sowie ein kleiner Geldbetrag. Nachdem im Zuge der Wirren, die den General von dem platinbeschlagenen, mit kleinen Totenköpfen aus Jade verzierten Herrscherthron verjagt und hinein in den Dschungel getrieben hatten, wo er fortan in einem alten Klappsessel aus Holz saß – Beutestück einer seiner Raubzüge gegen die letzten weißen Farmer mit einer Rückenlehne aus blauem Segeltuch, auf der zu lesen stand: *Greetings from Hollywood* – und über Plänen zur Rückeroberung seines Reiches brütete, Befehle gab, deren Sinn undurchschaubar blieb, die aber alle den Tod für diesen oder jenen bedeuteten, nachdem also im Zuge der Wirren der monatliche Barscheck ausgeblieben war, beschloss Obongo, das Gelände um die Kläranlage einschließlich der kleinen Schuppen für Werkzeug, Schleusen und längst gestohlene Generatoren zu vermieten. Vielleicht hatte man die Kläranlage vergessen, und vielleicht würde man eines Tages auch den General vergessen, aber die Stadt würde nie aufhören zu wachsen, und das Meer der Wellblechdächer, die in der Mittagssonne schillerten wie Wogenkämme in nebliger See, schwappte bereits in die sumpfige Lagune, die die Stadt umgab, und verlor sich dort zwischen den Abwasserdränagen.

Ein Zubrot verdiente sich Obongo mit dem Flughafen. Von der Stadt aus war er nur über eine einzige Straße zu erreichen, den letzten noch intakten Freeway, der auf Stahlbetonstelzen über die Hüttendächer und den Abwasserkanal führte und vor dem Eingang zum Flugplatz endete, der von zwei fünfzehn Meter hohen Steinkriegern flankiert wurde, die, durch die Feuchte der Regenzeit an ihren Füßen bereits von Moos und Ranken bewachsen, aussahen wie die behelmten Totems einer untergegangenen Kultur. Auf dem Freeway patrouillierte die Armee. Es gehörte zu den wenigen Einnahmequellen der Soldaten, tagsüber Taxis und Firmenwagen der ausländischen Öl- und Minengesellschaften anzuhalten und einen keineswegs offiziellen, aber allseits akzeptierten Wegezoll zu erheben, genauso wie sie Standgebühren von den fliegenden Händlern einstrichen, die im Morgengrauen über Fallreeps und Strickleitern von ihren Wohnstätten unter der Autobahn zum noch kühlen Asphalt hochkletterten, um den Passagieren der angehaltenen Wagen ihre Waren feilzubieten: Wischmopps und Putzeimer aus buntem Plastik, importierte Bügelbretter, Blechscheren, Nägel, Gaskocher und leere Wasserkanister. Niemand durfte jedoch die beiden Statuen ohne besondere Genehmigung passieren, und niemand hielt sich nachts auf dem Freeway auf. Es ging das Gerücht, die Soldaten, deren brennende Ölfässer man bis spät in den Abend hinein sehen konnte, verwandelten sich in der Dunkelheit in reißende Tiere, zumindest aber, so viel galt als sicher, schossen sie – aus Mordlust oder Angst vor den Geisterdivisionen des Generals – auf alles, was sich bewegte.

Ismael und Massud hatten in den Nächten im Dschungel, umgeben vom Rascheln und Nagen der Getöteten, viel Zeit damit zugebracht, den Plan ihrer Flucht auszuhecken. Aus dem Lager zu entkommen war riskant genug. Danach boten sich nur drei Möglichkeiten: sich als blinder Passagier auf einen der Tanker zu schmuggeln, die Wüste im Norden zu durchqueren oder Obongo. Von den Besatzungen der Tanker hieß es, dass sie blinde Passagiere, um sich Scherereien zu ersparen, auf offener See über Bord warfen; die Wüste im Norden hatte seit dem verrückten Weißen vor über hundert Jahren niemand mehr durchquert, und so blieb ihnen nur der schwergewichtige Führer.

Jeder, der wegwollte, kannte seinen Namen, auch der General musste ihn irgendwann gehört haben, dennoch blieb Obongo unbehelligt. Möglich, dass zu wenige es wagten, sich wie Massud und Ismael noch vor dem Morgengrauen auf einem zerbeulten, wackeligen Aluminiumkahn den Abwasserkanal hinunterstaken zu lassen, inmitten des vielstimmigen Quakens der Hundskröten, das vielleicht ein Trauergesang war, denn ab und an fiel der schwache Schein der Bootslaterne auf einen riesenhaften Körper, der, den weißen, aufgedunsenen Bauch nach oben gereckt, im trüben Wasser trieb, und in der Ferne sahen sie Lichtkegel von Taschenlampen forschend über den Sumpf wandern, hörten das Krachen eines Schnellfeuergewehrs und oben, auf dem Freeway, manchmal ein Lachen.

Schweigend, in den Händen eine lange Stange, um den Kahn vorwärts zu stoßen, hatte Obongo sie den Kanal hinab in die Nacht befördert, hinter ihnen lag die Stadt. Nahe dem Klärwerk machten sich die letzten von Mama Sussas Gästen auf den Heimweg. Gelächter von Sussas Mädchen, das Schlagen von Autotüren drang zu ihnen herüber. Kurz strichen die Abblendlichter der Pritschenwagen, die die weißen Ingenieure fuhren, durch das Moorgras, dann waren rote Hecklampen zu sehen.

Als sie später unter dem Freeway durchglitten, glaubte Ismael, sie würden von den fliegenden Händlern beobachtet, doch ihr Fährmann beruhigte sie flüsternd: «Die schlafen alle, schlafen wie tot.» Der Kanal machte eine Biegung, und sie trieben eine Weile lang parallel zu der dunklen Silhouette der Autobahn auf den Stelzen, passierten die beiden Steinkrieger, die aus den Zeiten stammten, als der General noch auf seinem Thron gesessen hatte. Oft hatte er darüber geklagt, dass nun der verräterische Präsident seinen Ruhm erbe und sich im Glanz seiner einstigen Größe sonne, dabei sei doch alles, was das Land groß gemacht habe, einschließlich der beiden Statuen am Eingang des ursprünglich nach ihm benannten internationalen Flughafens, auf seinem Mist gewachsen. Ja, das hatte der General eines Abends in den Dschungel gerufen, mit so drohender Stimme, dass die Affen verstummten: «Es ist auf meinem Mist gewachsen, denn ich bin der Einzige hier, der aus Scheiße Gold machen kann!» Und sie, die Rebellen, die Treuesten der Treuen, die Geistersoldaten des Generals, vor denen sich sogar die fremden Söldner fürchteten, hatten gebrüllt und in die Luft geschossen, was das Zeug hielt, während er, ermattet von seinem Gewicht und ermüdet durch die einstige Größe, wieder in den Klappstuhl sackte, *Greetings from Hollywood*, und traurig ächzend über die Rückeroberung seines Flugplatzes nachdachte.

Jetzt vor dem Zaun, als Obongo, schnepp-schnepp, das Loch darin vergrößerte, gab es für die flüchtenden Brüder kein Zurück mehr, keinen noch so verborgenen Ort, sich zu verstecken. Der General und seine Vertrauten kannten jeden Winkel des Landes, jede lichtlose Gasse im Labyrinth der Stadt; kein Präsident, keine von Ausländern unterwiesene Polizei konnte seinem langen, geschmeidigen Arm entgehen.

Der Letzte, der es versucht hatte, hieß Ali. Sie hatten ihn kaum gekannt, sie waren noch neu in der Armee des Generals gewesen, frische Fische im Netz der Gerechten, als dieser Ali einen misslungenen Tankstellenüberfall zum Anlass nahm, sich davonzumachen. Zwei Jahre hörte man nichts von ihm. Der General, der sonst nach jeder Verfehlung ein Exempel statuieren ließ, das sich nur selten in einer gemeinen Auspeitschung erschöpfte, erwähnte die Flucht mit keinem Wort.

Eines Morgens, als Ismael mit Massud von der Nachtwache am Fluss in das Lager zurückkehrte, sahen sie Ali wieder. Die Hände über einem Ast zusammengebunden, hing er ohne Hosen von einem Baum herab. Er verblutete oder erstickte oder beides – sie hatten ihm die Genitalien abgeschnitten und in den Mund gestopft und danach den Mund mit gelbem Isolierband verschlossen. Ali trug das T-Shirt einer Schnellrestaurantkette, für die er in der Hauptstadt gearbeitet hatte. Er war älter geworden, beinahe erwachsen, hatte sogar ein Mädchen gefunden. Dieses Mädchen lag tot zu seinen Füßen, während er langsam starb.

«Ich bin kein Unmensch», hatte der General gesagt, als der Deserteur auf Knien um das Leben seiner kindlichen Geliebten flehte. Dann stellte er Ali frei, das Mädchen selbst zu erschießen – andernfalls würden seine älteren Offiziere sich ihrer annehmen.

Schnepp-schnepp machte der Bolzenschneider ein

letztes Mal, bevor Obongo den aufgeschnittenen Maschendraht zur Seite bog. «Leise jetzt», flüsterte er. Massud lächelte Ismael aufmunternd zu. Nacheinander krochen sie durch das Loch im Zaun.

Wenn die Leute in der Stadt vom Flughafen erzählten, geschah dies immer mit Ehrfurcht. Der Flughafen war bereits Teil der anderen Welt, eine Art Zwischenreich, Pforte zu allem, was ihnen erstrebenswert schien. Man sprach von goldverzierten Wartehallen, von Banketten für alle, die auf den Abflug warteten. Tatsache war, dass die Macht der Armee an den beiden steinernen Kriegern endete. Der Flughafen wurde von den ausländischen Söldnern bewacht, die als immun gegen alle Bestechungspraktiken galten. Sie waren von den Bohrungs- und Minengesellschaften angeheuert worden, um die Einfuhr von Ersatzteilen und Waren, die das Leben der Ingenieure angenehmer machen sollten, sowie die Ausfuhr aller Erträge außer dem Öl sicherzustellen. So hatte der Flughafen auch die Zeit der Wirren unbeschadet überstanden. John Obongo wusste, dass man mit Geld hier nichts ausrichten konnte, dass keiner der Söldner ihn im Zweifelsfall fragen würde: *What do you have for a friend?*, und die Angelegenheit mit dem Zücken von Scheinen erledigt wäre.

Sie schlichen gebückt, mieden das Licht, kauerten hinter Kerosinfässern und parkenden Tankfahrzeugen. Ismael fragte sich, wie wachsam die Fremden wirklich waren: Nirgends konnte er einen Soldaten ausmachen, die Postenhäuschen schienen verwaist, ja verrottet, die Suchscheinwerfer blieben dunkel, nur im Kontrollturm und dem angrenzenden Hauptgebäude war Licht zu sehen. Ob ihnen Obongo etwas vorspielte? Der hatte seinen hohen Preis vor allem mit diesem Teil ihres Vorhabens gerechtfertigt. Alles war still. Nicht einmal ein Hund war zu hören, nur sehr weit entfernt, beinahe wie ein Echo, das Quaken der Kröten.

«Wir sind gleich da», flüsterte ihr Führer.

Endlich, kauernd hinter einem leeren Gepäckwagen, sahen sie es: Der Rumpf des Flugzeuges schimmerte silbrig im Flutlicht, es sah erhaben aus, schon allein dadurch, dass es fliegen konnte. Unterhalb des Cockpits stand ein Mann mit umgehängtem Gewehr und rauchte. Aus dem Hauptgebäude kam eine Gruppe von fünf Männern. Einer hatte einen Hund dabei. Die Männer grüßten den einsamen Soldaten. Dann gingen sie um die Maschine herum, blieben gelegentlich stehen, schauten nach oben. Schließlich verschwanden sie wieder im Flughafengebäude.

«Was jetzt?», fragte Ismael.

«Wenn der Moment kommt, bleibt nur wenig Zeit. Ihr müsst über das Rollfeld zur Maschine laufen. Dann über die vorderen Reifen in den Radkasten klettern. Versteckt euch dort, bis das Flugzeug gestartet ist. Von da an ist alles ganz einfach. Über eine Luke kommt man in den Gepäckraum unter der Pilotenkanzel.»

«Und woher wissen wir, dass das Flugzeug auch dorthin fliegt, wo wir hinwollen?»

Obongo sah ihn an. «Damit das klar ist: Ich komme nicht mit. Von hier an ist jeder auf sich allein gestellt.»

«Wir wollen wissen, wohin dieses Flugzeug fliegt», beharrte Ismael.

«Kannst du lesen?»

«Ja.»

«Na, dann lies doch, was auf dem Flugzeug steht!»

Ismael kniff die Augen zusammen, doch die Scheinwerfer blendeten ihn, und er konnte den Schriftzug auf der Maschine nicht erkennen.

«Da!» Obongo deutete auf den Posten, der seine Zigarette austrat und zu einer Hütte ging, die abseits des Rollfeldes stand. «Sie fühlen sich sicher. Sie vermuten nicht, dass jemand durch den Sumpf kommen könnte. Los jetzt!»

Sie rennen los. Rennen über die erleuchtete Piste, deren planer Beton im Flutlicht keine Begrenzung zu haben scheint, eine Traumlandschaft ohne Ort, ein vergessener Raum, ein Stück leere Zeit. Im Laufen erinnert sich Ismael an seinen ersten und einzigen Kinobesuch, das Lichtspielhaus eine offene Hütte mit einem Palmwedeldach, die Leinwand ein weiß gestrichener Öltank, der das Bild nach außen wölbt; er erinnert sich nicht an den Film, nicht an den Tag, aber er sieht, wie die Lichter nach der Vorführung unter den Palmwedeln wieder angehen, Licht von geklauten Bauscheinwerfern, die mit geklautem Draht befestigt sind, sieht, wie die geblendete Menge sich zum Ausgang bewegt, während er sich die Augen reibt, plötzlich allein, während der Vorführer den Film rückwärts laufen lässt, als müsse er dem weißen Öltank die Geschichte wieder entreißen, Obongo, der Sumpf, die Kröten, die Flucht durch den Dschungel, das Lager, die kindliche Geliebte, die wieder aufsteht, Ali, in den das Blut zurückfließt, die Geister der Getöteten, die rückwärts durch die Nacht tappen bis zum Morgen ihres letzten Tages, der Kopf, der sich hebt, die Kugel, die aus der sich schließenden Wunde tritt, zurück in den Lauf, zurück in das Magazin, seine Hand, die den Lauf der Pistole von der Schläfe nimmt, die Pistole dem General gibt, der die Mutprobe, den Beweis seiner Treue, nicht mehr verlangt, niemals verlangt hat, der Dschungel am Stadtrand, der die Schreie wieder in sich aufnimmt, der Rauch über den brennenden Hütten, der in die Hütten zurücksinkt, vor denen er friedlich spielt, Himmel und Hölle, rückwärts springt er, zurück auf Los. Kein Schuss, kein Schrei, kein Ruf, nicht einmal Schritte sind zu hören. Fast ist ihm, als könne er selbst die Arme ausstrecken, vom Boden abheben und fliegen, der Zukunft entgegen, die aufgehoben scheint in den schwarzen Lettern, die er jetzt auf dem Rumpf des Flugzeuges lesen kann: United States of America.

## 4

**Auf dem Tisch vor der Konsole,** in der das Funkgerät und die Anzeige für die eingehenden Alarme untergebracht waren, lag eine frische Ausgabe der lokalen Boulevardzeitung, die in ihrer Überschrift meldete, dass angesichts des bevorstehenden Besuchs des amerikanischen Vizepräsidenten BERLIN IM BELAGERUNGSZUSTAND sei. Jupp sah nachdenklich auf das Blatt, bevor er sagte:

«Das wird vielleicht ein bisschen unangenehm heute.»

Mahlow antwortete: «Wegen der Demo? Kann schon sein.»

«Diese Scheißkommunisten!», rief eine Stimme aus dem Flur.

Mahlow stöhnte. Er hatte Krämer vergessen. Er hatte ihn vergessen wollen. Er hatte gehofft, Krämer würde vielleicht krank werden. Oder ein Laster würde ihn auf dem Weg zur Arbeit überfahren. Terroristen könnten ihn verwechseln und entführen, Bankräuber aus Versehen erschießen, oder die Treppe, die letzten fünf Stufen zur Blohfeld-Zentrale, mochten ihm zum Verhängnis werden. Hätte er an Voodoo geglaubt, er hätte es mit Voodoo versucht. Eine kleine Wachspuppe von Krämer, originalgetreu nachgebildet: der Seitenscheitel, das bleiche Gesicht mit den wulstigen, feuchten Lippen, die grauen, ausdruckslosen Augen hinter dem Metallkassengestell der Brille, der weiße Hals, der in dem gestärkten Diensthemd verschwand, und die gebügelte Uniformhose, die vom Wichtigsten zusammengehalten wurde, was Krämer besaß – einem breiten schwarzen Ledergürtel, von dem, als Insignien seiner Macht auf dieser Erde, ein Paar Handschellen, der obligatorische Schlüsselbund und natürlich ein überlanger Gummiknüppel baumelten, wie ihn angeblich sonst nur die amerikanische Militärpolizei benutzte.

«Dieses Knüppelchen ist sozusagen die Verlängerung seines Penis», analysierte Miss Ellie, als Mahlow einmal von Krämer erzählte, «ein Zeichen verdrängter Angst vor der weiblichen Vulva.»

«Gibt's denn auch eine männliche Vulva?», fragte ich.

«Du kannst dir deine Macho-Sprüche sparen», sagte Miss Ellie.

«Vielleicht hatte er 'ne schlechte Kindheit?», überlegte Gonzo von seinem Hochbett aus.

«Wer?»

«Klar hatte ich die!», rief ich.

«Nein, ich meine doch diesen Gummiknüppel-Freak.»

«Dieses Scheißkommunistenpack sollte man zusammenschlagen und dann ab ins Arbeitslager!», sagte Krämer und trat durch die Tür der Sicherheitszentrale.

Jupp rollte die Augen.

«Da ham wir's wieder», klagte Gonzo, «ein verkappter Nazi.»

«Nicht jeder, der ‹Scheißkommunisten› sagt, ist gleich ein Nazi», entgegnete ich.

«Aber er hat Scheißkommunistenpack gesagt, verstehst du, *Pack*, da liegt der Hund begraben.»

«Wer beschützt uns denn vor dem Pack?», fragte Krämer und legte seine Hände an die Gürtelschlaufe, bevor er Jupp über die Schulter schaute und missmutig den Aufmacher der Boulevardzeitung studierte. Unter der Überschrift BERLIN IM BELAGERUNGSZUSTAND wurde die bange Frage gestellt, ob «die Stadt bald von Chaoten» beherrscht werde und sich die ehrlichen Bürger nicht mehr aus dem Haus trauen könnten. Um diese Befürchtung ein wenig auszumalen, hatte man den Artikel mit einigen Fotografien vergangener Proteste bebildert, wobei nicht ganz klar wurde, gegen wen oder was sich die Proteste eigentlich gerichtet hatten. Auf einem Foto sah man umgestürzte Lieferwagen, eingeschlagene Schaufenster, Steinewerfer; auf dem nächsten eine Prügelei zwischen Polizei und Demonstranten. Wenn man wollte, konnte man auch Gonzo darauf entdecken: In der unteren linken Ecke, halb verdeckt von einem qualmenden Autoreifen, kauerte er auf dem Asphalt, die Hände über den Kopf gelegt. Gerade war er von einem schlecht getarnten Zivilbullen aus der Menge gezogen und von einem Uniformierten zu Boden gerissen worden. Der Zivilbulle hatte plötzlich ebenfalls einen Prügel in der Hand und war bereit, auf Gonzo einzuschlagen, der Uniformierte hielt ihn zurück. Sah man noch genauer hin, dann hatte es den Anschein, als würden sich der Polizist in Zivil und der Uniformierte mitten in der Demo anschreien, während sich Gonzo, der Chaot, der sich anschickte, die Stadt zu beherrschen, verkrümeln wollte.

«Arbeitslager wäre noch zu gut für die», raunte Krämer.

«Was diese reaktionären Typen immer nur mit ihrem Arbeitslager haben.» Gonzo schüttelte den Kopf, diese Frage schien ihn wirklich zu beschäftigen. Dann ließ er sich auf dem Leiterchen von seinem Hochbett in die Küche rutschen.

«Warum musst du eigentlich nicht arbeiten?», fragte ich.

Gonzo wurde rot, öffnete den Mund, sagte jedoch nichts.

«Weil er hier seine Aufgabe gefunden hat», sagte Miss Ellie entschieden, und ich glaubte, dem erleichterten Gonzo den Impuls anzusehen, sich an Miss Ellie wie ein Kater zu reiben.

«Wenn ich dabei gewesen wäre», murmelte Krämer düster und spielte mit einer Hand am Griff seines Gummiknüppels herum, «die hätten was erleben können.»

Krämer war an diesem Morgen der zweite Mann in der Wachdienst-Zentrale. Während die anderen Fahrer wie Mahlow durch die Stadt fuhren, leere Bürogebäude und schlafende Fabriken und großzügige Villen kontrollierten, saß er neben Jupp und wartete auf einen Alarm. *Den* Alarm, bei dem er endlich seinen Mut unter Beweis und seinen geliebten Gummiknüppel zum Einsatz bringen könnte. Dumm war nur, dass dieser Einsatz niemals kam. Sicher, es gab Alarme, doch in den meisten Fällen signalisierten das Blinken der Leuchtdioden, das Blöken der kleinen Sirene in der Sicherheitszentrale, das Rasseln des Nadeldruckers banale Vorfälle wie eine defekte Klimaanlage, ein geborstenes Heizungsrohr, einen stecken gebliebenen Aufzug. Oder es kamen falsche Alarme. Und wenn tatsächlich einmal ein Einbruch geschah, waren die Täter bis zu Krämers Eintreffen längst über alle Berge. Das alles zusammengenommen erklärte vielleicht seine Übellaunigkeit, seine latente Wut auf das «Pack» – eine Gruppe böser Buben, die sich ihm, dem Helden auf Abruf, aus Feigheit und Verschlagenheit entzogen. Mahlow gegenüber hielt er sich aber seit dessen erstem Arbeitstag zurück, obwohl er ihn verdächtig fand. Er hatte die komischen Ohren bemerkt, «sehen aus wie angeklebte Kaugummis», hatte er sich im Stillen gesagt und Mahlow gefragt, wie man denn zu solchen «Lauschern» komme, und Paul Mahlow hatte ihn drei Sekunden lang angeschaut, Krämer zuckte etwas, korrigierte sich. «Ich meine, mit Ihren Ohren, was ist denn, ich meine …» Mahlow schwieg.

Das Problem war der Funk. Während des langen Wartens auf einen Alarm saß Krämer neben Jupp und bediente den Funk. Sobald er das Mikrofon vor sich hatte, ließ er alle Höflichkeit fahren, gab Befehle, fluchte, beschimpfte die Fahrer, setzte sie mit unsinnigen Fragen und Forderungen unter Druck. Er wusste, wann die Fahrer draußen knapp mit ihrer Zeit waren, wann sie sich aus diesen oder jenen Gründen nicht melden konnten, wenn er unter Drohungen eine Funkmeldung verlangte. Krämer war noch jung, aber er hatte bereits Stimme und Mimik eines alten Mannes, besonders, fand Mahlow, wenn er am Funkgerät saß.

«Er ist jemand, aus dem eines Tages alles oder nichts

werden kann und dem das egal ist, solange er nur ein bisschen Macht in Händen hält.»

«Ja», sagte Gonzo, während er nachdenklich in einer Wirsingkohlsuppe rührte, «aber was wird aus uns?»

Mahlow sah einen Moment lang zu Krämer hinüber, der sich inzwischen auch einen Kaffee geholt hatte und mit düsterer Miene Zeitung las. Dann ging er zu dem kleinen Metallschrank, in dem die Schlüssel hingen. Er suchte sich ungefähr zwanzig Schlüssel heraus, deren Nummern er in ein Buch eintrug und sich von Jupp abzeichnen ließ. Kurz darauf schnappte er sich sein Funkgerät, sah noch einmal auf seine Auftragsliste und wollte die Zentrale vor Krämers nächstem Kommentar verlassen, als er auf der Liste etwas entdeckte, das er nicht kannte.

«Rumbert Papierrecycling? Das ist neu.»

«Altpapier», erklärte Jupp, «das sammeln die jetzt überall und machen Klopapier draus.»

Ja, jetzt fiel es auch Mahlow wieder ein: Miss Ellie hatte für die Sexheftchen einmal die Sammlung des Altpapiers in Erwägung gezogen, den Plan dann aber wieder fallen gelassen. Wenig später machte sie Gonzo zu ihrem willfährigen Heizer.

«Warum sollte jemand alte Zeitungen klauen?», fragte Mahlow. «Das ist doch Unsinn.»

Jupp kramte in einer Schublade, zog ein abgegriffenes Magazin hervor und hielt es hoch. «Kennst du die?»

Die Titelseite zeigte eine vielleicht zwanzigjährige, dunkelblonde Frau mit enormen Brüsten und halb geöffnetem Mund, wobei nicht klar war, ob dieser

Mund geöffnet war, weil die Frau etwas sagen wollte, zu lächeln beabsichtigte oder ihr ein Seufzer der Pein oder der Lust entfuhr. Sie war beinahe nackt – ein viel zu kleiner goldplattierter Büstenhalter bedeckte auf ebenso aufreizende wie lächerliche Weise ihre Brustwarzen. Ob sie ein goldplattiertes Höschen trug, blieb offen: Vor ihrem Schoß baumelte eine E-Gitarre, deren Hals die Frau in zweideutiger Weise umgriffen hielt.

«Nein», antwortete Mahlow, «keine Ahnung. Wer ist das?»

«Hänschen Müllers Nackedei-Wichsphantasie», hatte Miss Ellie geschimpft, als sie mit Gonzo auf ihrer Wochenmarkt-Einkaufsrunde war und das Heft in der Auslage eines Kiosks sah, «aggressiv, imperialistisch, widerlich!»

«Imperialistisch?» Gonzo drehte im Gehen den Kopf, blieb stehen und betrachtete das Coverfoto, in der Linken einen Jutebeutel mit Zucchini, in der Rechten einen mit vier Flaschen Whisky, drei Flaschen Noilly Prat, einer Flasche Angostura und dem obligatorischen Glas Cocktailkirschen. Dabei spürte er etwas. Er spürte sein Ding hart werden, verflucht.

«He, Gonzo!», rief Ellie, die schon fast den Stand der geläuterten Drogensüchtigen mit ihren Orient-Kurzwaren erreicht hatte. «Alles okay?»

«Äh, ja», beeilte er sich zu sagen, «komme gleich.» Vom Gewicht der Zutaten für mindestens dreißig Manhattan-Cocktails – Miss Ellies Lieblingssuff – unnatürlich in Schlagseite gebracht, balancierte er auf einem Bein und hatte das andere leicht angehoben wie ein Hund, damit niemand seinen Ständer in den indischen Leinenhosen sah. Immer noch starrte er auf das Foto.

«Deborah Wulf», sagte Jupp.

«Nie von ihr gehört», antwortete Mahlow.

Es war nicht der lächerliche, zu kleine Büstenhalter. Es waren nicht einmal ihre Brüste selbst. Es war der Mund. Auf den ersten Blick sah dieser halb offene Mund nicht anders aus als hundert andere halb offene Frauenmünder auf den Titelseiten von Männermagazinen, Pornoheften oder dem unlängst von Gonzo verbrannten Truckerkalender, die Lust und Verdorbenheit signalisieren sollten, auf den zweiten Blick aber immer verkrampft wirkten. Man sah, dass der verheißungsvolle Gesichtsausdruck mit mehr oder weniger großem Talent und gutem Willen oder Routine vorgegaukelt wurde, aber wenn man wollte, kam man immer darauf.

«Worauf?», hatte ich gefragt, während Gonzo den Truckerkalender in Miss Ellies Badeofen stopfte.

«Na, dass es nicht *echt* ist, dass die alle nur so tun als ob.»

«Mhm, verstehe.» Ich nickte. «Ist das wichtig für dich?»

Gonzo fing an zu schwitzen.

*«Make Me Sweat»*, sagte Jupp, «heißt ihr neuer Hit.»

«Höhöhö», lachte der Kioskverkäufer, ein schnauzbärtiger Türke der ersten Generation, dem aufgefallen war, dass da ein potenzieller Kunde zu lange vor seiner Auslage herumlungerte. Er hielt Gonzo mit einer halb gutmütigen, halb drohenden Geste ein Exemplar der Zeitschrift hin.

Miss Ellie hatte einen mit Zwergnilpferden bestickten Brustbeutel aus Bangladesh wieder zurückgelegt. Sie wurde langsam sauer. «Gonzo, bist du taub?», schrie sie über den halben Wochenmarkt hinweg.

Der halb offene Mund, vielmehr das, was er auf dem Foto versprach, war echt. Oder perfekt gespielt. Gonzo, dem meistbeschäftigten Pin-up-Kalender- und Dessouskatalog-Verbrenner der Stadt, den solche Nacktfotos *wirklich nicht, Ehrenwort,* interessierten, fiel es sofort auf. Mahlow auch.

«Fräulein Wulf hat über ihren Agenten mittlerweile eine einstweilige Verfügung erwirken können, dass das Foto nicht verbreitet werden darf», erklärte Jupp. «Sie behauptet, es sei ein privater Schnappschuss. Deswegen werden alle diese Heftchen aus dem Verkehr gezogen und landen auf dem Altpapier.»

«Und du musst aufpassen, dass das perverse Pack nicht übern Zaun klettern tut und die Heftchen stibitzt», sagte Krämer, der das Foto nicht länger als zwei Sekunden angeschaut hatte.

«Hm-hm!», brummte der Zeitschriftenverkäufer.

«Was ist eigentlich mit dir los?», fragte Miss Ellie, als sie wieder neben Gonzo vor dem Kiosk stand.

«Ich», antwortete er aufrichtig, «habe keine Ahnung.»

## 5

**Wann kommen sie?** Das war die Frage, die sich Pfeiffer seit geraumer Zeit stellte, und einmal mehr verfluchte er die Unbilden des Schicksals, die ihn von seinem ruhigen Posten in der Justizvollzugsanstalt in diese Wildnis verschlagen hatten. Er hätte auch sich selbst verfluchen können, aber wie Mahlow fand, war Pfeiffer gegen jegliche Selbstkritik resistent. Er hatte einen Häftling zu hart angefasst, von dem er angenommen hatte, er sei ein schwerer Junge, und das nur, weil der Kerl den nackten Oberkörper einer Frau als Tätowierung auf dem Unterarm trug. Für Pfeiffer war einer, der sich so etwas auf den Unterarm tätowiert, ein Primitivling, ein Prolet, ein Analphabet, ein sicherer Dauergast in seiner Herberge. Außerdem war die einfarbige Tätowierung nicht gerade ein Meisterwerk. Sie sah aus wie im Suff gestochen, Ergebnis einer verlorenen Wette oder einer bierseligen Aufschneiderei.

Von diesem Knaben ist nichts zu erwarten, weder Gutes noch Schlechtes, hatte Pfeiffer sich gesagt, der seit Jahren keine Häftlingsakten mehr las und folglich auch nicht wusste, dass zwei Zellengenossen ebendiesen Häftling hatten festhalten müssen, während ein dritter, zwar nicht betrunkener, aber leider unbegabter Nadelkünstler auf den zuckenden Unterarm das tätowierte, was man gerade noch als die Brüste einer Frau durchgehen lassen konnte. Nadeln waren in Pfeiffers Zellentrakt natürlich verboten, und deswegen gab es offiziell auch keine. Alles schien seinen gewohnten Gang zu gehen. Pfeiffer hatte dem Neuen im Geiste den Stempel «primitiver Berufskrimineller, vermutlich Analphabet, tätowiert» aufgedrückt und ihn danach weder besonders beachtet noch behandelt. Bis der Gefangene eines Abends beim Essen anfing, das große Wort zu führen, und von «Isolationsfolter», «Widerstand gegen die Ausbeutung», «Schweinestaat» und «Hungerstreik» redete. Hungerstreik beim Abendessen, man stelle sich das vor! Doch auch das wäre vielleicht noch durchgegangen, denn Pfeiffer wollte Ruhe. Wollte beide Augen zudrücken, solange es ging. Forderte den Häftling mit den «tätowierten Hängetitten» auf, sich wieder friedlich an den Tisch zu setzen. Aber der antwortete nur, dass er sich von einem Folterknecht, einem Unterdrücker, einem Affen in Uniform überhaupt nichts sagen lasse. «Wie schon Unamuno einst den Faschisten entgegenschleuderte», schrie der offenbar völlig debile Hängebrusthäftling, «Sie können hier herumschreien, aber …» Weiter kam er nicht. Folterknecht, Unterdrücker, Affe in Uniform. Moment. Wer war hier der Primitivling? Glaubte der Kerl, er könne hier den Klugscheißer spielen? Sich mit irgendwelchen Italienern zusammentun und Revolution machen? Oben und unten vertauschen? Tja, und dann musste Pfeiffer wohl der Gummiknüppel ausgerutscht sein, jedenfalls gab er das später kleinlaut in der Untersuchung zu. Nur nützte es ihm nichts. Hinter dem Tätowierten tauchten plötzlich dessen Vater –

ein bekannter Anwalt – sowie mehrere Journalisten und Abgesandte politischer Gruppierungen und Menschenrechtsorganisationen auf, deren Namen Pfeiffer noch nie gehört hatte. Und es zeigte sich, dass auch der Anstaltsleiter Ruhe mochte; in diesem Fall zog er sie seinem langjährigen Mitarbeiter Pfeiffer eindeutig vor.

Deshalb also wartete Pfeiffer hinter mehreren Schwarzweißmonitoren darauf, dass sie kommen würden. Durch die Fenster seiner Pförtnerloge neben dem Verwaltungsflachbau der Kaffeerösterei sah er den Parkplatz und das Fabriktor und die Abpackhalle mit ihren Verladerampen. Ein verlassener Lastwagen schien ebenfalls zu warten – dass das Wochenende vorbeiginge, damit er die Müden der Welt wieder mit frischem Koffein versorgen könnte –, doch bis zur Nachtschicht Sonntagabend stand er leer auf dem Hof. Die Rösterei konnte Pfeiffer nicht sehen, nur riechen, es war ein permanenter, intensiver Geruch nach gerösteten Kaffeebohnen, von dem er den Eindruck hatte, er ziehe sogar in seine Kleidung, aber sei's drum. Die graue Drillichhose, das hellblaue Hemd, die blaue Uniformjacke, die ihn aussehen ließ wie ein Busfahrer oder ein U-Bahn-Schaffner, waren das Eigentum von Blohfeld & Co., da machte es nichts, wenn das Zeug nach Kaffee stank. Auf der anderen Seite des Parkplatzes spannte sich ein Zaun zwischen zwei Nebengebäuden der Fabrik, an deren Außenwänden Überwachungskameras angebracht waren. Zudem war der Zaun mit Signaldrähten durchwoben, die jeden Eindringling sofort melden würden. Selbst Pfeiffer musste zugeben, dass die ganze Anlage etwas

Absurdes hatte: Gleich hinter dem Fabrikzaun lag der Kanal, und mitten im Kanal verlief die Zonengrenze, und am anderen Kanalufer verlief die Mauer, standen Wachtürme und natürlich ebenfalls Signalzäune. Kurz nach der Drohung der Sandinisten – vielmehr ihrer lokalen Vertreter, die sich im «Komitee für die Freiheit Nicaraguas» zusammengefunden hatten und planten, die Koffeinversorgung der letzten Insel im kommunistischen Ozean auf ökologisch nachhaltige Weise zu sabotieren (das Komitee hatte angekündigt, das Rohkaffeelager mit irgendwelchen Käfern zu verseuchen, sollte die Rösterei nicht umgehend auf den Import von Kaffee aus Dritte-Welt-Diktaturen verzichten) – hatte der Röstereikonzern die Überwachungsanlagen installieren lassen. Das führte zu einiger Bewegung auf der anderen Seite des Kanals. Die wackeren Ostler konnten sich zunächst keinen Reim darauf machen, warum man jetzt auch auf der Westseite einen Zaun baute. Stand der Kapitalismus kurz vor dem Aus? Gab es Menschen, die *zu ihnen* abhauen wollten? Nein, wahrscheinlicher war, dass sich in der Kaffeerösterei kein Kaffee, sondern eine Abhörstation und eine Verteidigungsanlage befanden oder, schlimmer noch, Vorbereitungen für einen Präventivschlag getroffen wurden. Der allgegenwärtige Duft nach frisch gemahlenem Kaffee, der über dem Kanal hing, war den Grenzern, vor allem deren Kommandeuren, schon lange ein Dorn im Auge beziehungsweise Jucken in der Nase.

«Abgasausstoß heute bes. stark, feindl. Geruch d. Röstprodukts beeinträchtigt Verteidigungsbereit., Stimmung i. d.

Grenztr. durch saisonbedingten Mangel an Röstprodukt eig. Prod. (Rondo) neg.»

meldete der Dienst habende Offizier seinen Vorgesetzten. Als dann auch noch der Signalzaun und die Kameras aufgebaut wurden, schlug er Alarm:

«Angebl. Rösterei d. erhebliche militärische Sicherungsmaßnahmen (gg. Proteste der Arbeit. u. Bau. d. BRD?) verstärkt. Starker Geruch d. angespr. Röstp. könnte neben Propaganda auch als Tarnung f. Kampfmittelproduktion dienen.»

Und in der einige Kilometer entfernten Ostberliner Geheimdienstzentrale notierte ein mittelalter Geheimdienstchef, der sich für den größten Fuchs unter allen Geheimdienstchefs der Welt hielt, neben das Memorandum: Wann kommen sie?

Aber wer sollte kommen und warum? Der Geheimdienstchef war vielleicht der größte Fuchs unter allen Geheimdienstchefs, wenn es darum ging, die anderen Geheimdienstchefs auszutricksen. Aber sich vorzustellen, dass die meisten Bewohner der westlichen Welt an diesem wie auch an allen folgenden Wochenenden bleiben wollten, wo sie waren, dass sie keine Feindschaft hegten, nichts planten, vor allem keine kostspielige, rentenkürzende Invasion, dazu war er nicht in der Lage. Dies ist die Bürde aller Geheimdienstchefs dieser Welt, dass sie im Misstrauen leben müssen, im Glauben, etwas hätte sich verschworen, plante, spionierte, dekonspirierte, löge, tröge, sabotierte. In der Welt, wie sie die Geheimdienstchefs sahen, war die Verschwörung an die Stelle von Gott und Wissenschaft getreten, sodass nichts mehr einem himmlischen Plan folgte, aber auch nichts zufällig geschah. Und weil das so war, sollte der Geheimdienstchef, der sich selbst den Decknamen «Luchs» gegeben hatte (was nicht so profan wie «Fuchs» klang), noch vor dem Abend jenes langen und für mich im Grunde nie zu Ende gegangenen Tages sich selbst gratulieren, weil er glaubte, mit der Notiz «Wann kommen sie?» den Ereignissen wieder einmal eine Nasenlänge voraus gewesen zu sein.

Tatsächlich aber war an diesem Morgen, wenn man einmal von der zweifelhaften Gestalt Pfeiffers absah, der sich insgeheim wünschte, dass irgendwelche Sandinisten oder als Sandinisten verkleidete Zonis über den Zaun kraxeln oder einen Tunnel darunter durch graben würden, und der in seinem viel zu großen Pilotenkoffer neben diversen Harzer-Roller-Stullen (für alle Fälle) einen alten britischen Armeerevolver mit sich herumtrug, den er einige Jahre zuvor noch ganz legal auf einer Militaria-Auktion hatte erwerben können und den er nun, immer noch ganz legal, besaß und pflegte, völlig legal, na ja, bis auf den nachträglich wieder eingesetzten Schlagbolzen und die eher illegalen zwanzig Schuss scharfer Munition, ein Schatz, der Krämer vor Neid hätte grün werden und gleichzeitig vor Ehrfurcht hätte erblassen lassen, Krämer und Pfeiffer, zwei Brüder im simplen Geiste, die sich trotzdem nicht ausstehen konnten (da der wesentlich jüngere Krämer den Älteren via Funkgerät regelmäßig zur Weißglut brachte) – abgesehen von dieser kleinen Unwägbarkeit und dem nachgewiesenen Jähzorn Pfeiffers war das Stück Berlin um die Rösterei herum so ziemlich das sicherste und ruhigste Plätzchen in der ganzen Stadt.

Und gemütlich, nein, hier passt ein anderes Wort wohl besser, besinnlich war es dort auch, wie Mahlow immer wieder feststellte, der sich jedes Mal darauf freute, auf seiner morgendlichen Tour der Rösterei, die er schon von weitem riechen konnte, einen Besuch abzustatten. Pfeiffer mochte er nicht, doch gab es keinen Grund, sich mit dem mürrischen Exschließer länger als nötig aufzuhalten. Dass irgendwelche Sandinistensympathisanten über den Zaun klettern könnten, mit einem Jutebeutel voller Kaffeekäfer oder so etwas, glaubte er ebenso wenig, wie dass die Mauer eines Tages verschwinden würde.

Paul Mahlow war kein ordentlicher Mensch. Dennoch folgte seine Tour einem vergleichsweise minuziös ausgetüftelten Plan, der darauf abzielte, die eigentlichen Kontrollen auf ein Minimum zu beschränken, um mehr Zeit für sich selbst zu haben. Ziel- und sorgenlos schweiften seine Gedanken, während er durch die zu überprüfenden Gebäude ging, von denen ihm die Kaffeerösterei das liebste war. Insofern war die neu hinzugekommene Altpapiersammelstelle günstig gelegen – sie befand sich nicht weit von der Rösterei, sodass er sich nicht übermäßig beeilen musste. Die Sonne war noch nicht lange über dem Parkplatz mit dem leeren Kaffeelaster aufgestiegen, als sich das Fabriktor rasselnd öffnete, Mahlow in meinem 280er SE, der jetzt eine abnehmbare Funkantenne auf dem Dach und Magnetschilder mit der Aufschrift «Blohfeld Security –

EINSATZWAGEN» auf den vorderen Türen trug, um die Ecke bog, vor dem Pförtnerhäuschen stehen blieb, den Motor abstellte, aus dem Wagen sprang und hinein zu Pfeiffer ging.

«Was Besonderes?»

«Nein, nichts.»

«Na, dann will ich mal.»

«Vorher noch ’nen Kaffee?»

«Danke. Keine Zeit», sagte Mahlow.

Pfeiffer hätte sich gerne mit Mahlow unterhalten. Er hätte sich gerne mal mit irgendjemandem unterhalten. Über sein vertanes Leben. Über die beschissene Welt. Aber Mahlow hatte keine Zeit. Niemand hatte Zeit. «Verstehe», sagte Pfeiffer, «na dann.»

Hinter einem Flur und einer großen Feuerschutzstahltür begann das Reich freundlich flackernder Lämpchen, harrender Fließbänder, summender Kompressoren. Alle Anlagen standen still, jedoch war der Strom nie abgeschaltet. Das war der Schlaf der Maschinen, und Paul Mahlow war ihr Hüter.

Der Boden der Halle war blank gewischt, rote Markierungen wiesen den Weg zwischen den Apparaten, führten mal zu einer Bedienkonsole, mal zu einem Hebel, dann wieder zu einem Telefon und zu einem der kleinen Schlüsselkästchen, an denen Mahlow seine Kontrolluhr als Nachweis seiner Aufsicht betätigen musste. Mattgoldenes Licht sickerte durch Oberlichter, die sich irgendwo jenseits der höchsten Sphären der Abfüll- und Verpackungsanlage befanden; von unten, verdeckt durch Röhren, Förderbänder, Fülltrichter und Kabelstränge, waren sie nicht zu sehen. Einmal hatte er zu mir gesagt, gelegentlich habe er an diesem Ort das Gefühl, als stehe die Zeit still. Ich hatte interessiert von meinen Physikbüchern aufgeschaut und gefragt, wie man sich denn dabei fühle, wenn die Zeit stillstehe, und Mahlow hatte geantwortet, er könne es nicht genau sagen, es sei ein bisschen wie zu Hause sein; manchmal, auf der Matte während eines Kampfes, habe er sich ähnlich gefühlt, vollkommen ruhig und bei sich, allein, aber nicht verlassen.

«Zu Hause», wiederholte ich. «Deine Heimat ist also ein schwarzes Loch.»

«Wie bitte?»

«Der Rand eines schwarzen Lochs, eines *kosmischen* schwarzen Lochs, der so genannte Ereignishorizont, wo es weder vor noch zurück geht, wo man noch nicht drinnen ist, aber bereits so nah, dass man nie mehr entkommen kann, das ist der einzige mir bekannte Ort im Universum, an dem die Zeit stillsteht. Tja, ist leider so.»

Mahlow dachte nicht an schwarze Löcher, als er die Stahlsprossen bis unter eines der Oberlichter erklommen hatte und durch zerkratztes Plexiglas einen blaumilchigen Himmel sah. Noch die lange Eisengalerie entlang, dann würde er durch eine Feuerschutztür auf das Dach der Rösterei gelangen. Er hatte wie immer einen Vorsprung herausgearbeitet, war den Dutzend Mal abgegangenen Weg schneller gegangen als vorgesehen, sodass er sich auf dem Dach eine Zigarettenlänge Zeit lassen konnte, um die Aussicht zu genießen.

Kühle Luft kam ihm entgegen, als er die Tür öffnete. Er atmete durch, trat an den Rand des Dachs, kramte seine Zigaretten hervor. Er zündete sich eine an, inhalierte und blickte sich um. Von hier aus konnte er über das Dach der Abpackhalle und den großen Parkplatz sehen, auf dem ab Montagvormittag wieder mehrere Lkws warten würden, um an den Warenschleusen mit dem Kaffee für die Supermärkte, Bäckereien und Kaffeegeschäfte beladen zu werden. Klein nahm sich das Pförtnerhäuschen neben dem Tor aus, in dem Pfeiffer nun schon mehrere Jahre saß, ohne es verlassen zu dürfen. Als Mahlow neu bei Blohfeld gewesen war, hatte ihn Pfeiffer zu überreden versucht, für die Dauer der Kontrolle zu tauschen, dass also er, Pfeiffer, die Fabrik abgehen würde und Mahlow im Häuschen säße, um auf die Invasion der Sandinisten zu warten.

«Nur mal die Beine vertreten», bettelte Pfeiffer damals, «nur ein einziges Mal die Beine vertreten, nur ein einziges Mal.»

«Vorschrift ist Vorschrift», hatte Mahlow entgegnet.

Der Platz wurde an zwei Seiten von den Fabrikgebäuden begrenzt, an der dritten von jenem Zaun, auf den die Kameras gerichtet waren und wo nach einem schmalen Streifen grünen Gestrüpps der Kanal begann, hinter dem das Reich des Bösen mit dem Geruch frisch gemahlenen Kaffees geschwächt wurde. Die vierte Seite des Röstereihofes bildete eine Betonmauer, die man oben mit Militär-Stacheldraht versehen hatte, nachdem die Spedition, deren Firmengelände jenseits dieser Mauer lag, in Konkurs gegangen und man auf den Gedanken verfallen war, dass die leer stehenden Schuppen und Garagen das ideale Basislager für sabotierende Sandinisten sein könnten. Blohfeld hatte gut verdient mit den Sandinisten, ohne sich jemals bei ihnen bedankt oder ihnen eine Provision gezahlt zu haben. Er hatte die Sicherungsanlagen um die Rösterei installieren und verstärken lassen und die Kaffeeröster entsprechend zur Kasse gebeten. Es gab das Gerücht, den Stacheldraht auf der Betonmauer habe er spottbillig in der DDR gekauft, ebenso die Signaldrähte der Alarmanlage. «Für meine Kunden nur das Beste», soll Nummer eins gesagt haben, «wir kaufen unsere Ausrüstung grundsätzlich beim Spezialisten.»

Jetzt hatte sich auf dem Speditionsgelände die Altpapierfirma niedergelassen. Vom Dach aus konnte Mahlow haushohe Packen Kartons und Zeitschriften sehen, die zwischen den ehemaligen Garagen herumstanden. Große, offene Stahlcontainer waren mit gehäckseltem Papier gefüllt, das auf seine Weiterverarbeitung wartete.

Das müsste Gonzo sehen, dachte Mahlow.

Gonzo schlürfte in diesem Moment gerade seinen Vanilletee und hatte ganz andere Dinge im Kopf als die Altpapierverwertung. Er bereitete sich auf die Demonstration gegen den besuchenden amerikanischen Vizepräsidenten und für die Abrüstung vor. Möglichst früh wollte er an der Absperrung sein, wollte wie immer in der ersten Reihe stehen, möglichst nahe am vorbeifahrenden Kordon. «Sonne statt Reagan!» stand auf seinem bereits bei anderer Gelegenheit benutzten Demotransparent, und ich stichelte was denn der amerikanische Präsident mit dem Wetter zu tun habe, man könne doch das Wörtchen «statt» nur dort gebrauchen, wo es zwischen zwei Dingen einen Zusammenhang gebe.

«Fallout», keifte Gonzo, ob ich davon schon mal was gehört hätte, außerdem müsse mir das Wörtchen «Metapher» doch geläufig sein.

«Na gut», sagte ich, «aber Reagan ist der Präsident, heute kommt der Vizepräsident. Findest du das nicht unhöflich, die beiden so in einen Topf zu werfen? Immerhin ist es nicht leicht, Vizepräsident zu sein. Immer der Zweite, immer der Nachgenannte, bei den Buffets immer hinter der First Lady anstehen. Der freut sich vielleicht, dass er endlich mal allein unterwegs ist und was zu sagen hat, der freut sich vielleicht sogar über eure Demo, weil das ja irgendwie bedeutet, dass man ihn ernst nimmt, wenn auch im negativen Sinne. Und dann steht er da, winkt euch zornigen Demonstranten zu, duckt sich vor einem fliegenden Ei, denkt sich, hehe, die hassen mich mehr als Ronny, und am Ende lugt er aus seiner Deckung hervor und liest: ‹Sonne statt Reagan›. Das muss wirklich deprimierend sein.»

«Mhm», überlegte Gonzo, «da müsste ich ja dann ein neues Schild malen.»

«Exakt!»

«Aber wir haben gar keinen Spruch für den Vizepräsidenten.»

«Das wird ihn wirklich enttäuschen. Was soll er von euch halten, wenn ihr mit so ein paar unpersönlichen Plattheiten antanzt? Ich seh's schon vor mir: ‹Go home!› oder ‹Nein zum Vizepräsidenten!› Die Amerikaner sind ein kreatives Volk. Da ist man ganz schnell untendurch, wenn einem nichts einfällt.»

«Meinst du?»

«Ja. Wie wär's mit ‹Husch, husch, husch – wir klopfen auf den Busch!›?»

Gonzo dachte einen Moment nach. «Nein», entgegnete er dann matt, «das geht auch nicht. Keine Gewalt – das ist unser Grundsatz. Wir wollen ja nicht mit den Randalierern in einen Topf geworfen werden.»

«In dem schon Ronny und George hocken ...»

«Mhm», brummte Gonzo und starrte trüb in seine Tasse. Draußen hupte ein Auto. Eine Vierkanalhupe, laut genug, auch den schläfrigsten Schläfer zu wecken. Gonzo lächelte erlöst. «Dein Onkel.»

«Er ist nicht mein Onkel», erwiderte ich im Gehen, nahm noch schnell einen Schluck Kaffee, bevor ich mir die Jacke überzog und die Wohnungstür hinter mir schloss.

Merkwürdigerweise sollte Paul Mahlow an diesem Tag dem amerikanischen Vizepräsidenten näher kommen als sein Mitbewohner Gonzo: für den Bruchteil einer Sekunde, und auch nur räumlich gesehen.

Hinter der Altpapierverwertung erstreckte sich eine Kleingartenanlage, und weit hinter der Kleingartenanlage flirrte das Feld des alliierten Flughafens. Bei entsprechender Windrichtung flogen die Maschinen im Landeanflug sehr niedrig über die Rösterei hinweg; zitternd und taumelnd, wie es schien, klappten sie die Fahrwerke aus, drosselten die Triebwerke. Doch als Mahlow auf dem Dach stand, war noch kein Flugzeug in Sicht. Er zog an der Zigarette und blickte gedankenverloren zur anderen Seite des Kanals, wo die Wachtürme standen. Sie hatten verspiegelte Fenster, und Mahlow wusste nicht, dass es zu dem Zeitpunkt bereits 107 Fotos gab, die ihn beim Rauchen zeigten. Er trat den Stummel aus, seufzte und machte sich auf den Rückweg.

Unten, in der Werkstatt der Schlosser, die während der Woche die Anlagen warteten, traf er ein weiteres Mal auf Debbie Wulf. Einer der Arbeiter hatte die Titelseite ausgeschnitten und an die Wand geheftet. Debbie sah ihn an, als wollte sie sagen: Warte nur ab, mein Schatz, was ich noch alles für dich bereithalte.

Im Pförtnerhäuschen fragte Pfeiffer: «Was Besonderes?»

«Nein, nichts.»

Mahlow notierte ebendas auf einem bereitliegenden Formular, unterschrieb und nickte Pfeiffer kurz zu: «Na, dann will ich mal weiter.»

Kaum fünf Minuten später hielt er vor dem Tor der Altpapierverwertungsfirma. Gegenüber, direkt vor der Stadtautobahn, stand das letzte Wohnhaus der Gegend. Wäsche hing zum Trocknen auf den maroden Balkonen, in einer Einfahrt stapelte sich Müll neben zwei ausgeschlachteten Autowracks. Mahlow fragte sich, wer das Haus bewohnte. Krämer hatte behauptet, es sei ein «Scheißasylantenheim», Jupp, der alles wusste, hatte wieder nur mit den Augen gerollt. Vor dem Haus verfiel die einzige Telefonzelle weit und breit. Die Scheiben waren eingeschlagen, Glassplitter bedeckten den schmalen Gehsteig, der Hörer hing ohne Ohrmuschel an einem roten Kabel vom Münzautomaten herab. Kein Mensch war zu sehen.

Ein eisernes Schiebetor schützte die Altpapierfirma, und Mahlow brauchte eine Weile, bis er den richtigen Schlüssel fand. Das rostige Tor ließ sich schwer öffnen. Einen Moment lang überlegte er, ob er es überhaupt öffnen sollte. Für die Kontrolle waren gerade mal sieben Minuten angesetzt, und das Gelände konnte er auch durch das Tor einsehen. Er gab sich noch einen Versuch, das Schloss zu öffnen, und dieser letzte Versuch, der immer gelingt, wenn es vielleicht besser wäre, er gelänge nicht, gelang.

Langsam rollte er auf das Gelände und zwischen den Stahlcontainern hindurch. Auf einer größeren freien Fläche, auf der ein Gabelstapler und zwei Bagger mit Greifarmen standen, hielt er an. Ballen gebündelter alter Zeitungen und Zeitschriften, zwischen denen genug Platz war, um sie mit dem Stapler zu umfahren, rahmten die freie Fläche ein. Eine Leiter war an einen der Container gelehnt. Mahlow stieg aus dem Wagen und die Leiter hinauf. Von oben sah das Altpapierlager ein wenig wie ein Labyrinth aus. Er erkannte Zeitschriftenballen der aus dem Verkehr gezogenen Ausgabe jenes Magazins, dessen Titelseite Debbie Wulf zierte, Heftchen, die auch den Container füllten, an dem die Leiter lehnte.

Mahlow stieg wieder hinab, stemmte die Hände in die Hüften und blickte sich weiter um. Niemand zu sehen. Er griff gerade in die Hosentasche nach den Autoschlüsseln, als er hinter sich ein gewaltiges Dröhnen wahrnahm.

An dem Punkt der Geschichte kommen zwei Theorien der Physik ins Spiel. Die erste beschäftigt sich mit der Bahnbestimmung kleinster Elementarteilchen. In der Quantenmechanik stellt sich bei einem sehr kleinen Teilchen das Problem, dass man nicht gleichzeitig dessen Impuls und Ort genau bestimmen kann. Deswegen kann man auch keine exakten Vorhersagen über seine zukünftige Bewegung machen. Fliegt ein Teilchen von A nach B, kann man nur anhand einer gewissen Wahrscheinlichkeit vermuten, welchen Weg es nehmen wird, oder man beobachtet danach, welchen Weg es genommen hat. Einige Wissenschaftler glauben nun, dass ein Teilchen alle möglichen Bahnen beschreiben kann, in jeweils unabhängigen Welten. Jedes Mal, vermuten sie, wenn ein Teilchen sich entscheidet, auf welcher Bahn es fliegt, spaltet sich das Universum auf. Folglich wären nicht nur ein Universum, sondern viele verschiedene Universen denkbar, die parallel nebeneinander existierten. Zur Veranschaulichung wählte ein populärer Physiker einmal dieses Bild: Neben unserem Universum gebe es vielleicht auch eines, in dem ein afrikanischer Kleinstaat alle Goldmedaillen bei den letzten Olympischen Spielen gewonnen habe. Nur sei das eben nicht gerade ein wahrscheinliches Universum.

Es gab also ein Universum, in dem an diesem Tag im März 1985 Paul Mahlow kein gewaltiges Dröhnen wahrnahm, ein Universum, in dem der Wind anders wehte und die Maschine des amerikanischen Vizepräsidenten nicht über die Rösterei hinwegflog, ein Universum, in dem der Pilot das Fahrwerk nicht ausklappen konnte, weil es klemmte, und man umdrehen oder durchstarten musste oder die Maschine schon vorher umgedreht war, weil der Vizepräsident in Afrika das Essen nicht vertragen hatte oder plötzlich keinen Abstecher nach Berlin mehr machen wollte, jener Stadt, die in einem anderen Universum ohne Krieg immer noch ungeteilte Hauptstadt war und nicht im Dornröschenschlaf dahindämmerte, ein Universum ohne meinen Großvater und das finstere Reich, aus dem er in unsere Welt getreten war, ein Universum ohne mich, meine Schwester, Mahlow und Ismael, ein Universum, in dem der General nicht der General war, da er gar keine Zeit hatte, der General zu sein, weil er für seinen afrikanischen Kleinstaat alle Goldmedaillen bei den Olympischen Spielen gewinnen musste.

Paul Mahlow nahm hinter sich ein gewaltiges Dröhnen wahr und drehte sich um. Die Boeing 727 befand sich im Anflug und fuhr gerade ihr Fahrwerk aus. Die zweite Theorie der Physik, die jetzt ins Spiel kommt, ist seit Jahrhunderten bewiesen: Jeder Körper verharrt im Zustand der Ruhe oder der gleichförmigen Bewegung in einer geradlinigen Bahn, solange er nicht durch von außen wirkende Kräfte gezwungen wird, diesen Zustand der Trägheit zu ändern.

Etwas fiel. Etwas fiel aus dem Flugzeug, fiel aus dem vorderen Fahrwerkschacht. Mahlow erkannte nicht, was da fiel, glaubte zuerst, ein schwarzes Bündel zu sehen (oder waren es zwei?), und dachte im nächsten Moment, ein Reifen wäre geplatzt, gelockert, abgesprungen. Instinktiv zog er den Kopf ein, doch was immer da fiel, es gehorchte dem Gesetz der Trägheit, auch wenn wir uns im unmöglichsten aller Universen befanden, fiel vor Mahlow aus dem Fahrwerkschacht und schlug hinter ihm auf.

VVWRUMMMS! Es machte vvwrummms!, ein Geräusch wie von einem Kartoffelsack, der auf einen Haufen alter Briefe fällt, als das Etwas in den Container vor Mahlow fiel, während das Flugzeug seinen Landeanflug fortsetzte. Müll, dachte Mahlow, jetzt schmeißen die schon einfach ihren Müll über der Landschaft raus, oder eine offene Ladeklappe, ein Koffer, der nun bei der Gepäckausgabe nicht mehr würde abgeholt werden können, oder vielleicht ein großer Vogel, aber was für ein Riesenvogel mochte das sein, der beim Aufschlagen wie ein Sack Kartoffeln klang? Mahlow lief zu dem Altpapiercontainer und kletterte die Leiter wieder hinauf.

Es war ein Mensch. Ein dunkelhäutiger Junge, vielleicht vierzehn Jahre alt, lediglich bekleidet mit einem Paar schmutzigen Drillichshorts und einem ebenso schmutzigen weißen T-Shirt, auf dem die Nummer 13 stand und ein Name: Ismael Khan. An einem seiner Füße hing ein Gummibadeschlappen. Der Junge lag auf den Magazinen, lag auf Debbie Wulf, deren Blick jetzt höhnisch wirkte. Seine Haut war aschfahl, die Lippen blau. Eine Leiche, dachte Mahlow, ich finde eine Leiche, die aus einem Flugzeug gefallen ist oder die jemand rausgeworfen hat, das ist ja völlig verrückt, das glaubt mir niemand. Er kletterte in den Container und blieb einige Sekunden vor dem Jungen stehen, bevor er in die Hocke ging und vorsichtig dessen nackten Unterarm betastete. Er fühlte sich eiskalt an. Paul Mahlow versuchte, sich an den obligatorischen Erste-Hilfe-Kurs zu erinnern, und kam als einzige Maßnahme auf

Mund-zu-Mund-Beatmung, aber wozu? Der war ja wohl schon lange tot, da kamen jede Beatmung, jede Herzmassage, jedes Gebet zu spät. Er setzte sich neben den leblosen Körper, kramte eine Zigarette hervor.

Es waren die Jahre des CB-Funks. Die Jahre bevor es Mobiltelefone gab, mit denen man immer und überall jemanden erreichen kann, um sich zu verabreden, einen Notruf abzusetzen oder letzte Worte zu übermitteln. Die Jahre, als Autotelefone nur den Reichen vorbehalten waren und die Kofferräume ihrer teuren Wagen füllten, in denen dann nur noch ein Hutschächtelchen Platz fand; die Ära der Münzfernsprecher, von denen nie einer in der Nähe war, und wenn doch, nicht funktionierte, falls man ihn dringend brauchte. Mahlow inhalierte. Er würde Krämer in der Zentrale anfunken und ihm das hier erklären müssen. Das würde eine Weile dauern. Dann müsste er neben der Leiche warten, bis die Polizei oder die Feuerwehr käme. Das würde wieder eine Weile dauern. Bei Leichen hatten sie es nicht eilig, besonders heute, wo alle Beamten rund um die Demonstration im Einsatz waren. Dann würde er eine Aussage machen müssen und natürlich noch einen vorläufigen Bericht für die Zentrale schreiben. Mit seinem ruhigen Tag wäre es vorbei. Er würde durch die verstopfte Stadt rasen müssen, um seine übrigen Kontrollen noch einigermaßen in der vorgegebenen Zeit zu erledigen. Er zog an der Zigarette und schüttelte den Kopf. Merkwürdig, an was für profane Dinge man plötzlich denken musste angesichts des Todes. Eigentlich war es völlig egal, was aus seinem ruhigen Tag werden würde. Vor dir liegt ein Toter, sagte er sich. Er spürte sein Herz schneller schlagen. Er hatte noch nie eine Leiche gesehen, und diese hier sah anders aus als im Fernsehen. Es graute ihm. Ein toter Junge, der aus einem Flugzeug gefallen war, konnte das sein? Mahlow blickte sich um. Das Flugzeug war nur noch ein schmaler Strich tief über dem Flugfeld, kaum mehr zu sehen. Vielleicht war der Junge ja gar nicht aus dem Flugzeug gefallen, aber nein, Minuten zuvor war der Altpapiercontainer ja noch leer gewesen, und um sie herum gab es nichts, von dem sich der Junge hinab und zu Tode hätte stürzen können.

Er drückte den Zigarettenstummel an der Wand des Containers aus und seufzte. In diesem Augenblick seufzte der Junge auch. Ein tiefes Lufthloen wie von einem Ertrunkenen, den man aus dem Wasser gezogen hat und der doch noch den entscheidenden Atemzug macht, der ihn ins Leben zurückbringt. Mahlow starrte den Jungen an. Dessen Augenlider flackerten. Kurz öffnete er die Augen, schien ihn aber nicht wahrzunehmen, sondern drehte den Kopf zur Seite. Sein Körper verkrampfte sich, als wollte er aufstehen, und einen Moment glotzte er auf Debbie Wulf, bevor er wieder nach hinten sackte und ohnmächtig wurde.

Diesmal verlor Mahlow keine Zeit. Beugte sich über den Jungen und horchte an dessen Brust. Der Junge atmete, schwach zwar, aber er atmete. Mahlow packte ihn unter den Armen und lud ihn sich auf die Schultern. Der Junge war ganz leicht. Behände kletterte Mahlow über den Containerrand und die Leiter hinunter. Mit einer Hand öffnete er die Hecktür des Mercedes und legte den Jungen auf die Rückbank. Dann stieg er vorne ein und griff nach dem Funkgerät. Krämer meldete sich, wie immer unfreundlich und gereizt.

«Zentrale hört, kommen.»

«Ich brauch einen Arzt. Ich, also, ich hab hier einen Jungen.»

«Sie haben was? Wenn Sie aufhören würden zu stottern, könnte ich Sie auch verstehen, kommen.»

«Ein Junge, hier liegt ein Junge, ich meine, er lag in einem der Papiercontainer.»

«... lag in einem Container, *kommen*. Wahren Sie Funkdisziplin, Mahlow. Das muss man Ihnen ja wohl nicht jedes Mal sagen. Kommen.»

«Hören Sie zu, Krämer, ich hab jetzt keine Zeit für diesen Quatsch. Der Junge ist bewusstlos. Der braucht 'nen Arzt. Kommen!»

«Wenn ich Sie richtig verstanden habe, haben Sie eine hilflose männliche Person auf dem Gelände des Objekts gefunden. Um welches Objekt handelt es sich denn, das wurde der Zentrale nämlich noch nicht mitgeteilt, und ich bin, leider, nicht der liebe Gott.»

«Die Altpapierverwertung. Ich bin in der Altpapierverwertung!»

«Soso. Na ja, das war ja zu erwarten. Hat wahrscheinlich einen über den Durst getrunken, Ihr kleiner Perverser. Kommen!»

«Sind Sie irre? Ich brauch hier den Notarzt. Sofort! Kommen!»

«Notarzt? Jupp ist gerade nicht da. Kommen.»

«Wieso, was hat das mit Jupp zu tun?»

«Ich brauche einen Zeugen, wenn ich hier was Offizielles anfordere. Lange nicht mehr in die Dienstvorschrift geschaut, was, Mahlow? Am Ende bin ich nämlich der Dumme, der den Notarzt bezahlt, wenn der kleine Suffi eigentlich gar keinen braucht und nur seinen Rausch ausschlafen wollte. So was hatten wir schon mal. Kommen.»

«Ich zeig Sie wegen unterlassener Hilfeleistung an, Krämer, dann wird's mal wirklich teuer für Sie!»

«Hoho, so sind sie, die kleinen Studenten, immer gleich mit dem Anwalt im Ärmel. Na gut, Mahlow, auf Ihre Verantwortung. Ich schicke Ihnen das volle Programm vorbei. Aber wehe, Ihr kleiner Asylant ist bis dahin wieder auf den Beinen und kann allein in sein Scheißasylantenheim zurückkriechen! Kommen.»

«Das ist kein Asylant, der ist …»

«Der ist was? Kommen.»

«Der ist aus dem Flugzeug gefallen.»

Eine Pause entstand, in der Mahlow hörte, wie Krämer mehrmals die Sprechtaste bediente, ohne etwas zu sagen. Dann drang Krämers Stimme wieder aus der Ohrmuschel, leise und bösartig.

«Du Arschgeige. Du hast mich fast so weit gehabt. Du elende Arschgeige. Ihr wollt mich vorführen, zum Deppen machen, mich auslachen können.» Seine Stimme wurde noch leiser. «Ich werde dafür sorgen, dass ihr rausfliegt. Du und dein Spezi Pfeiffer. Ende und aus.»

Einen Moment lang war Mahlow überrumpelt. Was hatte Pfeiffer damit zu tun? Halbherzig drückte er noch einmal die Ruftaste. Das Gerät schwieg, Krämer antwortete nicht. Mahlow drehte sich um. Er legte seine Jacke über den Körper des Jungen, dessen Haut sich immer noch kalt anfühlte. Er wusste, er hatte nicht viel Zeit. Nur wusste er nicht, was er jetzt tun sollte. Er sah auf die Uhr. Es gab die Möglichkeit, zur Rösterei zu fahren und Pfeiffers Telefon im Pförtnerhäuschen zu benutzen. Das schien ihm zu umständlich. Mahlow wollte etwas tun. Er beschloss, den Jungen selbst ins nächste Krankenhaus zu fahren.

## 6

**Es ist Zeit,** von meinem Onkel Yilmer Trapezunt zu erzählen.

Nie konnte ich die Frage klären, ob Yilmer tatsächlich mein Verwandter ist. Er tauchte beim Begräbnis meines Vaters auf und stellte sich als Onkel vor, dem von nun an die Sorge um Neffe und Nichte obliege, so verlange es die Tradition, aber auch die Menschlichkeit. Meine Schwester war gar nicht anwesend bei dem Begräbnis, sie hatte ihre Gründe, ebenso wie Yilmer Trapezunt Gründe haben mochte, sich nicht zu sehr um die Nichte zu kümmern. Ich war damals gerade neunzehn, meine Schwester sechzehn Jahre alt, und sie lebte in der Obhut einer Pflegefamilie, die vom Jugendamt zugewiesen worden war, nachdem mein Vater mehrere Alkoholentziehungskuren begonnen und wieder abgebrochen hatte.

Yilmer wandte sich also mir zu, dem Sohn seines vermeintlichen Großcousins Tazafhadi, der solcher Fürsorge gar nicht zu bedürfen glaubte. Zwar schenkte er mir an meinen Geburtstagen regelmäßig Geldbeträge, aber sein gut gemeinter Rat ging mir auf die Nerven. Aus Sorge um, wie er es nannte, die Unversehrtheit meiner Seele riet er vom Physikstudium ab. Dies sei die gottfernste aller Naturwissenschaften, und das Streben nach nutzlosem Wissen habe der Familie bislang nichts Gutes eingebracht. Er empfehle Praktischeres. Handwerk, Einzelhandel oder den Einstieg ins Gastronomische. Yilmer selbst war Arzt. In gewisser Weise – denkt man an meinen trunksüchtigen Vater, vor allem aber an meinen Großvater – passte er, wenn er wirklich mein Onkel ist, in die Genealogie zweifelhafter Ärzte in der Familie. Yilmer war allerdings der einzige, der dem hippokratischen Eid gerecht wurde. Oft sah ich in ihm einen im falschen Zeitalter Geborenen, stellte ihn mir vor als einen Arzt im Königreich Granada, als die Stadt und ihre Bewohner noch den Mauren untertan gewesen waren. Denn nicht nur seine Ansichten waren zuweilen mittelalterlich, auch seine Praktiken sollten mich in Staunen versetzen.

Der Nachname Trapezunt mochte genauso erdichtet sein wie die Onkelschaft. Trapezunt hieß das kleine, man könnte auch sagen mickrige Kaiserreich, das der Byzantiner Alexios I. Megas Komnenos gegen Ende des vierten Kreuzzugs 1204 an den Gestaden des Schwarzen Meeres im Norden der heutigen Türkei gegründet hatte. Die Türken waren es auch, denen das Reich 1461 von den Trapzonis mehr oder weniger kampflos übergeben werden musste. Warum sich nun mein Onkel den Namen eines längst untergegangenen oströmischen Teilreiches gegeben haben soll, bleibt rätselhaft. Vielleicht wurde er in Trabzon, wie Trapezunt heute heißt, geboren, doch dann müsste er vielleicht Trabzon, Trabzoni, Trabzonoculu oder so ähnlich heißen. Jedenfalls stammte er aus der Türkei, besaß aber einen deutschen Pass, in dem «Trapezunt» als Nachname eingetragen war, neben einem, wie ich wegen des ergrauten Schnauzbartes und der Fältchen in den Augenwinkeln annehmen musste, erschwindelten Geburtsdatum.

«Du bist hochmütig, Alp», sagte Yilmer, wenn ich wieder einmal eine der von ihm angebotenen Nebenbeschäftigungen ausgeschlagen hatte. «Die Menschen, die die Arbeit annehmen, die du ablehnst, wollen das Gleiche wie du. Sie streben nach Glück, sie wollen wissen, wer sie sind, und sie wüssten gerne, wie die Welt, in der sie leben, wirklich beschaffen ist. Schätze niemals einen Mann gering, bloß weil er den ganzen Tag nichts anderes macht, als Pizza in den Ofen zu schieben. Vielleicht weiß er Dinge, die du niemals wissen wirst.»

«Ich schätze niemanden gering», entgegnete ich, «ich will nur einfach keine Pizza in den Ofen schieben. Und ich will auch keine Pizza ausliefern. Das ist alles.»

Das letzte von Yilmers Angeboten musste ich aus purer Geldnot dann doch annehmen, was sich vorerst als glückliche Fügung erwies. Denn tatsächlich lernte ich bei dieser Gelegenheit Dinge, die in keinem Lehrbuch der Physik oder Kosmologie zu finden waren, übrigens auch in keinem Lehrbuch der Medizin.

Yilmer Trapezunt firmierte als «Dr. med. PD Y. Trapezunt», besaß jedoch keine eigene Praxis, und auch seine Anstellung in einem Provinzkrankenhaus lag schon einige Jahre zurück. Er war Bereitschaftsarzt der Kassenärztlichen Vereinigung, und die bot einen Notdienst für Patienten an, die außerhalb der üblichen Sprechzeiten so krank geworden waren, dass sie einen

Arzt brauchten, jedoch nicht krank genug, um einen Rettungswagen zu rufen.

Innerhalb dieses nachts und an den Wochenenden tätig werdenden Dienstes hatte sich Yilmer früh spezialisiert und übernahm seitdem all jene Fälle, die der Telefondienst gerne auf die hinteren Plätze in der Warteschleife verwies und denen Yilmers Kollegen ganz zuletzt, am liebsten überhaupt gar keinen Hausbesuch abstatteten. Es handelte sich um die, wie es offiziell hieß, «ausländischen Mitbürger» oder «Patienten ausländischer Herkunft», die, des Deutschen oft nur rudimentär mächtig, die Geduld der Altberliner Telefonistinnen schon früh am Tage oder spät in der Nacht auf eine allzu unbequeme und ihrer Ansicht nach unterbezahlte Probe stellten.

«Frida, ick hab hier wida so 'n janz strengen Fall von Te-je-äs, ruf mal'n Yilmi!», konnte es dann durch die Telefonzentrale tönen, während Onkel Yilmer, dessen Name ebenso wie mein eigener der hemmungslosen Altberliner Verstümmelung zum Opfer fiel, geduldig wie ein Geier auf den ersten TGS-Fall des Tages wartete.

«TGS» war die abschätzige, zweifellos auch rassistische Abkürzung für den ebenso abschätzigen wie rassistischen Begriff «Türkischer Ganzkörper-Schmerz», mit dem die meisten inländischen Erkrankungen ausländischer Mitbürger grob und oberflächlich umschrieben wurden. Im Grunde genommen wurde damit allerdings weder das Symptom noch die Krankheit erfasst, sondern allenfalls die Reaktion auf das Symptom. Während der Altberliner Patient sich in anhaltendem, mürrischem Jammern, Ächzen und in schulmeisterlicher

Belehrung des behandelnden Arztes erging, meist nur unterbrochen von seiner Forderung, dass die teurere Behandlung grundsätzlich allen anderen Behandlungen vorzuziehen sei, hatten sich die aus Kleinasien stammenden Neuberliner auf die uralte, schon in der Antike bekannte Tradition des Wehklagens besonnen, des Klagens über das eigene Weh, damit das Weh auf immerdar verschwinde.

Niemand konnte so gut, so einfühlend und so umsichtig mit diesem Phänomen umgehen wie Dr. Yilmer Trapezunt. Die Kassenärztliche Vereinigung stellte ihm Dienstwagen und Fahrer, doch beides erwies sich mit steigender Auftragszahl als nur bedingt tauglich für seine Zwecke. Yilmer war Arzt, aber er trug auch jenen kleinasiatischen Unternehmerstolz in sich, der verlangte, nicht einfach nur wie der Angestellte oder gar Büttel irgendeiner Kassenärztlichen Vereinigung dazustehen. Darum tauschte er den Dienst(klein)wagen gegen einen ausrangierten VW-Bus der nicht unbedingt beliebten Schutzpolizei und suchte sich einen Fahrer, der anders als alle bisherigen seinem Doktor treu ergeben war und ihm im Zweifelsfall den Rücken freihielt.

Ich war nicht unbedingt die erste Wahl, denn ich sprach im Gegensatz zu Onkel Yilmer weder Türkisch noch Kurdisch, Armenisch, Arabisch, auch, von Englisch einmal abgesehen, keine europäischen Fremdsprachen, kein Italienisch, Griechisch oder Serbokroatisch, noch nicht einmal des angestammten Persischen war ich mächtig.

«Judo? Das ist doch so was wie Kung-Fu? Da kannst du dich doch gut selbst verteidigen, oder?»

«Judo ist ein Sport. Ein Sport wie jeder andere. Wie Ringen, Reiten oder Schlittschuhlaufen. Es ist *nicht* wie in diesen Kung-Fu-Filmen, falls du das meinst.»

«Mhm, Alp. Ich glaube, du sagst nicht die Wahrheit. Ich weiß nicht, was es ist, dieses Judo, aber es bedeutet dir viel mehr als nur ein Sport.»

«Aha.»

«Es gibt Menschen, die wollen nicht nur Gutes. Die sind schnell mit dem Messer dabei, wenn sie nicht weiterwissen, wenn sie keinen Ausweg sehen.»

«Wenn du einen Beschützer brauchst, solltest du vielleicht nach jemandem suchen, der Karate kann oder boxt. Ich bin da nicht der Richtige.»

«Ja, daran habe ich auch schon gedacht. Aber wir wären nicht verwandt.»

«Wir sind nicht verwandt, Onkel Yilmer.»

«Das ist ein Widerspruch in sich, mich Onkel Yilmer zu nennen und zu behaupten, wir seien nicht verwandt.»

«O Gott!»

«Was hat der damit zu tun?»

«Ich werde nicht deinen Bodyguard spielen!»

«Ich suche einen Fahrer, weiter nichts.»

«Du suchst einen, der auf dich aufpasst.»

Yilmer sah mich ernst an. «Alp, ich habe schon jemanden, der auf mich aufpasst. Das Problem ist, dass die Leute, die ich behandle, oft niemanden haben. Und es wäre von Vorteil, von großem Vorteil, wenn sie sich sicher fühlen würden. Und dafür ist es notwendig, dass du auf dich selbst aufpassen kannst.»

«Das verstehe ich nicht.»

«Ich weiß.»

Trotzdem wurde ich Dr. Trapezunts Fahrer. So wie Paul Mahlow Fabrik um Fabrik kontrollierte, fuhr ich Onkel Yilmer an den Wochenenden von Patient zu Patient. Man kann darüber streiten, ob Yilmer Trapezunts Methoden mittelalterlich waren, ein Teil seines Instrumentariums war es ganz gewiss. Nie werde ich seine zerkratzten Schröpfgläser vergessen, seine vergoldeten Aderlassschnapper, Klistierspritzen, Vaginalirrigatoren, stählernen Knochenhebel, Trepanationsbohrer und Amputationssägen. Der bloße Anblick dieser Geräte schied die Simulanten von den ernsthaft Erkrankten und führte nicht selten zu medizinisch rätselhafter Spontanheilung. Ein Raunen ging durch die Reihe aller Anwesenden, wenn Dr. Trapezunt eintrat und seinen messingbeschlagenen Koffer öffnete.

Einmal, in der Hitze der Nacht, trafen wir in einer Wohnung ein, und die Frau war fast schon tot. Da begriff ich, was mein Onkel von mir erwartete.

«Achte auf den Mann, der Mann wird's vielleicht nicht aushalten, darum achte auf ihn.»

In anderen Wohnungen hätte man Mann und Kinder rausgeschickt, in ein anderes Zimmer, auf den Flur. Aber diese Wohnung bestand nur aus einem einzigen Raum, und der Flur war voll mit Nachbarn. So standen der Mann und die Kinder um die Frau herum, als Yilmer Trapezunt ihr das Kleid über der Brust aufriss und mit der Herzmassage begann. Und ich achtete auf den Mann, dessen Augen tränenschwer waren und dessen rechte Hand in der Hosentasche nach etwas tastete. Ich sah ihn an, so wie ich gelernt hatte, einen Gegner anzusehen, bevor der Kampf beginnt, ruhig und des Sieges sicher, der nie sicher ist. Und die Augenlider der auf dem Boden liegenden Frau, Augenlider in einem bleichen, sanften Gesicht, eingerahmt von einem schwarzen Kopftuch, rührten sich nicht, während der Mann nach etwas in seiner Tasche suchte und ich einen Gegner ansah, der nicht mein Gegner war, mich auf einen Kampf vorbereitete, der nicht mein Kampf war, und Yilmer Trapezunts Faust auf die Brust der Frau niedersauste, als wollte er das Leben wieder in sie zurückprügeln, was er auch tat.

«Gute Arbeit, Yilmi», sagte einer der Rettungssanitäter, die später eintrafen.

«Danke», sagte Trapezunt, «du darfst mich Ali Baba nennen.»

«Das war ein Wunder», sagte ich im Wagen.

«Nein, Alp, das war kein Wunder, das war einfach nur Glück.»

«Ich dachte, du glaubst nicht an Glück.»

«Dass ich nicht dran glaube, heißt ja nicht, dass ich es nicht habe.»

«Das ist ein Widerspruch in sich.»

«Nein, Alp Tazafhadi, das ist kein Widerspruch in sich.»

«Beweise!»

«Dass du nicht an Gott glaubst, heißt ja nicht, dass er nicht an dich glaubt.»

«Wieso sollte Gott an mich glauben, wenn ich nicht an ihn glaube?»

«Kannst du es ihm verbieten?»

Da waren wir wieder bei unserer Lieblingsbeschäftigung angekommen, der fromme Medikus und der ungläubige Physikus, Yilmi und Alpi im grünen Quacksalbermobil, Gottesbeweise! Es war ein beliebter Sport inmitten der samstäglichen Mittagslethargie, wenn alle potenziellen Patienten noch ihre Wochenendeinkäufe erledigten. Die ersten zwei Fälle hatten wir meistens in den frühen Morgenstunden, unmittelbar nach dem Aufstehen. Noch in seiner Wohnung nahm Yilmer Trapezunt den Auftrag von der Telefonzentrale entgegen. Kaffee trinkend und rauchend, den Hörer zwischen Ohr und Schulter geklemmt, machte er sich Notizen, schnappte dann seinen Koffer, nicht ohne ein besonders abschreckendes Instrument aus seiner Sammlung einzupacken, rannte hinunter zum grünen VW-Bus und fuhr zu Miss Ellie, wo er die halbe Straße, aber letztlich auch mich mit seiner Vierkanalhupe weckte. Von da an saß ich am Steuer, während Yilmer sich qualmend auf dem Beifahrersitz fläzte und das Funkgerät bediente. Über dieses Funkgerät hielt er Kontakt zur Telefonzentrale, konnte aber auch Polizei und Feuerwehr abhören, was weder wichtig noch erlaubt war, aber Yilmer gefiel. Er besaß sogar ein Blaulicht, das man wie in einer amerikanischen Fernsehserie auf das Wagendach stellen konnte, und er drängte mich, doch an der Universität herauszufinden, wann der Einsatz eines solchen Sondersignals in seinem Fall gestattet oder wenigstens geduldet sei.

Samstags, in der Zeit zwischen neun Uhr morgens und ein Uhr mittags, hatten wir selten viel zu tun, weil, wie gesagt, die meisten potenziellen Patienten noch einkaufen waren. Dann köchelte das Teewasser im hinteren Teil des Busses in einem kleinen Samowar vor sich hin, Yilmer rauchte sein drittes oder viertes Zigarillo, und ich versuchte aufzutrumpfen:

«Nehmen wir an, es gibt Gott tatsächlich und er hat alles geschaffen, das gesamte Universum mit allen darin geltenden Naturgesetzen und Besonderheiten, wer hat dann Gott geschaffen?»

Trapezunt gähnte. «Ganz einfach: Gott hat sich selbst geschaffen.»

«Zu einfach», konterte ich, «denn wenn Gott das ganze Universum geschaffen hat, dann hat er auch die Zeit geschaffen, ergo gibt es keine Zeit vor Gott, sprich: Es gibt kein Davor, es gibt nichts vor Gott, auch Gott selbst gibt es nicht, infolgedessen kann er sich gar nicht selbst erschaffen haben.»

«Knifflig.»

«Tja.»

«Hast du nicht mal erzählt, dass das Universum vielleicht gekrümmt ist und man mit einem Raumschiff, das das gesamte Weltall durchfliegt, am Ende wieder am Anfangspunkt herauskommt?»

«Es gibt so eine ähnliche Theorie, ja.»

«Dann ist es mit der Zeit genauso. Das Ende ist der Anfang. Am Ende der Zeit, im letzten Augenblick der Welt, erschafft sich Gott neu, und dann beginnt wieder alles von vorn.»

«Nicht sehr originell.»

«Aber funktioniert.»

«Ein ewiger Kreislauf.»

«Sieht so aus.»

«Ob er sich da ab und zu was Neues ausdenkt, oder passiert immer dasselbe?»

«Schwer zu sagen.» Yilmer sah zur Windschutzscheibe hinaus und schien eine alte Zeitung zu beobachten, mit der der Wind spielte.

«Sonst wäre es ja so», folgerte ich, «dass Gott immer schon vorher weiß, was passiert, weil es immer wieder passiert. Muss ganz schön langweilig sein. Außerdem ist er dann irgendwie überflüssig, oder? Andererseits, wenn er mal was verändert am Universum, weil's ihm in der alten Version nicht gefallen hat, dann korrigiert er sich ja selbst, ergo: Er ist vielleicht allmächtig, aber nicht unfehlbar.» Ich grinste selbstgefällig.

Yilmer sah mich an. «Trink deinen Tee aus, wir müssen gleich los.»

Ich stutzte. «Wie kommst du denn darauf? Ist noch nicht mal zwölf.»

In diesem Moment drang die Stimme einer Altberliner Telefonistin aus dem Funkgerät.

# 7

**Gonzo gab sich die Schuld.** An allem. Das ist so seine Art. Wenn schon der Flügelschlag eines Schmetterlings auf Hawaii ausreichen mochte, einen tropischen Wirbelsturm auszulösen, was für eine Katastrophe konnte dann erst ein Soziologiestudent und Atomkraft-, Amerika- und Aufrüstungsgegner anrichten, der die Telefonnummer eines Kontaktbeamten des Verfassungsschutzes auswendig wusste? Gar nicht auszudenken.

Gonzo war ein Spion. Ein Doppelagent. Ein Verräter. Zwar hatte seine zeitweilige Informantentätigkeit für den Verfassungsschutz letztlich keinerlei Folgen für die eine oder andere Seite, doch irgendwann verlor er den Kontakt zur realen Welt, sah sich in einem Netz von Verschwörung, Verschwörern und Gegenverschworenen gefangen, bekam für ihn jede Bemerkung, jedes Zeichen, jede zufällige Geste einen Sinn, stand alles mit allem in Verbindung, war jeder, der dies leugnete, Teil eines noch viel größeren, übermächtigen PLANS, der im Verborgenen ausgeführt wurde und dessen Ziel im günstigsten Falle nur die Weltherrschaft war.

Biografisch verstand sich Gonzo als Opfer der Ordnungshüter, in deren Fänge er nach einer etwas zu ausschweifenden Party mit erstmaligem Marihuana-Genuss geraten war. Für ihn war es die erste Party dieser Güte, nachdem er die Gestade des Bodensees verlassen hatte und von der Unheimlichkeit der schlummernden Hauptstadt umfasst worden war. Normalerweise hätte jeder abgebrühte Partykumpan mit den Achseln gezuckt, sobald ihm die Ermittler den noch nicht aufgerauchten Joint beweislastig unter die Nase gehalten hätten, oder, ungleich kecker, um Feuer gebeten. Doch Gonzo hatte der Heimeligkeit jener Kleinstadt am Bodensee vielleicht etwas zu übereilt den Rücken gekehrt, dem Geburtshäuschen samt kieferchirurgischer Praxis des Vaters, deren Übernahme ihm nach einem erfolgreichen Zahnmedizinstudium in Aussicht gestellt worden war. Statt das Angebot auszuschlagen, hatte er sich, auch weil ihm die Zulassung zum Studium noch fehlte, eine Art Bedenkzeit ausgebeten und halbherzig die Flucht nach Berlin ergriffen.

Es ist das Wesen jeder halbherzigen Flucht, dass das halbe Herz zurückbleibt. Als die Beamten ihm den beweislastigen, noch gonzospuckefeuchten Glimmstängel unter die große Nase hielten, da sah der Beschuldigte ein Wort im Nachthimmel über dem Bodensee aufleuchten: Schande! Und er hörte sie rufen, die Patienten seines Vaters, die Freundinnen seiner Mutter im Tennisclub, die Nachbarn, die Kassiererin im Supermarkt, den alten Mann an der Bushaltestelle: Schande über Gonzo und über die ganze Gonzo-Sippe, niemals mehr können wir, die friedvollen Bewohner des Bodenseestrandes, unsere Weisheitszähne von einem Zahnklempner raushebeln lassen, dessen Sohn ein *Drogenhändler* ist!

Gonzo gestand, und als ihm Diskretion und Strafverschonung gegen Auskunftsbereitschaft angeboten wurden, willigte er nach kurzem, wiederum nur halbherzigem Sträuben ein. Später verstand er sich als Teil einer perfiden Staatsintrige, vermutete sogar, andere V-Männer, wie er nun selbst einer war (obwohl man ihn, den Schmächtigen, eher als V-Jungen bezeichnen müsste), hätten ihn zu jener verhängnisvollen Party geschleppt, um ihn in ebenjene willfährige Situation zu manövrieren.

Die Wahrheit aber, die mein Onkel Yilmer später während seiner Besuche bei mir und Gonzo heraushören konnte, auch wenn ihm mein Pfleger nicht die ganze Geschichte erzählte, sondern zunächst nur, neben meinem Bett kniend, zerknirscht flüsterte, er sei an allem schuld – die Wahrheit ist die, dass Gonzo schon bald nach seiner Flucht vom Bodensee, schon während der Fahrt über die Transitstrecke, schon während er den Kontrollpunkt Dreilinden passierte und über die kurze und dennoch seltsam endlos anmutende, verschwenderisch beleuchtete Avus in die Stadt einfuhr, eine Ahnung davon bekam, wie es um ihn und die Welt bestellt war. Es dämmerte ihm, dass er darin überhaupt keine Bedeutung hatte. Dass alles Mögliche mit ihm in der zwar eingezäunten, aber immer noch viel zu großen Stadt geschehen konnte und dass er dagegen keinen Plan hatte.

Nun ja, die ersten Tage fehlte ihm tatsächlich nur dies: ein Stadtplan. Süddeutsch-kleinstädtische Übersichtlichkeit und Ordnung gewöhnt, hatte er geglaubt, das Geld für ein solches Hilfsmittel sparen und sich einfach durchfragen zu können. O Hochmut des Provinzlers! Nicht nur dass die meisten Altberliner das ihnen angestammte Viertel selten verließen, sie schienen auch ihre eigene Stadt nicht zu kennen. Dem provinziellen Hochmut setzten sie die höhnische Selbstgewissheit des Insulaners entgegen, die darin bestand, sich selbst als Mittelpunkt des Universums aufzufassen, eine Sichtweise, die früher einmal ein paar Polynesier im landarmen Pazifik gehabt hatten, von den Berlinern aber beibehalten wurde, weil sie von der höchsten weltlichen Instanz legitimiert worden war. Hatte nicht der Präsident der Vereinigten Staaten von Amerika persönlich verkündet, dass alle Menschen Berliner seien? Waren aber alle Berliner, dann waren die Berliner Berliner der eigentliche Kern der Menschheit, nicht unbedingt die besseren Menschen, aber doch der ausgekochte Urschleim, dem man nichts vormachen konnte. Kurz: Wenn sie auf Gonzos Frage nach dem Weg keine Antwort wussten, behaupteten sie schlicht, den Ort, den er suche, gebe es gar nicht, oder sie verfielen auf einen rhetorischen Trick, den jeder Altberliner bereits vor dem Laufenlernen beherrscht, nämlich lästige Fragen sofort mit einer Gegenfrage zu parieren. Ob das in der «Zone» sei, also «im Osten» – beides Synonyme für einen Ort, der für den wackeren Westberliner in etwa so weit entfernt war wie für einen guten Katholiken das Fegefeuer.

In dieser ersten Woche, in der Gonzo überall war und nirgendwo, in der er selbst auf dem Campus der sich vieldeutig als «frei» bezeichnenden Universität herumirrte wie ein Schlafwandler, in der er nachts in einem

Zimmer saß, das er per Zeitungsannonce von einer französischen Austauschstudentin für drei Monate bis zu ihrer Rückkehr untergemietet hatte und das ihm wegen des Mobiliars, der Bücher und all der kleinen persönlichen Gegenstände, die die Unbekannte arglos zurückgelassen hatte, in bedrückender Weise fremd blieb, und zwar so sehr, dass es ihm schien, als ob diese Dinge seiner Anwesenheit mit Widerstand, ja Hass begegneten, in dieser Woche, in der er sich gelegentlich dabei erwischte, still zu weinen, in dieser ersten Woche packte Gonzo eine Angst, die er nie zuvor gespürt hatte: die Angst, sich zu verlieren, zu verschwinden, die Angst, dass jeder Schritt, den er tat, der letzte sein könnte, die Angst, morgens aufzustehen und zu sterben.

«In meiner Jugend», schrieb Joseph Hutzinger in seinem Bestseller *Reich und glücklich in sechs Tagen*, «packte mich einmal die Angst. Da war ich zweiter Soßenkoch in einem mittelmäßigen Restaurant in Wien und hatte einen grauenhaften Chef. Ständig fürchtete ich um meine Arbeit, die ich ebenso hasste wie den gefürchteten Chef, das Restaurant und die Kollegen. Trotzdem machte ich immer weiter mit der Arbeit, denn es waren die dreißiger Jahre, und die Weltwirtschaftskrise war bis zu den Köchen vorgedrungen, und ich – ein Koch! – glaubte buchstäblich verhungern zu müssen, wenn ich dem Chef Paroli böte, denn das, so meinte ich, würde unzweifelhaft zu meiner Entlassung führen. Aber eines Tages wurde mir klar, dass ich irgendwann sowieso sterben würde und dann auf ein Leben zurückschauen müsste, in dem ich nur in Angst gelebt hätte, in Gram und Furcht. Ich kündigte. Es dauerte, aber schließlich fand ich Arbeit in einem kleinen Restaurant, das bald stadtbekannt wurde. Was ich Ihnen damit sagen will, ist dies: Sie haben nur das eine Leben. Verbringen Sie es nicht in Angst.»

Das war leicht gesagt. Gonzo hatte schon genug damit zu tun, den zuweilen übermächtigen Wunsch nach einem Schritt zurück – zurück an den Bodensee und in den sicheren Hafen der Kieferorthopädie – zu unterdrücken. Er sehnte sich nicht nach Freiheit, er sehnte sich nach einer Decke, unter die er kriechen konnte. Zwar lebte er als Spitzel in der Furcht, enttarnt zu werden oder bei seinen Herren in Ungnade zu fallen. Aber er fühlte sich auch als Teil des PLANS, er glaubte den Zufall, der ihm bislang hinter jeder Ecke mit besonderer Bosheit hatte auflauern können, besiegt.

Dabei waren die Geheimnisse, die Gonzo verriet, gar keine richtigen Geheimnisse. Vor jeder kleineren oder größeren Demonstration, bei der das Auftauchen autonomer Gruppen zu erwarten war, fertigte er mehr oder weniger genaue Skizzen des Demonstrationsgebietes an, in die er mögliche Rückzugsgebiete oder Operationsbasen – Toreinfahrten, Hauseingänge, Kellergewölbe, Hinterhöfe nebst deren Verbindungen untereinander – genau einzeichnete. Gefallsüchtig, wie viele Verräter es irgendwann werden, begnügte er sich bald nicht mehr mit den bloßen Lageplänen, sondern ergänzte sie um persönliche Beurteilungen der LAGE und gab auch Prognosen ab, in welche Richtung sich die Demonstrierenden und vor allem die Randalierenden bewegen würden. Seine Trefferquote lag ungefähr bei fünfzig Prozent, also im statistischen Mittel, geht man von einer Situation aus, in der die Demonstranten die Wahl zwischen Weg A und B haben. Trotzdem glaubte Gonzo eines Tages, er habe es im Gefühl, wohin sich der Zug der Gewaltbereiten bewegen werde, er könne es vorhersagen. Dieser Glaube wurde nur noch von seiner unausgesprochen bleibenden Vermutung übertroffen, dass er, der mehr oder weniger direkt den Aufmarsch der Polizei beeinflusse, genau genommen auch die Bewegung der Demonstranten lenke, dass also seine Skizze mehr sei als Verrat oder profane Hellseherei, nämlich eine Art übersinnliche Beeinflussung der Massen: Demonstrantenvoodoo.

In Wirklichkeit beeinflusste er mit seinen Skizzen wenig. Der Demonstrationszug hätte auch ohne ihn jenen Weg genommen, den er in diesem Universum nehmen musste.

Und ich? Ich nahm jenen Weg, den mir ein dicklicher Mann namens Ahmed Hakim auf die Landkarte des Zufalls zeichnete, als er ohne böse Absicht in einem jener Lokale, denen ich schon vor geraumer Zeit die Mitarbeit versagt hatte, eine Hammelhirnsuppe aß, die wohl nicht mehr so ganz frisch war. Das Hirn eines Hammels! Darin liegt einiges an Symbolkraft, leider aber überhaupt keine Poesie. Was mochte dieser Hammel gedacht haben, bevor sein säuerliches Hirn in die Brühe klatschte? Du blöde Ziege, wird er wohl gedacht haben, und dasselbe dachte auch Ahmed Hakim, als die Altberliner Telefonistin des Kassenärztlichen Bereitschaftsdienstes einfach nicht verstehen wollte, dass er sich nach dem Genuss verdorbener Hammelhirnsuppe gerade die Seele aus dem Leib kotzte, was auch daran lag, dass er Arabisch sprach. «Te-je-äs», klassifizierte die Telefonistin in völliger Unkenntnis der Nationalität des Anrufers diesen Fall und übertrug ihn meinem Onkel, indem sie die Hörmuschel des Telefons an das Funkgerät hielt und Ahmed Hakim einfach weiter auf Arabisch kotzen und fluchen ließ. Also fuhren Yilmer und ich zu Ahmeds Heimstatt, auf einem Weg, der sich, wie ich immer noch glaube, nur ganz zufällig, aber nicht weniger verhängnisvoll mit jenen Linien kreuzte, die Gonzo auf seinen Skizzen eingezeichnet hatte.

Als wir an eine Straßensperre kamen, schimpfte Yilmer. Ein Motorradpolizist stoppte uns im letzten Moment. Beinahe wären wir vorbeigefahren, denn Yilmers ehemaliger Polizeibus, den er nicht hatte umlackieren lassen, lud zur Verwechslung mit der Staatsmacht ein. Yilmer wollte diskutieren, zeigte auf das selbst gemalte und an den Rändern von einem dankbaren Patienten kunstvoll mit orientalischer Ornamentik verzierte Schild «Arzt im Einsatz», das er in die Windschutzscheibe gestellt hatte, doch der Motorradpolizist ließ sich nicht erweichen, verwies auf die dem hohen Besuch zustehende Sicherheitsstufe und die im Allgemeinen sowieso ganz heikle Lage.

«Scheiß auf die Lage», brummte Trapezunt, derweil ich das Steuer schon herumgerissen hatte, und los ging's, hinein in das Gewirr von Nebenstraßen und -sträßchen, in das Labyrinth von Mietskasernen und verwinkelten Höfen, wo irgendwo in einem herunter gekommenen Hinterhaus Ahmed Hakims Bleibe war, ein Zimmer mit Kohlenofen und einer von vier Mietparteien genutzten Außentoilette, die mittlerweile von drei Parteien belagert wurde, da die vierte Partei, Ahmed, sich nach seinem Anruf auf dem Abort verbarrikadiert hatte. Immer noch drangen Stöhnen und Würgen aus dem Kämmerlein zu den halb besorgten, halb verärgerten Nachbarn vor der Toilettentür, unterbrochen von Ahmeds Mitteilung, dass er aus dem Kämmerlein nicht mehr herauskomme, da er, wie's aussehe, dort drinnen sterben werde. Längst hatte das Hirn des Hammels Ahmeds Magen wieder verlassen, war das marode Fallrohr im Hinterhaus hinuntergeschluppt und mit Fäkalien, Essensresten, Spülwasser in den Kanal unter der Straße geschwemmt worden. Glip-galup! Langsam schwabberten die Reste verdorbener Gedanken, weiße, glibbrige, halb verdaute Bröckchen, in Richtung jener Straßenkreuzung, an der ich das Quacksalbermobil anhielt, da ich mich offenbar verfahren hatte. Ich schaute in den Stadtplan. Yilmer spielte mit einem seiner vergoldeten Aderlassschnapper und blickte unruhig auf die Straße.

Paul Mahlow fuhr zum Krankenhaus. Er fühlte sich gut. Er wusste, er tat das Richtige. Ab und zu schaute er nach hinten, um zu sehen, ob der Junge noch atmete. Er konnte das nicht genau erkennen, aber er redete sich ein, der Junge atme noch, und er versuchte den Gedanken zu verdrängen, er könnte vielleicht schon tot sein. Er fuhr schnell. *Wer reitet so spät durch Nacht und Wind?* Die Zeile eines Gedichts aus seiner Schulzeit kam ihm in den Sinn, als er eine rote Ampel an einer leeren Kreuzung überfuhr.

«Wir sind hier irgendwie falsch», sagte ich.

«Ich weiß», sagte Yilmer Trapezunt. Er hatte sie

schon gesehen. Sie kamen die Straße herauf, an deren Ende sein Bus stand. Man konnte zunächst nur eine Reihe von Männern erkennen, die, Yilmer und mir den Rücken zugewandt, nebeneinander langsam rückwärts gingen.

«Was machen die da?»

«Komm raus!», rief einer von Ahmeds Nachbarn.

«Lasst mich in Frieden sterben!», rief Ahmed.

«Wir holen die Polizei!»

«Bullen», sagte Yilmer Trapezunt. Es waren Polizisten, die sich mit erhobenen Schilden und Schlagstöcken und eingezogenen Köpfen auf eines ihrer ehemaligen Fahrzeuge, jetzt Dr. Trapezunts mobiles Krankenhaus, zubewegten.

Gonzo war ganz in der Nähe. Wie immer stand er in der ersten, der friedlichen Reihe, trug ein selbst gemaltes Transparent:

> Bush
> Wir wollen Sonne statt ~~Reagan~~,
> ohne Rüstung leben.

Plötzlich stürmten die Randalierer in der zweiten Reihe, anstatt sich auf das Werfen von Steinen und das Abschießen von Stahlkugeln und Feuerwerkskörpern zu beschränken, an der ersten Reihe vorbei. «Keine Gewalt», rief Gonzo noch, aber schon erkannte er, dass dieser Aufruf noch weniger Wirkung als sonst haben würde, denn er sah, was die Übrigen auch gesehen hatten: Es waren weniger. Es waren viel weniger Polizisten als vermummte Pflastersteinwerfer.

«Was machen die da?», fragte ich.

«Rückzug», sagte Yilmer.

«Komm da raus, Ahmed!»

«Nein!»

«Ich muss pissen!»

«Dann piss dir in die Hosen. Ich sterbe, und das geht vor!»

In diesem Moment krachte der erste Pflasterstein gegen Yilmers Fahrpraxis. Klonk-klonk! Und unter uns das Hammelhirn, glup-glup.

«Warum fährst du nicht los?», fragte Onkel Yilmer sanft.

Ich rührte mich nicht. Es war auch schon zu spät. Von der anderen Kreuzung her hörten wir – weit entfernt noch – Sirenen: die Verstärkung. Der Rückzug der Polizisten verwandelte sich in eine wilde Flucht. Sie stürmten auf Yilmers Gefährt zu. Ich erkannte, warum. Sie dachten, Yilmer und ich wären schon Teil der Verstärkung, und die Demonstranten dachten das auch. Immer mehr Steine flogen gegen den Kleinbus, um den sich jetzt die flüchtenden Polizisten sammelten.

Der Motor des 280ers brummte, tief und zuversichtlich, und Fahrer und Gefährt und Auftrag schienen in dieser Zuversicht vereint. Kein Gedanke mehr, der Junge könnte tot sein. Hatte Mahlow anfangs noch rote Ampeln überfahren, so war ihm nun, als wäre ein Weg bereitet, als wüsste jemand um sein Kommen, denn alle Ampeln sprangen auf Grün, sobald er sich ihnen näherte. Erst als er schon in der Nähe des Krankenhauses war, fürchtete er, aufgehalten zu werden. Zwei

Mannschaftswagen der Polizei standen quer, doch noch bevor er sie erreicht hatte, noch bevor er seine im Geiste vorgefertigte Begründung hätte aussprechen können, warum er weitermüsse, nicht aufgehalten werden dürfe, sprangen die neben den Wagen wartenden Polizisten in ihre Fahrzeuge und fuhren mit eingeschalteten Sirenen davon. Die Straße war frei.

«Ich sterbe!»

«Dann stirb auch! Aber mach vorher wenigstens die Tür auf!»

Jemand rüttelte an der Beifahrertür. Demonstranten und Polizisten umringten Yilmers Bus. Das Prasseln der Steine ließ nach. Sie waren zum Nahkampf übergegangen, schon schwankte Dr. Trapezunts Klinik im Handgemenge. Jemand riss die Beifahrertür auf, stieg ein und schwang sich auf den Platz neben Yilmer. Ein Polizist. Ein junger Polizist, dessen Helmvisier gesprungen war und dem Blut aus einer Platzwunde über die Wange floss.

«Warum fährst du nicht los?», rief er, halb anklagend, halb flehend, bevor er das kaputte Visier hochschob und sein eben noch gehetzter Blick starr wurde. «Was ist denn das hier?», flüsterte er.

Habe ich schon erwähnt, dass der Innenhimmel des Busses mit einem handgeknüpften Buchara ausgekleidet war, dessen Fransen als Schutz gegen die tief stehende Sonne über der Windschutzscheibe herabhingen? Muss ich beschreiben, wie der Samowar hinter der Sitzreihe gemütlich vor sich hin dampfte und trotz des Schaukelns nicht umfiel? Dass vom Rückspiegel eine kleine, dem Doktor als Talisman überreichte Miniaturwasserpfeife baumelte? Kennt jemand diese Plastikwackeldackel, die man sich im Auto hinten auf die Hutablage stellen kann und die dann, während der Fahrt, mit dem Kopf nicken oder vielmehr wackeln? Nun, es gibt auch Plastikwackelbauchtänzerinnenpuppen, und eine solche Plastikwackelbauchtänzerinnenpuppe stand vorne in Onkel Yilmers fahrbarer Klinik auf dem Armaturenbrett und legte, weil der Bus sozusagen demonstrativ geschüttelt wurde, einen ganz außergewöhnlichen Wackelbauchtanz hin. Überhaupt hatte der Doktor das Armaturenbrett zum Anbringen von allerlei Nippes genutzt, samt und sonders Dankesgaben der Geheilten. Zu allem Übel war auch noch der messingbeschlagene Arztkoffer, den Yilmer zwischen seinen Füßen abgestellt hatte, offen, und der junge, verletzte Polizist konnte einen ausgiebigen Blick auf die zuoberst liegende Gerätschaft werfen: zwei Amputationssägen und einen leicht (wirklich nur *ganz leicht*) rostigen Trepanationsbohrer, wie man ihn im Prinzip schon seit Jahrtausenden zum Öffnen der Schädeldecke verwendet.

Paul Mahlow bog in die Einfahrt neben dem Schild «Rettungsstelle» ein, ein pflichtbewusster Pförtner wollte ihn aufhalten, sah dann Mahlows Uniform, die, obwohl nicht von derselben Firma, seiner eigenen glich, sah Mahlows ernstes Gesicht und die kurze, keinen Widerspruch duldende Geste, öffnete die Schranke. Mahlow beschleunigte, raste die Auffahrt hinauf, die sonst nur Krankenwagen hinaufrasen durften, und hielt. Er stieg aus, packte den Jungen, ließ die Wagentür offen und trug den Jungen wie ein Baby vor sich her.

«Du bist ja immer noch am Leben, Ahmed!»

«Na und!»

«Räumen Sie die Toilette!»

«Hörst du? Wenn du nicht stirbst, dann komm da raus!»

«Ich komm hier nicht raus, bevor nicht der Arzt da ist!»

Aber Dr. Trapezunt kam nicht mehr. Der Samowar fiel doch um, weil der ganze Bus umfiel. Ich hörte einen unterdrückten Schrei, wahrscheinlich weil mein nicht gerade leichtgewichtiger Onkel, der vielleicht gar nicht mein Onkel ist, auf den verletzten Polizisten fiel. Mir gelang es als Erstem, mich zu befreien, die Fahrertür aufzustemmen und hinauszukriechen. Zu früh, denn noch hatte sich die Verstärkung der Polizisten keinen Weg gebahnt. Ich sah mich um und wollte etwas sagen, rufen, öffnete den Mund, was bei mir unglücklicherweise wie ein Grinsen aussah. «Halt! Ich bin ...» Weiter kam Alp nicht. Vielleicht war das ja auch schon alles, was er zu sagen hatte. Eine philosophische Beurteilung des Augenblicks. Ich bin.

Der Junge wurde auf eine fahrbare Bahre gelegt. Mehrere Menschen in weißen Kitteln kamen, sie schoben den Jungen einen Flur entlang. Mahlow lief nebenher. Sie erreichten eine Glastür.

Ob er ein Verwandter sei?, fragte ein Arzt.

«Nicht direkt.»

«Dann warten Sie hier.»

Nie konnte geklärt werden, was es war. Bis heute nicht. Ein Gummiknüppel? Ein Pflasterstein? Ein Stiefel? Etwas traf Alp Tazafhadi am Kopf, keiner Einsicht, keiner Vernunft, keinem Erbarmen, keinem Gesetz außer dem des Isaac Newton gehorchend, hart und schwer und endgültig; was er noch sah, bevor es Nacht wurde, war das Durcheinander um ihn herum, ein Bild der Welt, das einfror wie ein kaputtes Computerprogramm – danach hörte die Zeit auf zu sein.

Als sie ihn durch die Tür schoben, öffnete der Junge kurz die Augen und blickte Mahlow an. Für einen Augenblick waren sich die beiden ganz nahe, und Mahlow schien es, als ob sie etwas, das tief in ihrem Wesen begründet war, verband. Durch die Tür sah er der Bahre nach, und beinahe schüchtern hob er den rechten Arm und winkte.

Der amerikanische Vizepräsident winkte auch. Er winkte, weil er winken musste – man erwartete das von ihm. Er stand auf dem Platz der Luftbrücke neben einem Veteranen der Luftbrücke und erinnerte an die Tage der Luftbrücke. Paul Mahlows Großvater, der infolge eines längeren Russlandaufenthaltes damals sehr geschwächt gewesen war und sich eine üble Lungenentzündung einfing, hätte den Winter 1948/49 ohne die Luftbrücke nicht überlebt. Wäre er gestorben, wäre Mahlows Großmutter mit ihrer Tochter nach Westdeutschland zu ihrer Schwester gezogen, wo die Tochter später einen Schuhfabrikanten geheiratet hätte, der zehn Jahre später auf mysteriöse Weise im Swimmingpool seines Hauses ertrank. Aber das ist eine andere Geschichte in einem anderen Universum. Mahlows Mutter und sein Vater hätten sich nie kennen gelernt, und Paul Mahlow wäre nie geboren worden und hätte Ismael Khan nie finden können, und Ismael Khan wäre gestorben an Unterkühlung auf einer

Müllhalde in Westberlin, auf einem Haufen alter Zeitschriften, deren Titelseiten die damals blutjunge Popsängerin Deborah Wulf zierte: Kaum bekleidet und den Mund halb geöffnet, hatte sie vor ihren Hüften eine E-Gitarre baumeln, was schon merkwürdig war, denn Debbie, wie ihre Fans sie nannten, konnte weder Gitarre spielen noch – da waren wir uns einig – anständig singen.

# II

# Schrödingers Katze

# 8

**Ein Bild meines Großvaters** hängt heute im Raumfahrtmuseum von Alamogordo, New Mexico, neben dem Bild des Testpiloten Shilo Macintosh. Beide sind sie inzwischen tot. Das Arrangement der Fotografien in der so genannten Ewigen Ruhmeshalle der Pioniere der Weltraumfahrt will es, dass der wie üblich grienende Shilo zu Dr. Arnold Zumvogel hinüberschaut, als wollte er sagen: Siehst du, Arnie, so kann's gehen; jetzt hängen wir wieder zusammen hier herum.

Mein Großvater beachtet Shilo nicht. Er lächelt freundlich dem Betrachter zu, ein sympathischer alter Herr mit Lachfältchen um die Augen und einem buschigen, aber ordentlich gestutzten grauen Schnauzbart, den er sich einst in Babol Sar hat zurechtbarbieren und seitdem nie wieder hat abnehmen lassen und der ihn ein klein wenig, wirklich nur ein ganz klein wenig, wie Stalin aussehen lässt. Mein Großvater war schlanker als Stalin und wahrscheinlich auch größer. Was die beiden aber am meisten voneinander unterschied, muss die Augenfarbe gewesen sein. Da fällt mir ein, dass ich die Augenfarbe Stalins gar nicht kenne. Stelle ich mir Stalin vor, hat er dunkle, fast schwarze, allenfalls graue Augen. Arnold Zumvogel (wie er sich damals nannte) hatte die blauesten blauen Augen, die man sich denken kann. Ich muss es wissen, denn sowohl meine Mutter als auch meine Schwester haben die gleichen. Ein durchdringendes Kobaltblau, kalt und brennend. Den Besuchern des Raumfahrtmuseums entgeht das allerdings, denn die Fotografie ist, ebenso wie die von Shilo, schwarzweiß: aufgenommen etwa 1978 oder 1979.

Rund sechs Jahre später werden die beiden kaum anders ausgesehen haben. Gut, Shilo hatte 1985 ein paar graue Haare mehr, aber Arnold Zumvogel war ein bemerkenswert rüstiger älterer Herr, der jeden Morgen eine halbe Stunde hinter seinem «Institut für angewandte und experimentelle Weltraummedizin», einem umgebauten Lagerhaus am Rand von Alamogordo, laufen ging. Er liebte diese Morgen in der Wüste, liebte es, die noch kalte Luft einzuatmen, sich zu strecken und dann dem Sonnenaufgang entgegenzutraben. Wenn er zurückkam, hatte Shilo sein Frühstück bereits beendet und saß häufig schon an seinem Arbeitsplatz, dem namengebenden Macintosh-Computer, völlig in sein Experiment vertieft. Zumvogel duschte, trank ein Glas Wasser und eine Tasse schwarzen Kaffee und begab sich zu Shilo, stellte sich hinter ihn und betrachtete die Reihen von Zahlen und Buchstaben auf dem Bildschirm.

«Na, Shy, was haben wir denn da?»

Shilos Finger glitten über die Tastatur. War das tatsächlich so außergewöhnlich?, fragte sich Zumvogel. Außergewöhnlich war allenfalls Shilos Beharrlichkeit und rechtfertigte, zumindest wenn es nach diesen Leuten aus L. A. ging, eine Fortführung des Versuchs.

Die Universität von Kalifornien kam für Shilo und sein Experiment auf, ebenso wie sie Zumvogels Institut finanzierte, das noch nicht einmal in Kalifornien lag (allerdings, erinnerte sich Zumvogel, betrieben sie ja auch Los Alamos, ohne zu fragen, ob das in Kalifornien lag). Die Kalifornier hatten das Institut geschluckt, was bedeutete, dass sie zwar die Finanzierung garantierten, aber die Mittel halbierten, das Personal reduzierten, Teile des Archivs aussortierten, die Dokumentation digitalisierten, Inventar abtransportierten und schließlich das ganze Institut in jenes umgebaute, kleine Lagerhaus verfrachteten, in dessen oberstem Stockwerk man dem Direktor großzügigerweise einen kleinen Loft als Wohnung überließ. Zumvogel, der zuvor im Dienst der Streitkräfte gestanden hatte – eine goldene Zeit mit immer neuen Wagnissen, grenzenlosen Budgets, gewissenlosen Mitarbeitern und wenig dummen Fragen –, fühlte sich und sein Institut zu Recht im Niedergang begriffen, und Shilo Macintosh war der leider immer noch lebende Beweis dafür. Aber Zumvogel wollte nicht ungerecht sein. An jenem Morgen im Juni 1985, um den es hier geht, war Shilo Zumvogels dienstältester Mitarbeiter. Selbst Trevor Morgan, der Ex-CIA-Mann, Zumvogels Schatten, der drei Monate zuvor in Pension gegangen war und Zumvogel noch ab und zu mit vertraulichen Auskünften versorgte, war nicht so lange dabei gewesen wie er. Shilo war seit den Tagen von White Sands dabei, und manchmal, wenn sie beide auf der kleinen Anhöhe standen, auf der man einige Zeit später das Raumfahrtmuseum errichten sollte, und in der Ferne den weißen Sand sahen oder wenn Zumvogel nach Las Cruces fuhr, um einen der freiwilligen Illegalen (oder sollte er sagen «illegalen Freiwilligen»?) zu begutachten, die sein alter Freund bei der Grenzpatrouille, Captain Jacky Hernandez, gelegentlich an der Grenze zu Mexiko aufgriff, und die Straße nach Las Cruces für eine Stunde gesperrt war, weil sie eine Rakete starteten, deren Flugbahn wie immer direkt über die Interstate 70 führte, dann konnte er schon Wehmut nach den alten Tagen verspüren, und er schloss Shilo, den wagemutigen Shilo, der den ersten humanoiden, wenn auch nur ballistischen Weltraumflug absolviert hatte, Shilo Macintosh, der vom Testpiloten inzwischen zum Schreibtischtäter degeneriert war, in seine Wehmut ein.

Dennoch – kein Jahr war es her, dass er Shilo mehr als alles andere hatte loswerden wollen. Der Wirtschaftsausschuss hatte ihm die Mittel immer weiter gekürzt, und Shilo brachte kein Geld ein, sondern machte Ärger. Er war zwar alt, aber kaum ruhiger geworden, und diese Unruhe, die im Gegensatz zu seiner Unruhe als Testpilot keine andere Ursache als den Mangel an sinnvoller Beschäftigung hatte, ging Zumvogel auf den Geist. Altersheim oder Spritze, das war hier die Frage, und Zumvogel tendierte mehr zu Letzterem. So wie Shilo sich gab, würde er auch im Heim nur Probleme bereiten. Zumvogel sprach seine Überlegungen offen aus, als eines Tages zwei junge Wissenschaftler aus Los Angeles, die aussahen wie Surflehrer, bei ihm im Labor auftauchten und herumschnüffelten. Sie seien nur zufällig in der Gegend gewesen, behaupteten sie, Zumvogel und Shilo seien ja in L. A. gewissermaßen lebende Legenden.

Wer's glaubt, wird selig!, sagte er sich. Das haben die sich so gedacht, hier unter einem Vorwand reinzuschneien und ihn auszuspionieren. Gott sei Dank hatte er gerade keinen freiwilligen Illegalen in seiner Obhut. Das hätte ihm ganz schön Schwierigkeiten machen können! Es war sowieso schon unangenehm, wie lange die beiden sich im Archiv aufhielten, wo er die Präparate aufbewahrte.

«Ist das ein menschliches Gehirn, Dr. Zumvogel?»

«Ja. Das eines Jetpiloten.»

«Ach, stimmt, hier steht's ja: Cpt. Ernest Weintraub. Das hätte sich Ernie auch nicht träumen lassen, dass er eines Tages im Einweckglas landen würde.»

«Captain Weintraub ist für sein Land gestorben», zischte Zumvogel, «beim Test eines neuen Schleudersitzes für besondere Höhen. Ich habe ihn persönlich gekannt.»

«Wirklich? Cool ...»

Wirklich cool. Das ist der Horizont, bis zu dem diese beiden Gecken die Welt, die *wirkliche Welt* jenseits ihrer grauen Theorien und abstrakten Zahlen und oberhalb ihrer Surfbretter überblicken können, dachte Zumvogel bitter. Zurück im Labor, lenkte er das Gespräch auf Shilo, in der Hoffnung, dass sie aus Mitleid die Mittel erhöhen würden. Der Gnadentod, sagte er, sei das Beste für ihn. Ein Zoo komme nicht in Frage, da sich Shilo schon seit zwei Jahrzehnten nicht mehr in einen Käfig sperren lasse, und für den Zirkus sei er zu alt. Überhaupt sei es ausgeschlossen, ihn, der allen anderen überlegen sei, noch einmal an eine neue Umgebung zu gewöhnen. Auch eine Redomestizierung scheide aus – Shilo, erklärte der Doktor lächelnd, sei zur Nahrungsbeschaffung leider auf den örtlichen Supermarkt angewiesen. Hier im Labor vereinsame er aber, werde depressiv mangels adäquater Herausforderungen.

Shilo war die ganze Zeit über im Raum und musste sich das anhören. Er schien nicht interessiert. Einige Tage zuvor hatte er den kleinen Computer entdeckt, der von den neuen Herren kurz nach dem Umzug aufgestellt worden war, damit Britney, die Halbtagssekretärin, die sie Zumvogel gelassen hatten, einmal die Woche die Ergebnisse der Experimente damit erfasste. In der Zwischenzeit stand das Gerät herum. Eingeschaltet wohlgemerkt, was seinen Grund darin hatte, dass der kleine Macintosh mit irgendeinem viel größeren Macintosh in Los Alamos, zweihundert Meilen nördlich, verbunden war. Zumvogel, der auf seinen IBM vertraute (der mit nichts verbunden war und mit nichts verbunden werden würde, solange er lebte), rührte das Ding nicht an. Shilo schon. Er setzte sich davor, starrte eine Viertelstunde lang auf den blinkenden Cursor und begann dann auf der Tastatur herumzuhacken. «Uh-uh!», rief er. «Uh-uh!» Ab und zu unterbrachen seine behaarten Finger ihr Gehämmer, und es war, als würde Shilo innehalten, um das Ergebnis seiner Arbeit, sinnlose Kolonnen zufälliger Zeichen, zu begutachten.

«Kann er da was kaputtmachen?», fragte Zumvogel seine beiden Besucher jetzt. Die mussten es schließlich wissen. Der eine war Mathematiker, der andere Physiker am Institut von diesem Feynman, der, wenn er das richtig verstanden hatte, von Paralleluniversen sprach. So einem geben sie den Nobelpreis! Und er, Arnold Zumvogel, musste sein Labor mit einem Affen teilen.

«Nein, eigentlich nicht», sagte der Physiker, «oder was meinst du, Pete?»

Pete gähnte. Er hatte seinen Kopf gerade durch die Luke der Unterdruckkammer gesteckt, und das Gähnen hallte wie ein fernes Bergecho wider. «Solange er nicht in einem Programm ist, Jim, ist's egal», hallte es aus der Kammer.

«Alles okay», sagte Jim und drehte sich scherzhaft zu Shilo um, «weitermachen, Captain Macintosh!»

Shilo grinste.

Zumvogel nicht. Er war nie richtig warm geworden mit der Mehrheit der Amerikaner, die er insgeheim verachtete. Zwar war er ihnen zu Dank verpflichtet, denn schließlich hatten sie ihn aufgenommen, und ja, es gab einige langjährige Vertraute und Gefolgsleute, deren Freundschaft er nicht missen wollte. Trotzdem: Im Kern war er immer ein Fremder geblieben. Einsamkeit sei der Stern, unter dem er geboren worden sei, hatte er einmal zu Hoover gesagt, und der hatte verständnisvoll genickt.

Es gab noch etwas Unangenehmeres als Amerikaner: junge Amerikaner. Solche wie Pete und Jim. Die mit jugendlicher Selbstgerechtigkeit und einer durch keine Vorsehung geprüften Stärke durch das Leben gingen, als könnte nichts ihnen etwas anhaben. Zumvogel hätte die beiden am liebsten mit einem Tritt in den Hintern in die Unterdruckkammer befördert, die Luke geschlossen und sie atmosphärisch auf zehn Kilometer Höhe gebracht. Damit die mal wissen, was *Härte* ist.

«Was macht er da eigentlich?», fragte Jim und ging auf Shilo zu, der immer noch Zeichen in den Rechner eingab.

«Das können Sie doch sehen», antwortete Zumvogel, «er klopft auf der Tastatur herum und erfreut sich an dem Geräusch und an dem blinkenden Zeugs da auf dem Bildschirm.»

«Vielleicht schreibt er ja seine Kündigung, Doc», hallte es aus der Unterdruckkammer.

«Leider nicht», brummte Zumvogel.

Jim stand jetzt hinter Shilo.

«Uh-uh», sagte der und griente Jim an. Dann knetete er kurz seine Finger und runzelte die Stirn. Konzentriert blickte er auf den Bildschirm, die Hände, bereit zum Anschlag, schwebten einige Sekunden über der Tastatur, bevor er mit beachtlicher Geschwindigkeit eine neue Zeichenkolonne eintippte.

«Hey, Pete, komm mal raus und schau dir das an!», rief Jim.

«Er ahmt Britney nach, die Sekretärin.» Zumvogel war ebenso gelangweilt wie verstimmt von Shilos Showeinlage. «Schimpansen haben einen natürlichen Nachahmungstrieb, so wie kleine Kinder, das ist alles.»

«Uh-ha-ha!», lachte Shilo, fletschte die Zähne und ließ die Finger auf die Tastatur niedersausen. Abermals hielt er inne und lehnte sich zufrieden zurück.

«Genau wie Britney, wenn sie mal einen Satz ohne Fehler hingekriegt hat», kommentierte Zumvogel, als ihm auffiel, wie Jim, der Physiker, ungläubig auf den Bildschirm starrte.

«Pete, komm schnell!»

Pete kroch aus der Luke. «Was ist denn los?»

«Das musst du dir ansehen. Hast du 'nen Taschenrechner?»

«Nicht hier, im Wagen. Warum –» Dann sah auch Pete auf den Bildschirm. «Dafür brauch ich keinen Taschenrechner», sagte er. «Kenn ich auswendig. Zumindest bis zur 15. Stelle.»

«Du bist dir ganz sicher?», fragte Jim langsam.

«Natürlich.»

«Das muss ein Zufall sein. Nur das Komma fehlt.»

«Ja, aber was für ein Zufall ... die Ziffern, die Buchstaben, die Satz- und Sonderzeichen auf der Tastatur, das werden über fünfzig Tasten sein, da kommt man auf eine Wahrscheinlichkeit von ...»

«Doc, ham Sie 'nen Fotoapparat hier?»

«Ich habe sogar eine Videoausrüstung. Aber wozu?» Zumvogel war verärgert. Welche Kunststückchen konnte Shilo da zufällig produziert haben, die es wert waren, abfotografiert zu werden? Jims Vornamen? Den Geburtstag Einsteins? Jetzt ging auch er zu Shilo hinüber. Hinter dem Affen stehend, brummte er: «Eine Zahlenreihe, na und?»

Die beiden jungen Männer sahen ihn an, als wäre er gerade von einem Baum gestiegen, als wäre *er* der Affe hier.

Auf dem Bildschirm standen, ordentlich durch zwei

Absätze von den oberen Zeichenkolonen getrennt, die Ziffern:

3 1415926535897932

«Dr. Zumvogel, Shilo hat gerade die Zahl Pi entdeckt. Bis auf die sechzehnte Stelle nach dem Komma genau.»

So waren Shilo, der fortan den Nachnamen Macintosh trug, sowohl die Spritze als auch das Heim erspart geblieben. Im Gegenteil: Fortan durfte er ein speziell für ihn entwickeltes Programm benutzen und nach Lust und Laune auf die Tastatur einhacken, damit er eines Tages neben der Zahl Pi noch ganz andere, bedeutende Dinge entdecken würde.

Im Juni 1985 war Shilo noch kein Stückchen weitergekommen. Nicht einmal das simple $e = mc^2$ hatten seine behaarten Finger eingetippt, obwohl diese Erkenntnis doch bloß aus fünf Zeichen bestand. Zumvogel, der zu Beginn der Versuchsreihe in Shilo insgeheim einen Konkurrenten wenn schon nicht auf wissenschaftlichem Gebiet, so doch um die Forschungsgelder gesehen hatte, konnte sich beruhigen: Shilo war einfach nur ein dummer, alter Affe. Das einzig Absonderliche war die Tatsache, dass sich der Schimpanse seit seiner «Entdeckung der Zahl Pi» jeden Morgen wie ein Fabrikarbeiter oder Angestellter stur an den Rechner setzte. Auch dafür gab es nach Zumvogels Ansicht eine schlichte Erklärung: Shilo hatte den Rummel genossen, der nach der Pi-Geschichte einige Wochen lang um ihn herum stattfand, und er hatte ihn mit seinem Gehämmer auf der Tastatur in Zusammenhang gebracht. Der ehemalige Testpilot, blitzlichtgewitterfest und talkshowgetestet, war schon immer ein zäher Brocken gewesen, das musste Zumvogel anerkennen – schließlich hatte er alle seine Artgenossen überlebt. Seine Beharrlichkeit war für einen Affen etwas Besonderes, aber alles in allem doch immer noch in den Grenzen der Natur.

An diesem Junimorgen, einem Samstag, machte Shilo neuen Ärger. Auch wenn man den Bürostuhl ganz hochstellte, auf dem der Schimpanse zu sitzen pflegte, war er für ein primatengerecht ergonomisches Eingeben sinnloser Zeichen zu niedrig, und Shilo schob sich deswegen gerne ein dickes Buch unter seinen Hintern, das er vorzugsweise aus der Mitarbeiterbibliothek des Instituts geklaut hatte, die mangels Mitarbeiter nicht mehr genutzt wurde. Zumvogel ließ ihn gewähren. Ob es sich um Schöngeistiges wie *Shakespeares Gesammelte Werke*, um ein technologisches Standardwerk der sechziger Jahre mit dem Titel *Soviet Space and Rocket Technology* oder eine kommentierte Neuausgabe von Newtons *Philosophiae naturalis principia mathematica* handelte, dem Doktor war es wurscht. Alles, was er noch an Fachliteratur und Nachschlagewerken brauchte, hatte er längst in seiner Wohnung vor dem Affenarsch in Sicherheit gebracht, mit dem Rest konnte Shilo machen, was er wollte.

Shilo war früh aufgestanden, früher als sonst. Zumvogel fiel nach dem morgendlichen Jogging die leere Briefbox auf, aber er machte den Zusteller dafür verantwortlich. Als er dann ins Labor kam, sah er die Bescherung: Shilo hatte die Wochenendausgabe der *New York Times* stibitzt, zusammengefaltet, sich unter den Allerwertesten geschoben und wackelte nun vergnügt auf der dicken Zeitung herum, ja die Fülle der Neuigkeiten unter seinem Gesäß schien ihn zu inspirieren, und eifriger noch als sonst klackerte und tackerte es in Zumvogels Labor.

«Shilo, das geht zu weit.»

Der Affe griente, wandte seinen Blick aber nicht vom Bildschirm ab.

«Diese Zeitung ist meine Zeitung. Ich habe sie bezahlt, und du rückst sie jetzt sofort heraus!»

«Uh-uh-uh», höhnte Shilo.

«Na gut.» Zumvogel ging entschlossen auf den Affen zu und wollte nach der Zeitung greifen. Shilo war schnell – und hinterlistig. Mit beiden Händen hielt er sich an den Armlehnen fest, presste sein Gesäß fest auf die *New York Times*, als wollte er die Schallmauer damit durchbrechen. Gleichzeitig stieß er sich mit einem Bein vom Tisch ab, vollführte eine Vierteldrehung, sodass der Stuhl mit einiger Wucht gegen Zumvogel rollte und ihm die Rückenlehne in die Magengrube fuhr. Zumvogel stöhnte auf. Shilo grapschte nach seinem Kontrahenten, zwei Finger erwischten dessen rechten Mundwinkel und zogen den Kopf des Mediziners schmerzhaft zur Seite.

«Hö' au'!», schrie Zumvogel, verlor das Gleichgewicht und landete neben dem Papierkorb.

«Uhuhuh-äh!»

Finster glotzte der Arzt vom Fußboden hoch. «Du hast es nicht anders gewollt!» Er stand auf, griff sich die kleine bronzene Wernher-von-Braun-Büste aus dem Regal, machte eine ausholende Geste und zielte damit auf den Macintosh. Entsetzt stieß sich Shilo von der Wand ab, rollte zu seinem Arbeitsplatz und umarmte, als wäre er sein Baby, den Bildschirm des Heimcomputers, ohne freilich seinen Sitz vollständig preiszugeben. Allerdings musste er sich ein wenig nach vorne beugen. Zumvogel näherte sich von hinten, Wernher von Braun immer noch drohend erhoben. Schon hatte er die Zeitung gefasst und zog daran, da offenbarte Shilo das ganze Ausmaß seiner Verschlagenheit: Er hob den Hintern ein wenig weiter an, sodass Zumvogel mangels Widerstand rückwärts torkelte, im selben Moment ließ der Affe eine krachende Blähung entweichen. Zum Abschluss plumpste er mit seinem ganzen Gewicht wieder auf die Zeitung – Zumvogel landete abermals auf dem Fußboden, lediglich die abgerissenen Seiten sieben bis elf in seiner Hand und Shilos ganz spezielle Note in der Nase.

«Mir wird schon was einfallen, Shilo», keuchte er, «die Spritze oder ein wenig Gift in dein Fresschen, Gift, das dich so nach und nach umbringt, du kleiner Affenarsch, damit's aussieht wie Altersschwäche, wirst schon sehen. Vielleicht war das dein letzter Furz.»

Ohne den Macintosh loszulassen, drehte Shilo den Kopf, griente und zwinkerte dem Doktor zu.

«Du findest das witzig, was?» Zumvogel schüttelte den Kopf und sah auf das Stück Zeitung in seiner Hand. Die Seiten sieben bis elf waren ausgerechnet die Seiten, die ihn am wenigsten interessierten. Unwichtige Auslandsmeldungen, belangloser Tratsch aus dem Showbusiness. Er wollte sie schon zusammenknüllen und in den Papierkorb werfen, da fiel sein Blick auf eine Überschrift:

*Asylantrag von blindem Passagier abgelehnt*

«Ismael K., der vor knapp drei Monaten unter nach wie vor ungeklärten Umständen an Bord einer Verkehrsmaschine als blinder Passagier nach Westberlin (Westdeutschland) gelangt ist, soll abgeschoben werden. Der vermutlich minderjährige Flüchtling, der nur gebrochen Englisch spricht und möglicherweise afrikanischer oder auch asiatischer Nationalität ist, leide immer noch an einer nahezu vollständigen Amnesie, sagten die behandelnden Ärzte, und könne keine Angaben über sein Herkunftsland machen. Der junge Mann, der damals stark unterkühlt und mit Erfrierungen in ein Krankenhaus eingeliefert worden war, hatte sich wahrscheinlich in einem Fahrwerkschacht versteckt und war beim Landeanflug herausgefallen. Mehrere Zeugen wollen beobachtet haben, wie etwas aus einem Flugzeug fiel. Ebenso wie ein weiterer Flüchtling, der aber nur tot auf dem Parkplatz einer Kaffeerösterei geborgen werden konnte, hatte Ismael K. keinerlei Papiere bei sich. Immer noch herrscht Rätselraten darüber, in welchem Flugzeug sich die Jungen versteckt hatten. Westalliierte und sowjetische Stellen, unter deren Kontrolle der Luftraum steht, warfen sich gegenseitig Vertuschung vor. Die Gegend, in der die Jungen aufgefunden wurden, liegt nahe der Zonengrenze und im Bereich mehrerer Einflugschneisen. Berichte, die beiden Jungen hätten sich im März in einer Regierungsmaschine der Vereinigten Staaten versteckt, die der Vizepräsident zum Rückflug von einer Nahost-Afrika-Reise benutzt habe, wurden als absurde

Märchen zurückgewiesen. ‹Über 6000 Kilometer in einer Flughöhe von zehntausend Metern – da wären beide tot gewesen›, sagte ein Sprecher des Generalkonsulats.
Die zuständige Westberliner Ausländerbehörde bezweifelt hingegen die Geschichte vom blinden Passagier im Fahrwerkschacht. Es sei durchaus üblich, dass abgelehnte Asylbewerber ihre Papiere vernichteten, um dann als ‹unbeschriebenes Blatt› einen zweiten Antrag zu stellen und sich so, zumindest zeitweise, ‹ein Bleiberecht zu erschleichen›. Die Ausländerbehörde, die in den vergangenen Monaten durch den Strom zahlloser, via Berlin-Ost einreisender Asylbewerber unter Druck geraten ist, will keinen Präzedenzfall schaffen und hat den Antrag, da der Bewerber keine Angaben über Herkunft und Art der Verfolgung machen könne, abgelehnt. Der Junge komme, sobald es sein Gesundheitszustand erlaube, in Gewahrsam, hieß es, bis ein sicheres Drittland zu seiner Aufnahme bereit sei. Diese harten Maßnahmen seien notwendig, um mögliche Nachahmer abzuschrecken.
Menschenrechtsorganisationen sprechen von einer bürokratischen Farce und kündigten Rechtsmittel an. Ismael K., dessen Zustand zwar stabil, aber noch nicht gesund zu nennen sei, hält sich derzeit unter Beobachtung in einer Berliner Klinik auf.»

Zumvogel runzelte die Stirn. An der Geschichte war mehr dran. Er spürte ein Kribbeln in den Fingern und griff zum Telefon. Trevor Morgan war verschlafen wie immer, wahrscheinlich nicht ganz nüchtern, aber einsatzbereit.

«Trev, wie sind deine Kontakte nach Berlin?»

«Teuer.»

«Okay.»

Den ganzen übrigen Vormittag konnte Zumvogel kaum arbeiten. Captain Hernandez meldete sich und bot ihm einen illegalen Freiwilligen an, den er aus dem Rio Grande gefischt hatte. Zumvogel lehnte ab. Warum einen kleinen Fisch nehmen, wenn man einen großen an der Angel hatte? Gegen Mittag ließ sich Morgan die Geschichte aus der Nase ziehen.

«Hat mich ganz schön Überzeugungsarbeit gekostet. Meine Kollegen in Deutschland pochen auf ihr Wochenende. Und dann noch die Zeitverschiebung.»

«Also?»

«Wie der Knabe das in dem Fahrwerkschacht überlebt hat, interessiert sie nicht. Die sind damit beschäftigt zu dementieren, er sei auf Kosten des Vizepräsidenten gereist.»

«Das heißt, er war in der Maschine?»

«Das heißt, dass zu viele Agenten genau das Gegenteil behaupten.»

«Über sechstausend Kilometer in zehntausend Metern Höhe, weißt du, was das bedeutet?»

«Nein. Hast du meine Kontonummer oder schickst du mir 'nen Scheck?»

«Scheck.»

«Beehren Sie mich bald wieder.»

Zumvogel rief Britney an. «Haben Sie Zeit, eine Woche auf Shilo aufzupassen?»

«Den sü-üßen Schimpo?»

«Den zuckersüßen Schimponauten.»

«Ja! Das heißt ...»

«Das heißt was?»

«Muss ich ihn wieder baden?»

Zumvogel sah irritiert zu Shilo hin. Der griente, ohne seinen Blick vom Bildschirm abzuwenden, und kratzte sich zwischen den Beinen. «Baden? Wieso? Also eigentlich …»

«Na gut, ich mach's.»

«Hehehe», sagte Shilo.

«Wir sind wieder im Geschäft, Shilo», sagte Zumvogel, nachdem er aufgelegt hatte, «Waffenstillstand.»

Shilo ließ vom Macintosh ab und drehte sich mit dem Stuhl. Er faltete die Hände über seinem Bäuchlein, lehnte sich zurück und betrachtete ihn abwartend.

«Warum das Misstrauen, Shy? Ich bin dir dankbar. Wirklich. Ich gebe einen aus! Schnitzel?»

In gewisser Weise erinnerte Shilo ihn an seinen Burschen Reff. Der treue Reff, der irgendwann meinte, es gebe Grenzen. Der anfing zu betrügen, Befehle missachtete, sein eigenes Süpplein kochte. Für den letzten Schritt reichte es nie. Weil Reff am Ende zu weich war. Statt ihm das Genick zu brechen, war er wahrscheinlich in Sibirien erfroren. So kann's gehen. Tiere waren sie: Alles taten sie für eine warme Mahlzeit.

Er nahm Shilo an der Hand. Gemeinsam verließen sie das Lagerhaus, gingen die Anhöhe hinunter, vor sich die flachen Dächer der Wohnhäuser, am Horizont flimmerte der weiße Sand. An der ersten großen Kreuzung bogen sie links ab in eine breite Einkaufsstraße, die um diese Tageszeit nur wenig belebt war. Die Bude war nicht zu übersehen: Ein großes Riesenrad war darauf gemalt, aus einem Lautsprecher dudelte die Titelmelodie des Films *Der dritte Mann*. Zithermusik in New Mexico! Shilo streckte seine behaarte Hand aus, tippelte unruhig auf dem Bürgersteig, bleckte die Zähne. Die Verkäuferin lächelte, sie kannte ihren Stammgast schon, und knapp zwei Minuten später, umgeben vom Geruch alten Frittierfetts, schloss Shilo genießerisch die Augen, grunzte sanft, als würde man ihm eine Hostie verabreichen, und biss in das noch fettglänzende «Schnitzel on a stick».

## 9

**Zunächst sah es nur so aus,** als hätte ich einen zwar heftigen, aber demonstrationsüblichen Schlag auf den Kopf bekommen und das Bewusstsein verloren. Yilmers größte Angst war eine tückische Gehirnblutung. Auf diese Weise war ihm einmal ein Leichtgewichtsboxer verloren gegangen. War in einem Freundschaftskampf nach dem K.o. ganz schnell wieder aufgestanden und bei bester Laune gewesen, lächelte sogar – und fiel mit diesem Lächeln im Gesicht eine halbe Stunde später tot um. Insofern war mein gleichsam versteinertes Grinsen kein gutes Zeichen.

Yilmer hatte, nachdem sein Firmenwagen buchstäblich aus dem Verkehr gezogen worden war, alle Hände voll zu tun, mich inmitten des ganzen Tohuwabohus in eine Ambulanz zu schleppen und mit mir ins nächste Krankenhaus zu fahren. Er staunte nicht schlecht, als er im Warteraum vor der Schleuse zur Intensivstation Paul Mahlow sitzen sah. Der war damit beschäftigt, einen Teil der Formulare auszufüllen, die eine Schwester ihm gereicht hatte.

Die Schwester hieß Britta. Noch bevor ich grinsend durch die gläserne Eingangstür geschoben wurde, hatte sich die vielleicht merkwürdigste Dreiecksbeziehung angebahnt, die man sich vorstellen kann, denn bereits als Schwester Britta Paul Mahlow die Formulare in die Hand drückte, wusste sie, dass sie mit ihm schlafen würde.

«Sind Sie ein Verwandter?», fragte sie.

«Nein.»

«Könnten Sie das hier trotzdem ausfüllen?»

«Wie lange haben Sie heute Dienst?»

«Ich verabrede mich nicht mit Patienten.»

«Ich bin kein Patient.»

«Ich verabrede mich auch nicht mit irgendwelchen Männern, die Patienten hier abliefern.»

«Ich arbeite heute offiziell bis sieben Uhr.»

«Ich arbeite länger. Viel länger. Würden Sie das hier bitte ausfüllen?»

«Sie machen keine Ausnahmen.»

«Nicht eine einzige.»

Mahlow zuckte mit den Achseln, nahm die Formulare, drehte sich um und trottete zu einem der Stühle im Wartebereich. Zuvor hatte er in der Zentrale angerufen, von dem Notfall erzählt und mitgeteilt, dass es wegen der polizeilichen Formalitäten nicht absehbar sei, wann er seine Tour fortsetzen könne. Krämer solle für ihn einspringen. Jupp hatte das mit noch mehr Gleichmut als üblich hingenommen und etwas gemurmelt wie: Ja, ja, hier sei sowieso alles durcheinander.

Das mit den polizeilichen Formalitäten war übertrieben gewesen, trotzdem ärgerte sich Mahlow über die Länge und Ausführlichkeit der Fragebogen. Als er mit dem Ausfüllen nicht weiterkam, schlenderte er zu dem Zimmer, in dem Schwester Britta verschwunden war.

Es war das Raucherzimmer. Schwester Britta saß auf einem unbequem wirkenden Stuhl und hatte ihre langen Beine auf einen Tisch gelegt. In ihrem Mundwinkel hing eine Kent, und sie betrachtete die Wand gegenüber, an die Mitteilungen der Verwaltung, Dienst- und Essenspläne sowie zahlreiche kleine Zeitungsausschnitte geheftet waren.

«Patienten ist hier der Zutritt verboten», sagte sie, ohne die Zigarette aus dem Mund zu nehmen oder sich umzudrehen.

«Ich bin kein Patient.»

«Irgendwelchen Kerlen, die hier Patienten abliefern, ist der Zutritt noch viel strenger verboten.»

Mahlow lächelte und hielt ihr die Fragebogen hin. «Woher soll ich wissen, welche Religion er hat?»

«Vielleicht hat er es Ihnen ja auf der Fahrt hierher verraten.»

«Er war bewusstlos. Er hat mir gar nichts verraten.»

«Dann lassen Sie das Kästchen eben frei oder schreiben ‹unbekannt› daneben.»

Mahlow griff in die Brusttasche seines Diensthemdes und holte seine Zigaretten hervor. Wortlos zündete er sich eine an. Dann sagte er:

«Ist ja auch nicht so wichtig zu wissen, welche Religion er hat.»

Schwester Britta nahm ihre Zigarette aus dem Mund und blies den Rauch aus. «Könnte aber wichtig werden. Kurz bevor sie sterben, vor dem letzten Atemzug, da brauchen manche Menschen Beistand, und da ist es von Vorteil, wenn wir wissen, welche Art von Beistand. Haben Sie darüber schon mal nachgedacht?»

«Nein. Habe ich nicht. Ich interessiere mich nicht für Gott.»

«Da kann ich Sie beruhigen: Er interessiert sich auch nicht für dich.»

«Duzen wir uns jetzt?»

Britta schien für einen Moment aus dem Takt. Paul Mahlow ist ein Spezialist darin, andere aus dem Takt zu bringen. Auf diese Weise ist er Hochschulmeister geworden. Wenn er den richtigen Moment kennt, bringt er jeden aus dem Takt.

«Woran glaubst du denn?», fragte Mahlow.

«Raus hier.»

«Das ist ja nicht sehr viel.»

«Aber genug. Raus hier oder ich schreie.»

«Du würdest wirklich schreien?»

Britta schwieg. Er küsste sie auf den Mund. Auch darin ist Mahlow Spezialist. Er weiß, wie man große Erwartungen weckt, Sehnsucht. In so manchem Augenblick habe ich ihn darum beneidet. Freilich nicht in diesem. In diesem Moment hatte ich andere Sorgen.

Etwas war mit der Zeit passiert. Sie war plötzlich weg. Das kann sich schwer vorstellen, wer es noch nicht erlebt hat, aber die meisten, die es erlebt haben, können hinterher nicht mehr davon erzählen. Ich war in einem Loch, allenfalls mit einem tiefen Brunnenschacht vergleichbar, wo irgendwo ganz oben ein Licht glimmt, über dessen Ursprung wir nichts wissen, während die Ambulanz, samt mir und meinem Onkel oder Nichtonkel darin, mit unheilvollem Sirenengeheul durch die Krankenhauseinfahrt preschte.

Mahlow sah die Sache mit Britta als geritzt an. Und

das war sie ja auch, denn in einem Universum ohne meinen gleich folgenden Auftritt wäre sie genau so verlaufen, wie alle anderen Sachen zwischen Mahlow und Frauen auch, das heißt, er hätte sich Zeit gelassen und erst in ein, zwei Wochen zugeschlagen, und dann wäre es eine Weile gegangen mit den beiden, und dann wäre es nach einer Weile vorbei gewesen mit den beiden, doch das hätte keinem von beiden übermäßig wehgetan. Er saß also wieder auf dem Stuhl im Wartebereich, um sich den Formularen zu widmen, als die Tür aufgestoßen wurde, eine zweiflüglige Glastür, wie sie aus Krankenhausserien hinlänglich bekannt sein dürfte. Mahlow hätte gar nicht aufgeschaut, so sehr war die ganze Situation im Serienformat. Erst als Yilmer «Mahlow!» brüllte, schaute er von seinen Durchschlägen auf und dachte, Yilmer liefere einen besonders schweren Fall ein, überlegte, wo Alp wohl sei, bis ihm einfiel, dass der ja draußen in diesem schrägen «Quacksalbermobil» sitzen müsse, bis sein Onkel die Aufnahmepapiere für den Patienten ausgefüllt hätte, den er da gerade hineinschob und der –

Sie rammten mit der Bahre einen Stuhl. Mein Kopf rutschte zur Seite, ich grinste Mahlow an. In diesem Augenblick blieb ihm die Luft weg. Der Puls. Das Blut. So erschrocken war er. Was er sah, war falsch. Es gehörte nicht hierher. Sofort hatte er begriffen, dass mit mir etwas absolut nicht stimmte, denn dieses Grinsen wirkte wie eingefroren. Schwester Britta kam aus dem Raucherzimmer gerannt und redete und gestikulierte mit den Sanitätern. Ein Arzt kam durch eine andere Serientür gerannt, und weil auch der aussah wie einer aus den Fernsehserien, war Mahlow beinahe beruhigt, aber dann zeigte sich, dass der junge Arzt überfordert war, sobald Yilmer Trapezunt mit ihm sprach und nach einem Neurochirurgen verlangte.

Sie schoben mich weiter, und alles blieb so wie in den Serien, gleißendes Licht von oben, grotesk verzogene Gesichter, die sich ab und zu in die Bildfläche schieben, und dann ist man in einem Operationssaal, und die Ärzte überlegen, was als Nächstes zu tun sei, und dann kommt es doch anders als in den Serien, in denen immer operiert wird, sie entscheiden, dass ich nicht operiert werde, weil da ein komischer dunkler Fleck ist, ein Gerinnsel oder Schlimmeres, weil er so komisch ausschaut, weil ja alles an dieser Geschichte komisch ist, vor allem, also – wenn der von einem Polizisten niedergeschlagen wurde und der geht uns jetzt hops hier auf dem Tisch, den Ärger wird man ja in hundert Jahren nicht los.

Yilmer und Mahlow waren mir gefolgt wie zwei treue Hunde, und Yilmer musste man mit Gewalt davon abhalten, sein Fachwissen kostenlos im Operationssaal darzubieten. Paul weinte nicht, aber in seinem Gesicht hinter der Trennscheibe konnte ich Sorge, Verzweiflung und Verwirrung sehen. Schwester Britta sah es auch, und was danach passierte, war im Grunde genommen nichts Besonderes, denn häufig mögen Frauen es, Schwäche und Verzweiflung in solchen Momenten an einem Mann zu sehen, und wenn sie es nicht mögen, so zieht es sie doch an, mehr, als es jeder wohldosierte, wohlkalkulierte Kuss je täte. Später, in der Nacht, als sie über sein Gesicht strich, hörte er auf zu zittern.

Was hast du einmal zu mir gesagt? Aus der Zeit seist du, beim Kampf auf der Matte, und manchmal auch, wenn du mit einer Frau zusammen bist, wie ein schwarzes Loch sei das, anziehend und vernichtend zugleich, sagtest du, und ich hätte dir gar nicht so viel Poesie und falsche Metaphorik zugetraut. Denn, mein lieber Freund, ein schwarzes Loch ist etwas ganz, ganz anderes.

# 10

«**Der Rand eines schwarzen Lochs,** einees *kosmischen* schwarzen Lochs, der so genannte Ereignishorizont, wo es weder vor noch zurück geht, wo man noch nicht drinnen ist, aber bereits so nah, dass man nie mehr entkommen kann, das ist der einzige mir bekannte Ort im Universum, an dem die Zeit stillsteht», hatte ich Mahlow einst gesagt, nicht ahnend, wie gründlich ich mich irrte. Denn es gab noch einen Ort, an dem die Zeit stillstand, und zwar in der Intensivstation jenes Berliner Krankenhauses, in dem ich inzwischen lag, bekleidet mit einem Pyjama meines Onkels Yilmer, der mir zu groß war und dessen grellgrünes Karomuster das Schlimmste für die Inneneinrichtung von Yilmers Schlafzimmer befürchten ließ.

Yilmer hatte allerdings schon seit mehreren Nächten nicht mehr richtig geschlafen, oft und lange saß er neben meinem Bett, und jedes Mal, wenn die Schwester den Raum verlassen hatte, probierte er seinen kleinen Wiederbeleber – einen etwa taschenlampengroßen Apparat, aus dessen Spitze auf Knopfdruck sieben kleine Nadeln herausschossen – an meinen Unterarmen, meinen Fußsohlen oder meinem Gesäß aus. Der Neffe verhielt sich stur: Immer noch hatte er dieses merkwürdige Lächeln im Gesicht, immer noch starrten seine Augen auf einen unbekannten Punkt an der Zimmerdecke oder jenseits davon, ohne dass sie beim Einsatz des Wiederbelebers auch nur minimal zuckten. Dr. Trapezunt war mit seinem Latein am Ende und mit seinem Türkisch, Arabisch, Armenisch, Hebräisch und Persisch im übrigen auch.

Es ergab wenig Sinn, den Dienst habenden Kollegen zu fragen, denn Yilmer kannte die Antwort: Man wisse es nicht, wann der Neffe aufwachen werde, heute, morgen, in zehn Jahren, vielleicht niemals. «Das Wort Koma», so stand es in einem von Yilmers alten medizinischen Wörterbüchern, «kommt aus dem Griechischen und bedeutet so viel wie ‹tiefer Schlaf›. Man bezeichnet damit einen Zustand tiefer Bewusstlosigkeit, der auch durch äußere Reize nicht unterbrochen werden kann.»

Was die tiefe Bewusstlosigkeit angeht – da wäre ich mir nicht so sicher. Zwar kann ich mich nicht bewegen, konnte auch damals gegen Yilmers geschmackloses Nachtgewand keinen Einspruch einlegen, doch sehe ich die Dinge jetzt klarer als je zuvor. Die Zeit steht still für mich, aber vor meinen Augen und Ohren bewegt sich die Welt, die jetzt ohne mich auskommen muss, weiter in rasendem Tempo. Manchmal möchte ich sie anhalten, möchte verweilen, möchte mir das, was besonders und wertvoll erscheint, länger ansehen, doch es geht nicht. Auch deswegen habe ich Angst, dass mein jetziger Zustand gar nicht das Koma ist, sondern dass mein bisheriges Leben das Koma war, ein Traum, der jetzt, während ich zu mir komme, meiner Kontrolle entgleitet und dass die von mir in meinen Gedanken geschaffene und in meiner Erinnerung noch existierende Welt bloß noch einmal ein kurzes, heftiges Eigenleben führt, bevor ich mich wach an jenem Ort wiederfinde, an dem ich einst in den Schlaf gefallen bin. Was für ein Ort mag das sein? Der Fahrwerkschacht eines Flugzeuges in zehntausend Metern Höhe? Eine der Unterdruckkammern meines Großvaters? Sitze ich vielleicht in einem Becken mit zwei Grad warmem Wasser, hänge ich mit abgeschnittenen Genitalien an einem Baum, liege angekettet im polnischen Winter nackt auf dem Feld und brülle vor Kälte den Mond an? Was, wenn mein ganzes vermeintliches Leben dieser Traum ist, alles Lüge, alles Schwindel, selbst Sie, die Sie dies jetzt lesen und bislang glaubten, ich sei ein Teil Ihrer Fiktion, sind dann ein Teil meiner Phantasie, erdacht von einem Gehirn, das (sollte es nicht bereits in einem mit Formaldehyd gefüllten Einweckglas schwimmen), den nahen Tod des Körpers vor Augen, in seiner Verzweiflung zu diesem, dem letzten, dünnsten und zugleich längsten Strohhalm greift.

Nun ja, ebenso wenig, wie ich von meinem Krankenlager aus über meine Gedanken und Befürchtungen sprechen konnte, sprach man von mir. Mochte ich mich auch für den Mittelpunkt der Welt halten, ich war nur eine Randnotiz im Lokalteil. Ismael war das große Mysterium, zumindest sah es so aus und musste auch so aussehen in den Augen derer, die die Zusammenhänge nicht erkennen konnten, und das waren, wenn man ehrlich ist, fast alle. Ich war Gegenstand des Polizeiberichts: Demonstration, mehrere Verletzte, einer davon noch im Krankenhaus, Zustand nicht mehr kritisch. Ich trug meines Onkels Nachtgewand (vielleicht das kritischste an meinem Zustand), die Apparate versorgten mich mit allem, womit ich mich nicht mehr selbst versorgen konnte, und Schwester Britta kam zuweilen herein, um nach mir zu sehen oder Onkel Yilmer mitzuteilen, dass die krankenhausübliche Besuchszeit bereits seit Stunden vorüber sei, und Yilmer sah ihre Beine an und lächelte ein verschmitztes Lächeln, das mir sonst nie an ihm aufgefallen war.

Yilmer Trapezunt war der Einzige, der den Ernst der Lage kannte. Nach den ersten Versuchen mit dem Wiederbeleber wusste er, dass mein Schlaf sehr lange dauern würde, vielleicht schon der große war. Die anderen wussten es nicht. Paul kam, Gonzo und Miss Ellie samt einer Abordnung junger ManagerInnen kamen, und sie sprachen mit den Ärzten, die murmelten, dass sie keine sicheren Vorhersagen machen könnten, Tage, Wochen, Monate, aber es gebe ja leider auch Patienten, die Jahre in diesem Zustand seien. Und natürlich glaubten alle an Tage, höchstens an Wochen, sagten an meinem Bett Dinge wie «Wenn er dann nächste Woche aufwacht …» oder «So oder so, spätestens in einem Monat werden die ihn ja hier entlassen, und dann müssen wir mal sehen, wie er sich zu Hause zurechtfindet». *Zu Hause*, sagte Miss Ellie, ich hab's genau gehört, und das ist so etwas wie die Ehrenmedaille, die höchste Auszeichnung, die man sich in ihrem Königreich erwerben kann.

An der Tür dieses Zuhauses klingelten bald die Zeitungsreporter und befragten Paul Mahlow zu dem mysteriösen Jungen, zu dem ihn schon die Polizei und der Staatsschutz befragt hatten. Als die Reporter ihr Interesse daran verloren, befragten ihn noch ein paar Leute von der Luftüberwachung und dann noch ein paar ausländische Journalisten, die mit jenen Leuten identisch sein mochten, die meines Großvaters pensionierter Scherge, Trevor Morgan, drei Monate später ans Telefon bekommen sollte.

Britta liebte Paul Mahlow aufrichtig und ohne Falsch, und das ist vielleicht das Einzige, was ich ihm jemals anlasten werde: dass er es nicht mitbekam. Er war verstört. Die Ereignisse jenes Märzwochenendes hatten etwas in ihm losgetreten und ließen ihn zum ersten Mal an der Ordnung der Dinge und der Welt zweifeln. Er hatte das Richtige getan, und trotzdem war nicht das Richtige passiert. Eine Zeit lang war Britta für ihn der sichere Hafen, weiter nichts. Erst Jahre später sollte ihm klar werden, was die Liebe einer Frau wert ist, wie leicht man sie verspielt und wie sehr sie einem Mann fehlen kann, nicht heute, nicht morgen, aber eines Tages.

«Eines Tages», sagten die Ärzte irgendwann, und da wusste ich, dass ich begann, ihnen zur Last zu fallen, dass sich kein Spezialist mehr finden würde, der an mir interessiert wäre, dass ich zwar körperlich ganz wie am ersten Tag war – «vegetativ tipptopp», wie Onkel Yilmer zu sagen pflegte –, in ihren Köpfen aber bereits meine Verwesung eingesetzt hatte. Es musste zu der Frage kommen, was mit mir geschehen solle und wer darüber zu entscheiden habe.

Das Problem war nämlich, dass es sich bei der Klinik, in der ich lag, um ein hundsnormales Stadtkrankenhaus handelte, das auf einen Fall wie mich, einen Wachkomapatienten, überhaupt nicht eingestellt war. Dies waren die Jahre, als noch das Geld in die Krankenhäuser und selbst in die Taschen von so zweifelhaften Medizinern wie Yilmer Trapezunt ausreichend floss. Dennoch bevorzugte man schon damals unkomplizierte Fälle – ein Bett war ein Bett. Ich machte da, zumindest im Verständnis der Krankenhausverwaltung, nur Arbeit, blockierte ein Krankenzimmer, eine Physiotherapeutin, eine Krankenschwester (Britta!), eine Magensonde, einen Monitor … und war kein Privatpatient. «Abstellen» wollte mich niemand, aber loswerden schon irgendwie.

Irgendjemand in der Verwaltung grübelte also darüber nach, wie es mit mir weitergehen sollte. Es war eine von diesen langwierigen Verwaltungsgrübeleien, in deren Verlauf der Amtmann einen Schritt nach dem anderen tut, bis er sich eines Tages der ersehnten Lösung gegenübersieht. Der erste Schritt war, dass dieser Jemand meine Schwester ausfindig machte, was nicht leicht gewesen sein konnte und deswegen durchaus Anerkennung verdient.

Unterdessen fühlte sich Paul Mahlow immer weniger wohl in Miss Ellies Kommune, jetzt, wo mein Zimmer leer blieb und sein einziger Gesprächspartner meistens Gonzo war, der von ihm vor allem eines hören wollte: dass er nicht schuld sei.

«Woran schuld?», fragte Mahlow.

Gonzo sah ihn überrascht an. «Na, an *allem.*»

«Ich bin nicht der Papst», antwortete Mahlow, «für

so umfangreiche Absolutionen ist der Papst zuständig.»

Mahlow zog nicht offiziell bei Miss Ellie aus, ebenso wenig, wie er offiziell bei Britta einzog. Britta hatte es ihm nicht angeboten, und er hatte sie nicht danach gefragt. Eines Tages brachte er einfach die üblichen Sachen mit – Wäsche, Rasierer, Zahnbürste. Und sie war froh, ja, beinahe glücklich, den Geliebten nun um sich zu haben. Nicht lange, denn bald schon ließ er sich nicht nur die Wochenendschichten, sondern auch Spät- und Nachtschichten von Blohfeld geben, und von da an sahen sich Britta und er nur zwischen zwei Schichten oder während der seltenen gemeinsamen Freizeit, und dann schliefen sie miteinander.

Danach war Mahlow meist sehr müde und schlief sofort ein, und Britta strich ihm über den Kopf und lächelte, weil er, wie es das Klischee verlangte, sofort einschlief. Als auch sie schlief, wachte Mahlow wieder auf und konnte nicht mehr einschlafen. Er lag wach in der Dunkelheit, die ihm übermächtig und groß vorkam, viel größer als das Zimmer, in dem er lag. Er hatte keine Angst, er fühlte sich nur leer und dachte nach: Was, hatte Alp ihm einmal gesagt, passiert eigentlich mit den Möglichkeiten, die wir zwar erwogen, aber nie verwirklicht haben? Sind sie einfach verschwunden oder spalten sie sich auf wie die Äste eines Baums und es ist nur Zufall, auf welchem Ast wir gerade sitzen? Ist es nicht denkbar, dass Orte existieren, an denen sich diese ungenutzten Möglichkeiten verwirklichen, dass es also mehr als eine Welt gibt, unsere Welt und andere Welten, wo die Dinge ganz anders verlaufen? Darüber dachte er nach und fragte sich, ob er auch in diesen anderen Welten genauso einsam wäre, wie er es jetzt war.

Eines Tages, Britta hatte Spätdienst und Mahlow einen freien Tag, beschloss er, sie ins Krankenhaus zu begleiten, um mich zu besuchen, nicht weil er mich an diesem Tag gerne sehen wollte, sondern weil er schon länger nicht mehr da gewesen war und ein schlechtes Gewissen hatte. Ein schlechtes Gewissen ist nicht immer ein guter Ratgeber. Vielleicht wäre es besser gewesen, wenn er an diesem Tage auf sein schlechtes Gewissen gepfiffen hätte. Es hätte ihn und Britta vor einigem bewahrt, und wer weiß, vielleicht wäre es den beiden ja doch noch gelungen, ihr Einschlafen und Aufwachen zu synchronisieren, und möglicherweise wäre es Mahlow nie aufgefallen, dass er Britta nicht liebte, und sie hätten Kinder bekommen und ein Haus gekauft und glücklich bis ans Ende ihrer Tage gelebt, zumindest in der Welt, wie ich sie soeben beschrieben habe.

Schon als die beiden auf mein Zimmer zugingen, dessen Tür nur angelehnt war, spürten sie etwas. Jeder spürte etwas anderes, Britta Angst, Mahlow Neugierde und Verlangen – denn beide ahnten, dass da jemand in dem Zimmer war, jemand, der dort nicht richtig hingehörte, aber kommen musste und Teil dieser Welt und dieser Geschichte war, aus der es kein Entrinnen gab.

## 11

**Azadeh.** Sie stand an meinem Bett, meine Schwester, und ihre blauen Augen verrieten wie immer nicht, was sie dachte oder fühlte. Die Krankenhausverwaltung hatte sie aufgespürt, zwischen Paris, Berlin und nirgendwo, und sie war gekommen, betrachtete mich in meinem Zustand zwischen tot und nicht tot und wollte eigentlich schon wieder gehen, legte gerade ihre Hand auf das Laken des Bettes, ohne besondere Absicht, ohne Interesse, auch ohne Mitgefühl, lediglich in dem Bewusstsein, dass sie nun völlig allein war, als sich die Tür zu meiner bescheidenen Welt öffnete.

«Azadeh?»

«Hallo, Paul.»

«Wir haben uns ja ewig nicht gesehen.»

Was man halt so sagt. Mahlow starrte sie an und wusste nicht, ob er sie – nicht aus Vertrautheit, sondern angesichts der Situation, in der sich sein Freund, ihr Bruder, befand – umarmen oder ihr die Hand drücken sollte. Und da er das nach einer halben Minute immer noch nicht wusste, tat er nichts.

Er hatte sie nicht oft gesehen. Ab und an waren sie sich an den Rändern ihrer Welten begegnet, hatten einen respektvollen Abstand zueinander gewahrt und sich gemustert und gewundert. Das erste Mal, dass

Paul Mahlow meine kleine Schwester überhaupt wahrnahm, war bei einem Judo-Turnier, zu dem ich sie, aus welchen Gründen auch immer, mitgenommen hatte. Sie machte die Jungs verrückt. Azadeh machte alle verrückt, aber das wusste Mahlow damals nicht, er beobachtete nur, wie einige Leichtgewichtler um sie herumstanden, sie umwarben. Schon konzentrierte er sich wieder auf seinen nächsten Kampf, hielt sich mit ein paar angedeuteten Wurfeingängen am Mattenrand warm und vergaß sie. Vierzehn war sie erst, aber sie war diesen älteren Jungs mehr als nur haushoch überlegen. Leichthin mochte man sie frühreif nennen, doch wer die Geschichte unserer Mutter kannte, der ahnte, dass sich hinter Azadehs Wesen mehr verbarg als nur die frühe Reife.

Meine Mutter wurde an meinen Vater verheiratet, als sie vierzehn war. Mein Vater war der vorletzte und also nutzloseste der Tazafhadi-Brüder (der letztgeborene war wie so oft der Liebling der Mutter), und alle Ämter, Posten und Stellungen hatte man längst an seine älteren Geschwister vergeben, als er auf die Welt kam. Der einst reiche Tazafhadi-Clan war durch seine schiere Größe, aber auch durch eine gewisse Trägheit, an den Gestaden des Kaspischen Meeres in der Sonne liegend oder im Kaffeehaus sitzend, verarmt und daher ständig um neue Einnahmequellen bemüht. Eine solche Quelle eröffnete sich ihnen eines Tages in der verhüllten Gestalt meiner Mutter. Sie war das einzige Kind meiner Großmutter, die vor vielen Jahren einen wohlhabenden Händler geheiratet hatte. Kurz nach ihrer Geburt war der Händler gestorben, und meine Großmutter erbte ein nicht unerhebliches Vermögen. Natürlich rankten sich Gerüchte um den schnellen Tod des Händlers wie auch um jenen geheimnisvollen Fremden, der nur einige Monate oder Wochen zuvor Gast im Haus meiner Urgroßeltern gewesen war. Früh hieß es deshalb, dass auf meiner Mutter ein Fluch liege, und einige in Babol Sar forderten sogar ihre Steinigung. Sobald sie laufen konnte, steckte meine Großmutter sie in eine Burka, die das kleine Mädchen beinahe vollständig verhüllte, nur ihr Mund und die hinter Sehschlitzen funkelnden Augen bewiesen, dass es sie überhaupt noch gab. Meine Großmutter wandte sich keinem anderen Mann mehr zu, und die Gerüchte von einem Fluch rankten sich in immer luftigere Höhen. Natürlich vermuteten die meisten, ihre Tochter sei ganz einfach hässlich wie die Nacht, oder sie spekulierten darüber, dass der Fluch sie so hässlich gemacht habe. Sie hatte eine schöne Stimme, zuweilen sang sie auch, was die Phantasie der Einwohner von Babol Sar nur beflügelte. Denn war das nicht eine tragische Geschichte: die Mutter eine steinreiche Witwe, die aus Liebe und Trauer sich jedem weiteren Mann versagt, und die Tochter trotz eines «reinen Herzens» und einer Stimme wie der eines seltenen Vogels dermaßen hässlich, dass man sie schon als Kleinkind in eine damals noch viel zu große und selbst nach strengen religiösen Maßstäben übertriebene Burka stecken muss? Ein Filmproduzent aus Indien schnappte viel später diese Version der Geschichte auf, als er auf dem Flughafen von Teheran festsaß, da seine Anschlussmaschine wegen eines Schneesturms Verspätung hatte. So weit waren die Gerüchte also schon vorgedrungen. Die Geschichte gefiel ihm so gut, dass er daraus eine Fernsehserie machte, der Titel war *Der Schöne und das Biest.* In dieser Fernsehserie war der «Schöne» ein Prinz, der gar nicht weiß, dass er ein Prinz ist, und sein Leben als armer Schlucker fristet, sich aber in das verhüllte und, wie alle behaupten, hässliche Mädchen verliebt. Eine hohe Mitgift erwartet jeden, der das Mädchen trotz ihrer Hässlichkeit zur Frau nimmt, und der Prinz, der gar nicht weiß, dass er ein Prinz ist, hat nun ungefähr dreißig Folgen damit zu tun, dem Mädchen zu beweisen, dass er sie nicht um des Geldes, sondern nur ihres reinen Herzens und der Liebe wegen heiraten will, was er natürlich erst beweisen kann, wenn ihm ab Folge vierzig dämmert, dass er ein schwerreicher Prinz ist. Ich glaube, die Serie läuft immer noch.

So ganz an der Wahrheit war sie ja auch nicht vorbei, denn wie in der Fernsehserie war meine Mutter wunderschön, wenn auch verflucht. Sie bringe Unglück, war noch das Mindeste, was all jene, die das Geheimnis in Babol Sar kannten, von ihr sagten. Tatsächlich war das Gerücht, sie sei hässlich, das harmlosere, denn eine Frau, die Unglück bringt, will man noch weniger heiraten als eine hässliche.

Niemand ahnte, was sich unter den Gewändern verbarg: der anmutige, hellhäutige Körper meiner Mutter, ihr ovales, ebenmäßiges Gesicht, schwarzes, glänzendes Haar und, die einzige Mitgift ihres leiblichen Vaters, eisblaue, kalte Augen. Als meine Urgroßmutter diese Augen sah, soll sie einen hysterischen Anfall bekommen haben. In dem Kind stecke eindeutig der Teufel (sie meinte den Eisteufel), kreischte sie und war nur schwer zu beruhigen. Kaum einem Verwandten wurde meine Mutter also gezeigt, doch der Mann der Großmutter, der Händler, der freilich, ohne darum zu wissen, nicht mein Großvater war, widerstand allen Ratschlägen, meine Mutter gleich im Kaspischen Meer zu ertränken, mit dem Sitzkissen zu ersticken oder wenigstens, in einen Teppich gewickelt, auszusetzen.

Von alldem wussten die notorisch klammen Tazafhadis nichts. Sie drängten den zweitjüngsten der Brüder, den vorletzten, meinen Vater, das hässliche Mädchen zur Frau zu nehmen, bevor es jemand anders tue, damit man endlich wieder guten Gewissens ins Café gehen und, vor allem, dort auch sitzen bleiben könne. Die Jugend des Mädchens spreche für sich; selbst wenn sie das Gesicht eines alten Fladenbrotes habe, so sei ihr Körper jung und straff, und die Unberührtheit ihres Geschlechts sei selbst für sie, die bereits verheirateten älteren Brüder, eine Versuchung, der nur schwer zu widerstehen sei – sagten die übrigen Tazafhadis zu meinem Vater. Dessen Schwächen waren seine Nachgiebigkeit sowie sein Hang zu Versöhnung und Grübeleien, ob ihm auch alle wohlgesinnt seien. Er heiratete das Mädchen. Als er in der Hochzeitsnacht den Schleier endlich lüftete, hielt er sich für den glücklichsten Mann der Welt, hatte er doch das schöne Mädchen *und* das viele Geld bekommen.

Zum ersten und einzigen Mal in seinem Leben widersetzte er sich seinen Brüdern. Statt sein Geld im Kaffeehaus verschwinden zu sehen, beschloss er, es zu investieren. Er ließ den Pass meiner Mutter fälschen (zumindest die Altersangabe darin) und reiste mit ihr nach Deutschland, um dort Medizin zu studieren und Arzt zu werden.

Die Freude war groß, als ich kein Jahr später geboren wurde. Zwar nicht ganz so grobschlächtig, aber von ähnlich untersetzter, stämmiger Statur und mit dem typischen freundlichen, leicht dümmlichen Grinsen im Gesicht, sah ich beinahe genauso aus wie alle Tazafhadis. Mein Vater nahm sich ein Semester frei, erwarb jenen bereits erwähnten Mercedes und unternahm damit die legendäre Reise zu den Gestaden der Väter und Vorväter am Kaspischen Meer. Alle Tazafhadis und sogar meine Großmutter waren glücklich, als sie mich, den kleinen, dicken Alp, sahen. Der Fluch, wenn es überhaupt je einen gegeben hatte, war gebrochen.

Alles lief prächtig und noch prächtiger, bis meine Mutter in Deutschland abermals schwanger wurde und eine Tochter gebar. Azadeh hatte die Nase ihres Vaters, die gleichen Augen wie ihre Mutter, dunkle Wimpern und Augenbrauen, die sich schwer zuordnen ließen, aber sie hatte nicht das in beiden Familien übliche dunkelbraune, fast schwarze Haar. Anfangs hatte sie sehr lange gar keine Haare, dann wuchsen sie umso schneller: kräftige, rotblonde Locken. Sie sah überhaupt nicht mehr aus wie eine Tazafhadi, ja sie sah kaum mehr aus wie jemand, der aus Babol Sar stammen konnte.

Es war ein Glück, dass die junge Familie in Deutschland lebte. Mein Vater sagte eine bereits geplante Reise nach Babol Sar kurzfristig ab, Getriebeschaden, erklärte er und verschob sie auf unbestimmte Zeit. In Persien (auch wenn ein alles Westliche verehrender Schah gerade versuchte, mit den Traditionen endgültig zu brechen) wäre meine Schwester wohl im Kaspischen Meer gelandet, da die Grenzen zur damaligen Sowjetunion kaum zu durchdringen waren und damit die traditionellste aller Lösungen ausschied. In vergangenen Jahrhunderten, der Ära der Kaufleute, Krummsäbel und Steinschlossflinten, der Kamele, Esel und fliegenden Teppiche, hätte man meine Schwester einfach auf einem Sklavenmarkt in Khiva oder Buchara verscherbelt, und das Problem wäre wenn schon nicht aus der Welt, so doch sehr, sehr weit weg gewesen. In Deutschland dagegen gab es keinen Sklavenmarkt, in Deutschland gab es nur das Jugendamt.

Schon früh hatte sich zwischen meiner Mutter und meiner Schwester ein stummes Einverständnis der Gesten und Blicke eingestellt, eine dem Vater wie dem Bruder nicht zugängliche Vertrautheit. Mein Vater liebte meine Mutter, aber was sie für ihn empfand, ist ihm niemals offenbar geworden. Vielleicht nahm sie es ihm übel, dass er sie nicht, der Gerüchte um ihre angebliche Hässlichkeit wegen, wie alle anderen verschmäht hatte. Andererseits war er ein liebevoller, intelligenter und empfindsamer Mensch, wie es in Babol Sar keinen zweiten gegeben hätte, und darum alles in allem eine glückliche Wahl. Außerdem hatte er sie nach Deutschland geführt, das Land der Freiheit der Rede und der Kleider, und nicht länger musste sie ihre Schönheit unter einem Stoffsack verbergen.

Nachdem er sein Studium beendet hatte, ging er nicht zurück in den Iran, sondern nahm eine Stelle in einem kleinen Westberliner Krankenhaus an. Seine Frau kümmerte sich um die Kinder und den Haushalt, so wie das damals auch bei den Deutschen, zumindest jenen im Westen des Landes, die Regel war. Anders als die meisten Iraner mied Tazafhadi seine Landsleute weitgehend, selbst jene, mit denen er gemeinsam studiert hatte. Abends gaben meine Eltern zuweilen kleine Essen für seine Kollegen, aus bloßer Höflichkeit und als Gegenleistung für erwiesene und manchmal auch nur eingebildete Gefälligkeiten. Einmal mehr führte sein Hang zur Harmonie ihn also auf den falschen Weg, denn seine Frau genoss diese Gesellschaften, erst recht in einer Zeit, da ein Teil der Deutschen ganz verrückt war nach dem Schah von Persien und in Frau Tazafhadi die Fleischwerdung ihrer exotischen Träume sah.

Vielleicht spielte auch dies eine Rolle: Mein Vater blieb bis an sein Lebensende der Fremde; sosehr er sich den örtlichen Gepflogenheiten auch anpasste, tief in ihm drin steckte Babol Sar. In meiner Mutter aber steckten mein Großvater und die Wüste Karakum, die er als einziges menschliches Wesen zu Fuß durchquert hatte. Aber ich greife vor – oder zu weit zurück? Meine Mutter jedenfalls wollte nie wieder unter den Sack mit den Sehschlitzen zurück, und sie wollte nicht ihre Jugend mit einem Mann vergeuden, der ungeschickt bemüht war, es ihr, aber auch allen anderen recht zu machen.

Es war nicht eigentlich Bosheit, und wenn sie tief in sich hineingeschaut hätte, vielleicht hätte sie ja doch so etwas wie Zuneigung für ihren Mann entdeckt. Aber das Streben nach Freiheit ist eine starke Kraft, unbekümmert um alle moralischen Schranken. Azadeh erzählte später, meine Mutter habe sich irgendwann Liebhaber genommen, ob das stimmte, wer weiß, und mein Vater tat, als bemerke er es nicht, so wenig wollte er den Frieden in seinem Haus stören. Das war der Untergang unserer kleinen Familie. Was er auch machte, es verhinderte nicht, dass meine Mutter eines Tages einfach verschwand. Kein Brief, keine noch so kurze Nachricht verriet etwas über ihren Verbleib, ihre Gründe oder ihre Zukunft, sie war verschwunden, und sie blieb verschwunden, lediglich das Schweigen meiner Schwester verriet mir und meinem todtraurigen Vater, dass sie nicht etwa Opfer eines Verbrechens geworden, sondern aus freien Stücken gegangen war.

Mein Vater hatte schon vorher eine Schwäche für Alkohol gehabt, nach dem Weggang seiner Frau wandelte sich die Schwäche zu einer Gewohnheit, dann zu einer schlechten Gewohnheit und schließlich zu einer Krankheit. In gewissem Sinne war er das Gegenbild meines Großvaters. Dieser funktionierte nach außen hin so perfekt, dass er sogar die Wüste von Karakum durchqueren konnte, war aber innerlich völlig hohl. Wer einmal in dieser Landschaft stand, in der ungeheuren Leere zwischen Himmel und Erde, der begreift, dass solche Weite nur durchmessen kann, wer, wie mein Großvater, ein Herz so groß wie ein Sandkorn hat.

Dagegen hatte mein Vater ein Herz so groß wie ein Schwamm, voll gesogen mit Kummer und allem, was hochprozentig war. Die Übernahme der Angewohnheiten amerikanischer Fernsehserienhelden der fünfziger und sechziger Jahre (nämlich, wovor auch immer, erst mal einen «Drink» zu nehmen anstatt wie die Einheimischen ein Bier) beschleunigte seinen Niedergang: Irgendwann war immer vor irgendetwas, das heißt, man hatte eigentlich das Recht, ständig einen «Drink» zu nehmen. Während er nach innen hin überfunktionierte, funktionierte er nach außen hin überhaupt nicht mehr. Die Stelle im Krankenhaus war ihm längst gekündigt und das Kindermädchen in die Flucht geschlagen, als die ersten Ratten bei uns auftauchten, und eines Tages stand das Jugendamt bei uns vor der Tür. Ich schämte mich, weil ich nicht in der Lage gewesen war, aufzuräumen, sauber zu machen, abzuwaschen, zu kochen und einzukaufen, denn dann hätte ich nur sagen müssen, mein Vater schlafe, tut mir leid, meine Herrschaften, könnten Sie vielleicht im nächsten Monat wiederkommen? So aber verzogen der Mann und die Frau vom Jugendamt das Gesicht, als ich die Tür öffnete, weil ihnen ein Schwall schlechter Luft entgegenschwappte, den ich längst nicht mehr wahrnahm.

Meine Zuflucht wurde ein fünfzehn mal fünfzehn Meter großer quadratischer Raum, der mit einer Kunststoffmatte ausgelegt war. In den besseren Tagen hatte mein Vater mir die Grundtechniken des im Iran sehr beliebten Ringens beigebracht, und ich hatte gehört, dass sich in einer niedrigen Halle in einer Schule unweit der Wohnung abends Ringer träfen. Meine Enttäuschung war groß, als ich feststellen musste, dass es keine Ringer, sondern Kung-Fu-Heinis waren.

«Das is kein Kung-Fu», sagte der Meister, ein kleiner Mann mit Bäuchlein und Halbglatze, der nicht als Meister, sondern als «Hansi» angesprochen wurde, «das is Judo. Schon mal Judo jemacht?»

«Nein, nur Ringen.»

«Ringen is auch jut. Aber komische Klamotten.»

Was dachte der sich eigentlich? Hatte er sich schon mal selbst angeschaut? Meister Hansi trug eine Art weißen Bademantel mit weißen Schlafanzughosen darunter. Das Ganze wurde von einem faserigen, schwarzen Stoffgürtel zusammengehalten.

«Ziehst dir ma' hier die Kutte über oder was. Jut. Machst 'n bisschen Fallübung, Abrollen, ja? Dann Schulterwurf. Kennste ja bestimmt. Zwanzig Eingänge, Uchi-Komi, beim zwanzigsten Wurf. Dann Seite wechseln, auch wenn sich's komisch anfühlt. Wer auf beiden Seiten 'nen Schulterwurf richtig kann, wie soll der zu schlagen sein? Was wiegst'n eigentlich?»

Diese letzte Frage war die Eintrittskarte in Hansis Truppe. Judoka entwickeln mit der Zeit, auch durch das ständige Ab- und wieder Zunehmen, ein feines Gespür für das Gewicht anderer, manchmal wildfremder Leute. Hansi war sich ziemlich sicher, was er da für einen vor sich hatte, trotzdem fragte er anstandshalber nochmal nach. Er suchte noch ein Halbleichtgewicht für seine Jugend-Bezirksligamannschaft, ich kam ihm da gerade recht. Und ich war froh, dreimal die Woche der Trostlosigkeit meines Zuhauses zu entkommen.

Ich trainierte Schulterwurf, links und rechts eingedreht, die Außensichel, links und rechts angesetzt, und das Handrad – Te-Guruma, eine Kontertechnik, ebenfalls auf beiden Seiten. Dass ich so verbissen immer beide Seiten meines bescheidenen Repertoires einübte, hielt Hansi für schlau, aber die Wahrheit war, dass ich mich einfach nicht für eine Seite entscheiden konnte.

Paul Mahlow hingegen war das Genie. Er war von Anfang an dabei und fiel mir sofort wegen seiner damals bereits verunzierten Ohren auf.

«Was ist mit deinen Ohren los?»

«Fallen gleich ab.»

«Dann hör doch auf.»

«Kann ich nicht.»

Er konnte tatsächlich nicht. Wenn ich einfach nur fleißig war, dann war Paul Mahlow vom Judo besessen. Monoton übte er eine Technik, probte beim nächsten Training unendliche Variationen und Gegentechniken dazu. Immer wenn ich mit Mahlow trainierte, faszinierte mich, dass Mahlow jedes Mal neue Wege fand, mich zu werfen. Vielleicht rührte diese Faszination daher, dass das Training meiner Vorstellung von der Welt entsprach: die unendlichen Variationen in ihren Bewegungen, die abhängig waren von Reaktion und Gegenreaktion, zwar erahnbar, aber letztlich nicht vorhersagbar, das schien mir wie ein Kosmos im Kleinen, in dem all das passierte, was möglich war.

Dann kam der Tag des Kampfes und mit ihm die erbärmliche Angst, die ich von nun an immer vor einem Kampf spüren sollte. Dabei wusste ich gar nicht, wovor. Ich war nicht wehleidig, es ging nicht ums Leben, was sollte schon passieren?

Ich gewann einen Kampf, ich verlor einen Kampf.

Hansi war zufrieden. «Hast dich jut jeschlagen, bisschen verkrampft, bisschen Angst vielleicht, aber alles jegeben.» Er klopfte mir auf die Schulter, und die anderen, einschließlich Mahlow, taten es ihm nach. Damit war ich aufgenommen in die Gemeinschaft der Kämpfenden, in der es wichtig war, zu gewinnen, aber noch wichtiger, sich nicht unterkriegen zu lassen, den Mut nicht zu verlieren. Als ich eines Abends nach Hause kam und das Schnarchen meines Vater aus dem Schlafzimmer hörte und über die leeren Flaschen stolperte und das ungewaschene Geschirr in der Küche sah, war mir klar, ich würde dennoch bestehen.

Manche mögen den Niedergang der Familie Tazafhadi darin begründet sehen, dass diese Menschen einfach nicht nach den Geboten lebten. Onkel Yilmer aber, der Tugendhafte, wusste, dass es nicht so einfach war: Man konnte die Gebote befolgen und trotzdem ein Schuft sein, und man konnte die Gebote brechen und trotzdem zum Helden werden.

«Es ist doch so», sagte Yilmer, «es ist überhaupt nicht einfach, das Richtige im richtigen Moment zu tun. Weil es so schwierig ist, das Richtige zu erkennen. Und selbst dann, wenn man erkannt hat, was das Richtige ist, muss man sich erst einmal entschließen, seine Erkenntnis auch umzusetzen, und da ist es natürlich viel leichter, wenn man sich an irgendwelche Gebote hält, mögen sie nun gut sein oder schlecht. Wenn man nicht mehr weiterweiß, schaut man in seine Gebotsliste und peng! Schon ist die Lösung da.»

«Ich dachte, du befolgst die Gebote», wandte ich ein.

«Ich *achte* die Gebote. Achtung und Gefolgschaft sind zwei sehr unterschiedliche Dinge.»

«Da mir die Gebote so oder so egal sind, hilft mir das auch nicht weiter.»

«Aber ist es nicht so, dass ihr euch am Anfang des Trainings voreinander verneigt? Ist es nicht so, dass der ranghöchste und älteste Schüler die Ehre und die Bürde hat, den Gruß zu sprechen? Ist das keine Achtung, kein Respekt? Und ist es nicht so, wie der letzte Ju-Dan Kyuzu Mifune gesagt hat: dass man niemals einer fixen Idee anhängen soll, sondern immer bereit sein muss, sich selbst und damit auch alle fixen Ideen aufzugeben?»

«Woher weißt du all diese Dinge? Ich habe noch nie von diesem Mifune gehört.»

«Weil du viel über die Welt nachdenkst, aber wenig über das, was du tust.»

«Findest du?»

Yilmer schüttelte den Kopf. «Nur der ist tugendhaft und achtet die Gebote, der seinem Dämon entgegentritt. Alle anderen sind Esel.»

Mein Vater mochte mit seinem Dämon gerungen haben, bis er eines Tages auf der Straße tot umgefallen ist. Er hatte eine dreimonatige Entziehungskur hinter sich und war seit zwei Wochen wieder zu Hause. Jeden Tag machte er einen Spaziergang durch das Viertel, wie es schien ohne besonderen Grund und ohne besonderes Ziel. In den Manteltaschen fand sich eine ungeöffnete Flasche Wodka, die er am Tag seiner Entlassung gekauft hatte, und ein Bild seiner verschwundenen Frau.

Wenig später war der Tanz der Pflegeeltern bereits in vollem Gange. Während ich von meinem Onkel unter die Fittiche genommen wurde, zerschliss Azadeh eine Pflegefamilie nach der anderen. Sie begann mit grundlosen Hungerstreiks, mit Heulkrämpfen und Schreiattacken. Die zu Rate gezogenen Psychologen erklärten ihre Feindseligkeit damit, dass sie den Weggang ihrer Mutter nie verwunden habe und die Mutter dadurch nachträglich bestrafen wolle – und bis zu einem gewissen Grad hatten sie Recht damit. Azadeh hasste ihre Mutter dafür, dass sie sie in einer Welt zurückgelassen hatte, in der alles so falsch, so voll Heuchelei, so verlogen zuging, und dass sie dazu verurteilt war, diese Verlogenheit wieder und wieder zu entlarven. Kam sie in eine neue Familie, schaute sie sich die Verhältnisse darin eine Weile lang an, analysierte sie, spürte die Schwächen auf. In jeder Familie gab es Geheimnisse, kleine und große Lügen, mit denen man sich über den Tag rettete.

Ein besonderer Tag war jener, als sie zum ersten Mal einen Vater verführte. Wie leicht er doch zu haben war und dennoch versuchte, sein Verlangen zu überhöhen, von «dunkler Leidenschaft» und «verbotener Liebe» sprach, bis sie ihn unsanft auf den Boden der Tatsachen zurückbrachte.

«Du warst es einfach über, die immer gleiche Frau zu ficken, und weil du zu faul bist, dich ein bisschen rauszuputzen und in der nächsten Kneipe eine abzuschleppen, weil du dann ja auch noch ein Hotel und das Taxi bezahlen müsstest, da hast du eben mich gefickt, deine Pflegetochter. Also erzähl mir nichts. Du liebst mich nicht, du liebst nur dich selbst, wie im Übrigen jeder in diesem Haus, mich eingeschlossen. Und deswegen wirst du jetzt bezahlen.»

«Du willst dich … dafür bezahlen lassen?»

«O nein, dafür nicht. Ich lasse mir mein Schweigen bezahlen, so ist das.»

«Und er hat bezahlt?», fragte der Psychologe.

«Klar hat der bezahlt.»

«Fandest du das denn nicht unangenehm oder wenigstens ungewöhnlich, in deinem Alter Verkehr mit einem fünfundvierzig Jahre alten Mann zu haben?»

«Meine Mutter war vierzehn, als sie von meinem versoffenen Vater bestiegen wurde, und hat neun Monate später meinen Bruder bekommen, über vier Kilo schwer, da hat sie auch niemand gefragt, ob sie das ungewöhnlich findet oder ob ihr das gefällt.»

Um ihren achtzehnten Geburtstag herum wurde Azadeh ruhiger, und viele dachten, dass ihr ganzer Unmut nur eine Folge der Pubertät gewesen sei. Sie irrten sich. Azadeh hatte einfach bloß begriffen, dass es nicht klug war, wie der Elefant im Porzellanladen herumzulaufen, wollte man es in dieser Gesellschaft zu irgendetwas bringen. Sie machte Abitur und schrieb sich an der Universität für Romanistik ein, auch wenn sie nicht vorhatte, das Studium abzuschließen. Sie arbeitete als Fotomodell und für einen damals halbwegs bekannten Performancekünstler namens Lew Kopelnik, der sie einmal mit nach Paris nahm und dort mit Farbe bespritzte.

Vielleicht fehlte ihr einfach so ein Hafen, wie ich ihn in Hansi und seiner Bezirksliga-Mannschaft gefunden hatte. Oder hatte sie zu viel von unserem Großvater mitbekommen? Sind wir so sehr abhängig vom Blut, das durch unsere Adern fließt, ist unsere Freiheit so gering?

«Wir haben die Freiheit, morgens zehn Minuten früher als üblich aus dem Bett zu steigen», sagte Onkel Yilmer. «Größer ist unsere Freiheit nicht. Und selbst mit diesem bisschen haben viele noch die allergrößten Schwierigkeiten, wie du ja weißt.»

«Du glaubst also, alles ist vorherbestimmt?», fragte ich.

«Nicht alles, aber doch das meiste, bis auf diese zehn Minuten.»

«Aber in diesen zehn Minuten kann viel passieren. Du stehst zehn Minuten früher auf und begegnest eine Stunde später auf der Straße einem Menschen, dem du sonst niemals begegnet wärst, und ihr redet ein wenig miteinander, und er lädt dich zu sich nach Hause ein, wo du seine wunderschöne Tochter kennen lernst, und du heiratest sie und hast mit ihr drei Kinder, von denen eines die Prinzessin von Samarkand heiratet, und der Sohn aus dieser Ehe wird schließlich der Fürst von Samarkand, und das alles nur, weil du zehn Minuten früher aufgestanden bist!», triumphierte ich.

«Abgesehen davon, dass das ein ziemlich antiquiertes Märchen mit Prinzen und Prinzessinnen ist und in Ländern spielt, die du nie in deinem Leben gesehen hast, lautet die Frage, ob du, als du aufgestanden bist, schon gewusst hast, dass du diesem Menschen begegnen würdest.»

«Nein, das ist Zufall.»

«Also ist mein Leben ein Produkt des Zufalls, das ich nicht bewusst beeinflussen kann. Zwar stehen mir jeden Tag unendlich viele Möglichkeiten offen, ich weiß aber nicht, nach welchen Kriterien ich mich für die eine oder andere entscheiden soll, weil ich nicht weiß, nicht wissen kann, was am Ende dabei herauskommt, richtig?»

«Bis dahin ja.»

«Dann wüsste ich doch ganz gerne, wo nun der Unterschied ist zwischen Gott, der Vorbestimmung und dem Zufall mit seinen unendlichen Variationen.»

«Schrödingers Katze», raunte ich und nahm mir noch einen Schluck Tee.

«Umpf», machte mein Onkel und knirschte mit den Zähnen. Dann fischte er auf dem Sitz zwischen uns nach seiner Zigarilloschachtel, bis er bemerkte, dass sie auf dem Wagenboden lag. Es war Vormittag, und wir beide warteten auf Kundschaft wie Krokodile an einer Furt auf Antilopen. Ich beugte mich vor und langte nach der Zigarilloschachtel, und als ich mich wieder aufrichtete, stieß ich mit dem Kopf an das Lenkrad. Dezember 84, wie gesagt, und damit gut drei Monate bevor mir jemand ein Wurfgeschoss an den Kopf schleuderte und ich in diesen seltsamen Zustand zwischen Leben und Tod geriet – womit wir wieder beim Thema wären. Ich reichte Yilmer seine Rillos, doch statt mir zu danken, brummte er:

«Das hätte ich mir denken können, dass du mir wieder mit diesem blöden Vieh kommst.»

Der Physiker Erwin Schrödinger hatte sich einst ein Experiment mit einer Katze ausgedacht, ein Gedankenexperiment, das die paradoxen Eigenarten des Überlagerungszustands in der Quantenphysik veranschaulichen sollte. Kurz und grob beschrieben, funktioniert es so: Schrödingers Katze wird in eine Kiste gesperrt, zusammen mit einer radioaktiven Substanz. Die Wahrscheinlichkeit, dass die radioaktive Substanz innerhalb einer Stunde zerfällt, beträgt fünfzig Prozent. Zerfällt sie, löst das einen Mechanismus aus, der die Katze tötet. Über Zerfall und Nichtzerfall des Atoms lassen sich aber keine genauen Vorhersagen machen, das heißt, das Atom befindet sich in einem Zustand der Überlagerung, der so genannten Superposition, die es einem Teilchen nach der Quantenmechanik ermöglicht, an zwei Positionen gleichzeitig zu sein, zwei Zustände gleichzeitig einzunehmen. In diesem Fall ist es gleichzeitig zerfallen und nicht zerfallen. Da das Leben der Katze vom Zustand des Atoms abhängt, befindet sie sich ebenfalls in einem Zustand der Überlagerung, das heißt, sie ist gleichzeitig tot und nicht tot. Nach der «Kopenhagener Deutung» wird dieser Zustand erst aufgehoben, wenn ein «bewusster Beobachter» hinzutritt, also jemand die Kiste öffnet ...

«Moment – erst wenn du die Kiste öffnest, entscheidet sich, ob die Katze tot ist oder nicht? Ich sehe, also ist es? Glaubst du, du bist Gott?»

«Die Frage ist doch wohl», entgegnete ich, «was Gott machen wird, wenn er eines Tages genug gesehen hat.»

«Mhm.»

«Es gibt noch einen anderen Ausweg aus dem Dilemma.»

«Und der wäre?», fragte Yilmer paffend.

«Zwei Kisten.»

«Zwei Kisten?»

«Es gibt zwei Welten mit je einer Kiste, also zwei Katzenkisten. In der einen Welt ist die Katze tot, in der anderen nicht.»

«Und wer entscheidet, in welcher Kiste wir leben?»

«Vielleicht ist es besser, er stirbt», sagte Azadeh und umfasste mit der rechten Hand das Stahlrohr des Krankenbettes.

Mahlow schwieg.

«Ich meine», fuhr sie fort, «das ist kein Leben so. Die Ärzte sagen …»

«Ich weiß, was die Ärzte sagen», sagte Mahlow scharf, «die Ärzte sagen zum Beispiel, dass es Menschen gibt, die noch Jahre später plötzlich aufwachen.»

«Das sind Märchen. Wunschträume. Sie sagen dir niemals die Wahrheit. Sie sagen dir das, was du hören willst. Weißt du, warum sie mich hergeholt haben?»

«Damit du erfährst, wie es ihm geht, damit du ihn besuchst.»

«Sie wollen wissen, was mit ihm passieren soll. Er ist ihnen eine Last. Sie wollen ihn loswerden.»

«Loswerden? Und wohin wollen sie ihn loswerden?»

«Es gibt Spezialkliniken in Westdeutschland für so was.»

«In Westdeutschland?»

«Ich habe mit jemandem von der Verwaltung darüber gesprochen. Ich muss nur noch unterschreiben.»

«Aber in Westdeutschland kennt er keinen Menschen, niemand. Alle seine Freunde sind hier.»

«Falls du es noch nicht bemerkt hast, es ist völlig egal für ihn, wer hier ist.»

Britta warf ihr einen abschätzigen Blick zu. Sie begann an meiner Infusionskanüle herumzunesteln, mir das Gesicht zu waschen, mich auf die Seite zu drehen, nach Drucködemen abzusuchen, mich wieder zurückzudrehen, meine Beine zu bewegen, meine Arme zu bewegen, mir die Fingernägel zu schneiden, mir die Fußnägel zu schneiden –

«Sind Sie bald fertig damit?», fragte meine Schwester.

«Das muss gemacht werden», sagte Paul.

«Das weiß ich. Ich habe ja auch nicht gesagt, sie soll aufhören, sondern gefragt, wie lange sie noch dafür braucht.»

Britta holte Luft. «Hören Sie, das hier ist ein Krankenhaus, und Sie sind zu Besuch. Und das hier ist ein Patient – *mein* Patient.»

«*Das hier,* wie Sie sagen, ist mein Bruder. Und jetzt wäre ich Ihnen sehr dankbar, wenn Sie uns einen Moment allein lassen könnten.»

Britta ging, funkelte im Gehen Mahlow wütend an.

«Ihr kennt euch näher?», fragte Azadeh, als Britta die Tür hinter sich geschlossen hatte.

«Ja.»

Sie nickte und strich mir über die Wange. «Jetzt bin ich ganz allein», sagte sie.

Mahlow sah sie an. Dann legte er seinen Arm um ihre Schultern, sie wandte sich zu ihm. Azadeh war neunzehn, sie gab die Dame von Welt, die Verführerin, das kleine Mädchen, ganz wie sie wollte. Das hatte sie von unserer Mutter. Wer immer jemand anders ist, verliert sich irgendwann selbst. Und das war es, was sie wollte, sowohl meine Mutter als auch Azadeh: Sie wollte nicht länger an sich selbst erinnert werden.

## 12

**Es wurde Sommer,** und Azadeh wohnte in meinem alten Zimmer und ließ die Zeit verstreichen. Sie hatte nicht einmal Miss Ellie um Erlaubnis gefragt. Sie war einfach mit ihrem Koffer, groß genug, um alles zu bewahren, was ihr wichtig erschien, in der Wohnung aufgetaucht. In der Wohnung, nicht vor der Wohnung, denn sie hatte aus meinem persönlichen Besitz, der ihr von der Krankenhausverwaltung ausgehändigt worden war, die Schlüssel mitgenommen. Ellie widersprach nicht, und Gonzo war so sehr mit seinem schlechten Gewissen beschäftigt, dass er es beinahe als Wohltat empfand, jemanden aus der Familie Tazafhadi in seiner Nähe zu wissen.

«Das ist gar keine richtige Familie mehr, Gonzo», erklärte Azadeh. «Ich weiß ja nicht, woher deine Sorge um meinen Bruder rührt, aber wenn ich dich so anschaue, dann hast du das gequälte Gesicht eines Verräters, und das ist wahrscheinlich der Grund, warum du die ganze Zeit über mit mir reden willst.»

Gonzo fühlte sich ertappt. Er wand sich, krümmte sich vor noch schlechterem Gewissen, brachte aber kein erlösendes Wort heraus.

Mahlow hatte das Judo beinahe völlig an den Nagel gehängt. Höchstens einmal im Monat schaute er in seinem alten Club vorbei, ansonsten spielte er am Wochenende in einer Mannschaft, die aus Blohfeld-Wachmännern bestand, gegen eine Mannschaft, die aus anderen Wachmännern bestand, vor dem Reichstag Fußball. Und er wusste, dass das ein Fehler war. Das Judo hätte ihn vielleicht wieder zu sich selbst zurückbringen können. Vor dem Reichstag Fußball zu spielen war kein brauchbarer Ersatz. Wie eine steinerne Mumie ragte das Gebäude in die Stadt, Zeuge unglaublicher Untaten und Taten. Etwas ist falsch an dieser ganzen Szenerie, dachte Mahlow manchmal, wenn er sich den Schweiß von der Stirn rieb und innehielt.

Damals brach die Welt auf wie backendes Brot, aber niemand merkte es – außer mir und Onkel Yilmer vielleicht, doch wer interessierte sich schon für die Beobachtungen eines Quacksalbers und eines Komapatienten. Das heißt: Es gab einen alternden Pfleger im Krankenhaus, einen Tschechen namens Vojtěch, der einst im Frühling aus Prag geflohen war, um im Westen Säufer zu werden, und der sich inzwischen vollkommen einer Berliner Spirituose überlassen hatte, die sich «Wodka Gorbatschow» nannte. Vojtěch schaltete manchmal den Fernseher auf DDR-Kanal und verfiel in ein verächtliches Grunzen und Kichern, das erst erstarb, wenn es den Ausschnitt einer Rede Gorbatschows zu sehen gab. Dann hob er einen Zeigefinger an die Lippen, obwohl ich ja gar nicht in der Lage gewesen wäre, ihn zu stören, lauschte der Rede, betrachtete sehr aufmerksam die Gestik des Redners und sah schließlich zu mir herüber, dem notorisch grinsenden Alp, und lächelte und nickte mir wie einem alten Verbündeten zu. Damit waren wir also schon zu dritt.

Paul Mahlows Besuche an meinem Krankenbett, über dessen Standort noch immer nicht endgültig entschieden war, wurden seltener, je häufiger er meine Schwester sah. Azadeh war in vielerlei Hinsicht von mir verschieden, aber in manchem, Geringfügigem, glich sie mir auch. Mahlow suchte nicht nach Unterschieden, er suchte nach Gemeinsamkeit. Aber Azadeh war eine Frau.

Anfangs erwiderte sie seine Zuneigung kaum stärker als ich, ihr schlafender Bruder. Sie hielt ihn auf Distanz, gerade weit genug, dass er sie nicht aufgeben konnte, ignorierte beharrlich sein Werben. Zu beinahe allem wäre Mahlow schließlich bereit gewesen, nur um mit ihr zu schlafen. In der Nacht, in der es dazu kam, sagte er ihr, dass er sie liebe, und sie antwortete, dass sie es gewusst habe, seit jenem Tag im Krankenhaus. Mahlow zitterte, wie er einst in Brittas Armen gezittert hatte, und Azadeh nahm ihn in sich auf, und das Zittern legte sich.

Britta, die Dritte im Bunde, litt. Von jenem Tag an, als Azadeh im Krankenhaus aufgetaucht war, spürte sie, dass ihr Paul entglitt, er sich entfernte wie in einem bösen Traum, in dem man den ertrinkenden Geliebten nicht halten kann. Kaum war Azadeh in mein Zimmer gezogen, hatte Mahlow immer weniger Lust, die Nacht über bei Britta zu bleiben. Sie schliefen noch miteinander, beinahe leidenschaftlicher als zuvor, aber die mühsam synchronisierte Zeit zerbrach wie eine alte Uhr, die niemand mehr haben will. Er wurde mürrisch, erfand immer neue Ausreden, sie sahen sich immer seltener. Es gab kein offizielles Ende, keinen letzten Streit, keine zugeschlagene und für immer geschlossene Tür. Brittas und Paul Mahlows Beziehung versickerte.

Einmal fuhr sie zu Miss Ellies WG, um die beiden, koste es, was es wolle, zur Rede zu stellen. Es war vor ihrer Nachtschicht und bereits dunkel, und sie kam noch nicht mal bis zum Klingelbrett: Von der Straße aus hörte sie die beiden lachen und sah, wie sie vor dem erleuchteten Balkonfenster tanzten und sich küssten. Mahlow hatte nie mit ihr getanzt und sie nur selten geküsst, und spätestens in diesem Moment wurde Britta klar, dass er sie nie geliebt hatte und alles nur ein Aneinanderklammern gewesen war.

Sie war schon eigen. Das werde ich immer an ihr mögen, egal, was sie noch tut, egal, mit wem sie sich noch einlässt oder eingelassen hat. Sie kam zu mir ins Krankenzimmer und – was mich gleich wunderte – verriegelte die Tür. Sie weinte, aber mir war und ist bis heute nicht klar, ob aus Trauer, Verzweiflung oder Wut. Im Schein der Leselampe, die unsinnigerweise immer neben meinem Bett brannte, über einer Bibel, die ebenso nutzlos auf dem fahrbaren Nachtschrank lag, starrte sie mich an. Ich hätte beim besten Willen nicht sagen können, was sie im Sinn hatte. Doch so viel war auch mir bewusst: Für sie war ich mehr als nur der Patient – ich war die Ursache. Ohne mich und meinen langen Schlaf wäre alles ganz anders gekommen, hätte sie Mahlow vielleicht nie so nah kennen gelernt, und sie müsste auch nicht so leiden. Ich befürchtete das Schlimmste. Und schon fing sie an, mich zu rütteln, und hieb mir ins Gesicht. Sie rief:

«Wach auf! Wach auf! Wach endlich auf und tu was!»

Gerne hätte ich ihr Folge geleistet, doch was auch immer es war, es hielt mich fest in diesem, wie hieß es doch gleich, Überlagerungszustand.

Sie atmete tief durch, dann schlug sie meine Bettdecke zurück.

Jetzt kommt der letzte Akt, dachte ich mir. Jetzt kommt die Spritze, das Kissen oder das Skalpell – und dann finito!

Da geschah etwas Wundersames. Schwester Britta zog mir die Hosen herunter, betrachtete mich ein Weilchen und bearbeitete mich schließlich an einer zwar bearbeitungswürdigen, aber doch ganz ungehörigen Stelle. Bekanntlich war ich, wie Doktor Trapezunt bereits angemerkt hatte, vegetativ tipptopp. Wahrscheinlich sogar mehr als das, denn mein unfreiwilliges Mönchtum währte schon mehrere Monate. Wie dem auch sei, auch Britta ließ den kleinsten Teil ihrer Hüllen fallen und schwang sich auf das Bett.

Ich gestehe, nicht übermäßig viel erlebt zu haben, doch war dies das Beste, was mir je mit einer Frau widerfahren ist. Auch Britta mochte es genossen haben, was mir wahrscheinlich niemand glauben wird. Hätte ich es Miss Ellie erzählt, wäre ein Sturm der Entrüstung und Häme über mich hinweggegangen: Alp, du armer, egozentrischer, Frauen verachtender Tropf, hätte sie gesagt, weißt du nicht, dass jede Frau, wirklich *absolut jede*, es vortäuschen kann? Gewiss, meine nachsichtige, weise Wirtin, hätte ich ihr geantwortet, gewiss bin ich mir darüber im Klaren, doch das ist ja genau der

Punkt: Von allen Männern auf der Welt war in diesem Moment ich der allerletzte, bei dem eine Frau es hätte vortäuschen müssen. So einfach und schön konnte die Welt im Jahr 1985 sein.

«Nun, Alp Tazafhadi», sagte sie, als sie an meine Seite gesunken war, «du bist mir schon ein komischer Held, liegst da und lachst über uns und alles, was du angerichtet hast, aber warum bloß habe ich das Gefühl, dass du auch der Einzige bist, der sich um uns alle sorgt, der Einzige, dem ich alles erzählen könnte und der mich nie verraten und verlassen würde?»

Paul Mahlow hingegen machte den Fehler, Pläne zu machen, und dann machte er den noch größeren Fehler, meiner Schwester von diesen Plänen zu erzählen. Einen Monat später stand er am Ende der Nacht auf der Straße und starrte hinauf zu dem Balkonfenster, hinter dem Azadeh mit jemandem tanzte, den er noch nie gesehen hatte. Im Gegensatz zu Britta besaß er den Schlüssel und war geschwind in der Wohnung, prügelte den Kerl auf die Straße hinaus, was aber nichts half. Eine Woche lang sprach Azadeh nicht mit ihm, ihr Zimmer blieb verschlossen. Dann stand die Tür zu ihrem Zimmer offen, und sie war verschwunden. Niemand wusste, wohin.

Und das ist eigentlich schon die ganze Geschichte. Wie schreibt Josef Hutzinger in seinem Bestseller? «Schließen Sie die Dinge ab, fangen Sie von vorne an. Schauen Sie nicht zurück wie Lots Weib. Werden Sie nicht zur Salzsäule.» Wären da nicht Ismael gewesen und mein Großvater, von dem Azadeh Mahlow einen Monat zuvor erzählt hatte. Sie erzählte ihm, was von den Ahnen bis in alle Ewigkeit in die Gruft der Familiengeheimnisse gestoßen worden war, worüber niemand sprechen, was niemand erwähnen, geschweige denn verraten durfte: dass mein und Azadehs Großvater mütterlicherseits ein Deutscher gewesen war, und zwar einer, wie ihn die Deutschen selbst gerne vergessen würden.

# III

# Karakum

## 13

**Reff, so heißt es,** soll noch Jahre in der Irrenanstalt von Muniak herumgelaufen sein und behauptet haben, mein Großvater lebe noch, was insofern nicht ohne Ironie ist, weil er da ja tatsächlich noch lebte, wenn auch in dem Glauben, dass den Reff längst irgendwo in Sibirien die Kälteidiotie gepackt und danach der Tod geholt habe. Vor sehr, sehr langer Zeit einmal war die Irrenanstalt von Muniak ein Hotel gewesen, das am Ufer des Aralsees lag, und es hatte sogar einen hölzernen Steg gegeben, der direkt aufs Wasser führte. Erst als der See zu verschwinden begann und niemand mehr in einem Hotel mit Steg in den Sand wohnen wollte, brachte man Geisteskranke darin unter. Reff, einer der letzten Überlebenden des Gefangenenlagers von Kagan, den ein milder Arzt in den Schwachsinn entlassen hatte, Reff, der im Treibsand des Krieges und des Gulag stecken geblieben, nicht untergegangen, aber auch nie aufgetaucht war, kam in den siebziger Jahren des letzten Jahrhunderts dorthin, als man das Wasser gerade noch von einem Fenster im obersten Stockwerk aus sehen konnte. Seit jenen Jahren behauptete er wieder und wieder, dass der Eisteufel noch lebe, lief schreiend durch die Halle des ehemaligen Inselhotels, «Der Eisteufel lebt, der Eisteufel lebt», und erzählte den anderen Patienten – vielleicht dem usbekischen Fischer, der behauptete, Stalin zu sein, oder der Frau, die glaubte, mittels reiner Gedankenkraft Dinge bewegen zu können, nicht einfach irgendwelche Butterdöschen oder Füllfederhalter, sondern *richtig große Dinge*, und die darauf hinarbeitete, eines Tages auch den See an die alte Stelle zu bewegen – seine Geschichte, die natürlich unweigerlich auch die meines Großvaters war.

«Ich sage euch, er lebt», sagte August Reff, «alle denken, der Eisteufel ist tot, aber das stimmt nicht, ich kenne ihn, ich war seine rechte Hand, oh, verdorren, nein, erfrieren und abfallen soll diese rechte Hand, ich weiß, dass er noch lebt.»

«Das ist ja nun so ungewöhnlich nicht», brummte Stalin, «mich hat man schließlich auch für tot erklärt, und sieh mich an – bin ich nicht kerngesund und am Leben?»

«Ich war Kommunist.»

«Ach», sagte Stalin, «du auch?»

«1939, zwei Wochen bevor der Krieg begann, habe ich in Berlin einen SA-Mann erschlagen. Aber nicht, weil ich Kommunist oder gegen die Nazis gewesen wäre, sondern einfach so, weil er mich beleidigt hatte, weil ich schlechte Laune hatte oder – ich kann es nicht mehr sagen, warum. War in einer Kneipe. Kinnhaken. Er fiel gegen einen umgestürzten Stuhl. Genickbruch. Wirklich dumm. Die machten eine große Sache draus, kamen dahinter, dass ich mal in der KPD gewesen war. Gestapo, Keller, die haben alles aus mir rausgeprügelt, was drin war. Die Gerichtsverhandlung dauerte nur eine halbe Stunde, ich gestand, bereute, wurde zum

Tod durch den Strang verurteilt. Dann kam ich ins Lager. Das war komisch, weil ich doch zum Tode verurteilt war, was sollte das mit dem Lager? Schlimm war es dort, es gab Schläge, harte, unmenschliche Arbeit, willkürliche Exekutionen, Häftlinge, die an einem Ort, den alle ‹das schwarze Loch› nannten, verschwanden und nie zurückkamen. Eines Tages haben sie mich zur Lagerleitung gerufen und mir ganz formell erklärt, dass mein Gnadengesuch abgelehnt und das Todesurteil bestätigt worden ist und gleich am nächsten Morgen, fünf Uhr, vollstreckt werden soll.

Aber da war noch wer im Raum, ein Stabsarzt der SS. Und sie sagten, wenn ich freiwillig dem Herrn Hauptsturmführer helfen würde bei seinen Experimenten, dann würden sie die Strafe von Tod in lebenslang umwandeln. Vorausgesetzt, ich würde die Experimente überleben. Da haben sie kein Blatt vor den Mund genommen. Haben gleich gesagt, dass das kein Zuckerschlecken ist, was der Herr da mit mir vorhat.

Ich sagte nein, und um Viertel vor fünf sagte ich ja. Von da an gehörte ich dem Eisteufel.

Es fing ganz harmlos an. Ich dachte schon, ich hätte das große Los gezogen. Aber er brauchte mich am Anfang noch einigermaßen bei Sinnen. Ich bekam genug zu essen und zu trinken, wurde nicht geschlagen. Nur schlafen ließen sie mich nicht. Höchstens dreimal eine halbe Stunde am Tag. Zwischendurch musste ich über den Hof laufen, über Hindernisse klettern und dann wieder zurück in die Baracke des Doktors, ein paar Rechenaufgaben lösen. Das ging nicht lange gut. Ich fing an, während des Laufens, des Kletterns und des Rechnens einzuschlafen. Dann bekam ich Prügel. Also blieb ich wach, zumindest eine Weile. Nach einer Woche war ich so müde, dass man mich auch mit Schlägen kaum wach bekommen konnte. Ich fing an zu halluzinieren. Nach zehn Tagen drohten sie mir, mich an die Wand zu stellen und zu erschießen, falls ich einschlafen sollte. Ich zuckte mit den Achseln. Ich glaubte längst im Himmel zu sein und wunderte mich nur, warum die Engel braune Uniformen trugen. Alles war ich bereit zu tun, wenn man mich im Himmel, wenn man mich bloß schlafen ließe. Sie boten mir an, mich schlafen zu lassen, wenn ich einen Mitgefangenen töten würde. Drückten mir eine Pistole in die Hand. Ich weiß bis heute nicht, ob ich den Kameraden erschossen habe oder nicht. Alles ist in Nebel getaucht, in Watte, ich sehe den Pistolenlauf in seinem Nacken, aber ich kann nicht unterscheiden zwischen dem, was sie mir eingeredet haben, und dem, was wirklich passiert ist.

Es hörte dann einfach auf. Was der Grund, der Auslöser, das Zeichen war, weiß ich nicht. Irgendwann ließen sie mich schlafen, dreieinhalb Tage lang. Dann kam die Unterdruckkammer. Dazu muss ich sagen, ich war nicht allein. Es gab noch einen anderen zum Tode Verurteilten, der sich freiwillig für die Experimente gemeldet hatte. In der Unterdruckkammer wurden zwei Dinge simuliert: schneller Aufstieg in große Höhe ohne Maske, Fall aus großer Höhe ohne Maske. Wir warfen eine Münze. Ich bekam den Fall, der andere den Aufstieg. Der Eisteufel ließ mich beim Aufstieg zuschauen. Durch das kleine Bullauge sah ich den Häftling wie irre herumhüpfen und sich an den Haaren ziehen. ‹Das kommt daher, weil sich Flüssigkeit im Gehirn und damit das Gehirn selbst wegen des schnellen Druckabfalls ausdehnt; nur ist da kein Platz, wo es hinkönnte›, erklärte der Eisteufel, ‹da hilft auch kein An-den-Haaren-Ziehen mehr.› Unter Schreien und großen Qualen starb der Häftling. Ich wehrte mich daraufhin, in die Kammer gesteckt zu werden. Doch es half nichts. ‹Du hast doch Glück, dass du den Fall bekommen hast, da stehen die Chancen bedeutend besser›, sagte er und klopfte mir auf die Schulter, nachdem mich zwei Wärter in ein Fallschirmgeschirr gezwungen hatten, das von der Decke der Druckkammer hing, denn der Doktor wollte das alles sehr realistisch haben. An das, was danach geschah, kann ich mich nicht erinnern. Ich durfte aber später das Protokoll lesen, der Herr Doktor hat immer alles aufgezeichnet: Ich muss unkontrolliert geschrien und gezappelt haben im Geschirr, dann kamen Krämpfe, die den ganzen Leib durchzuckten, dann wieder das Schreien, dann die Bewusstlosigkeit. In der ersten Stunde, nachdem ich wieder zu mir gekommen war, muss ich nur unzusammenhängendes Zeug geredet haben, nicht einmal meinen Namen oder meinen Geburtstag konnte ich dem Hauptsturmführer nennen. ‹Das ist doch praktisch, wie das die Natur eingerichtet hat›, sagte der Doktor, ‹so können wir das Experiment so oft wiederholen, wie wir wollen, und du wirst hernach keine Erinnerung mehr daran haben!› Ich flehte ihn an, das Experiment nicht zu wiederholen, und er lächelte und sagte: ‹Na gut, es gibt ja auch noch andere›, und dann zwinkerte er mir zu und fragte schelmisch:

‹Woher weißt du eigentlich, dass wir es bisher nur einmal mit dir gemacht haben?›

Das Nächste war der Bottich. Eiskaltes Wasser darin und eine Küchenuhr darüber. Der Eisteufel befahl, dass ich ihm laut die Uhrzeit ansagte, zu der ich in den Bottich stieg. Dabei hätte er sie doch selbst von der Uhr ablesen können. Aber Ordnung musste sein, das Protokoll musste stimmen. Ich lag in dem Wasser, bis meine Lippen blau wurden, die Zähne klapperten. Und dann wollte ich raus. Da kam ein Rottenführer mit dem Ochsenziemer und hat ihn mir über die Stirn gezogen, sodass das kalte Wasser beinahe wohl tat, und ich bin zurück in den Bottich gesunken, und das Zittern und Klappern fingen wieder an, und dann wurde ich müde und glaubte zu sterben. Doch ich starb nicht. Vielleicht ist das ja mein wahrer Fluch, dass ich das alles und was noch kommen sollte, überlebt habe. Ausgerechnet ich, ein Mann ohne Familie, der aus übler Laune heraus in einer Gaststätte einen anderen getötet hatte und dem ansonsten alles gleich war, ausgerechnet so einer überlebte.

Ein halbes Dutzend Mal musste ich noch in den Bottich. Manchmal nackt, manchmal in einer Fliegermontur. In meinen Hintern steckten sie jedes Mal ein Thermometer, von dem ein Kabel zu einem Aufzeichnungsgerät führte, sodass der Eisteufel zu jeder Zeit über die Temperatur in meinem Arsch Bescheid wusste. ‹Denk daran›, beschwichtigte er mich, ‹was du hier tust, das hilft vielleicht mal einem deutschen Flieger, wenn er abgeschossen im Meere treibt.› Für mich war das kein Trost. Während das Abkühlen in dem Bottich, bei dem ich regelmäßig bewusstlos wurde, immer gleich vonstatten ging, experimentierte der Eisteufel mit dem Aufwärmen. Er begann mit warmen Vollbädern. Oh, manchmal glaube ich, nur der Gedanke an die Vollbäder hat mich am Leben erhalten. Ein anderes Mal versuchte er es mit trockener Hitze, was aber zu Ärger mit der Wachmannschaft des Lagers führte, da er mich dazu in deren Sauna steckte, was den Herrenmenschen nicht gefiel. Dann wieder bekamen wir Decken von der Luftwaffe, in die eine chemische Substanz eingenäht war, die sich, wurde sie feucht, erhitzte. Während all dieser Versuche, die von Mal zu Mal länger dauerten, weil der Eisteufel wohl auch wissen wollte, wie viel einer aushält, wurde ich immer apathischer. Es war mir gleich, was mit mir passierte. Eines Tages nahm ich meine letzte Kraft und den letzten Mut zusammen und stürzte mich auf einen SS-Mann, der wegen irgendeines Wehwehchens den Doktor aufsuchte. Der Mann hatte bereits seine Pistole auf meine Stirn gerichtet, als der Eisteufel durch die Tür kam und ihn anbrüllte: ‹Wehe, Sie drücken ab! Das will er doch gerade!› Und so hat er mir gegen meinen Willen sogar das Leben gerettet.

Nachdem er warmes Wasser, heiße Luft und Chemikalien ausprobiert hatte, blieb für ihn nur noch die Frage offen, ob auch etwas Lebendiges zum Aufwärmen taugt, er nannte das ‹animalische Wärme›. Es war das letzte Mal, dass ich in den Bottich musste. ‹Wenn du es dieses eine Mal noch überstehst, dann musst du nie mehr in den Bottich. Außerdem habe ich eine besondere Überraschung für dich.›

Das Wasser war kälter als je zuvor. Nackt tauchte ich in den Bottich ein, in dem Eisblöcke schwammen, ich klapperte mit den Zähnen, doch nach einer Weile brüllte ich, mir sei heiß, ich hatte das Gefühl zu verbrennen und bat um meinen Tod. Das ist das zweite Stadium, die Kälte-Idiotie. Dann wurde ich fühllos und müde, und ich dachte mir, das war's, das ist das dritte Stadium, von da kann dich niemand mehr ins Leben zurückholen. Ich machte meinen Frieden mit der Welt. Nur schade, dachte ich, dass ich nun nicht mehr erfahre, was da für eine Überraschung auf mich wartet.

Ich erwachte, als sich jemand an mich drückte. Der Raum, in dem ich lag, war dämmrig, aber nicht vollkommen dunkel. Wer sich an mir zu schaffen machte, war eine nackte, warme Frau. Das war also die Überraschung. Er musste sie aus dem Lagerbordell geholt haben. Ich wusste das sofort, trotzdem glaubte ich mich im Paradies, fühlte mich entschädigt für all die Entbehrungen, die ich ertragen, für alle Untaten, die sie an mir verübt hatten. Ich ließ die Gelegenheit nicht ungenutzt verstreichen. Vielleicht, dachte ich, werde ich nie wieder mit einer Frau zusammen sein. Und so kam es auch. Diese Frau war bis zum heutigen Tag die letzte. Ich kann nicht beschreiben, wie es war. Jetzt ekelt mich allein schon die Erinnerung daran, aber in jenem Moment war es das Schönste, was ich mir vorstellen konnte.

Wir waren schnell fertig, und beinahe im selben Augenblick ging grelles Licht an, und der Doktor und zwei Helfer kamen herein. Ich war noch benommen.

Man zerrte die Frau, nackt, wie sie war, eben noch die Gefährtin meiner Träume, die Prinzessin der Dämmerung, von mir herunter – ein spindeldürres Weib mit filzigen Haaren, einem wirren Blick und schlechten Zähnen, sodass ich fast froh war, als sie das Zimmer verließ. Mir aber steckte der Eisteufel, ohne zu zögern, sein Thermometer hinten rein. Da begriff ich, dass auch dieser schnelle, hingehuschte Fetzen menschlicher Nähe nur Teil des Experiments gewesen war. Die ‹Überraschung› war nie als Belohnung gedacht, nur ich fünf Minuten lang so dumm gewesen, das zu glauben.

So überlebte ich die Bottiche. Der Eisteufel hielt Wort, ich musste nie wieder in einen hinein. Allerdings schränkte er seine Gnade dahingehend ein, dass ich nur so lange von seinen Experimenten ausgenommen sein sollte, wie ich ihm dabei zur Hand ging. Etwas in mir war abgestorben, erfroren. Ich stimmte ohne Widerrede zu. Wenn er nicht vorher meinen Willen gebrochen hätte und ich noch derselbe gewesen wäre wie an dem Tag, als ich in das Lager gekommen war, vielleicht hätte ich dann den Tod der Komplizenschaft vorgezogen. Aber dafür war es zu spät.

Es war inzwischen wieder Winter. Winter 1941/42. Der Eisteufel war nicht länger auf Verbrecher wie mich angewiesen. Juden, die aus dem ganzen Land deportiert wurden, trafen täglich waggonweise ein. Die Ostfront schwemmte Tausende russische Kriegsgefangene in unser Lager, die genauso wenig gefragt wurden, ob sie bei der Studie des Eisteufels mitmachen wollten oder nicht. Sie kamen in die Bottiche, sie hingen im Fallschirmgestell, sie trommelten gegen die Tür und rissen sich die Haare aus, bevor ihre Gehirne platzten. Eine Gruppe von fünf Männern, die man nackt im Freien an Pflöcke gekettet hatte und bei denen ich alle zehn Minuten die in ihren Ärschen gemessene Temperatur notieren musste, wurde von den Bewohnern der nahe gelegenen Ortschaft gerettet. Die Gefangenen brüllten vor Kälte, schrien nach ihren Müttern, heulten wie Tiere den Mond an. Noch am Abend erhielt der Lagerkommandant einen Anruf von höchster Stelle und ordnete an, den Versuch sofort abzubrechen. Nicht, weil jemand sich darüber beschwert hätte, wie hier die Gefangenen behandelt wurden. Sondern wegen der Nachtruhe.

Wir zogen in ein Lager nach Polen um. Dieses Lager war die tiefste Hölle. Hier waren wir nicht mehr allein. Mehrere SS-Ärzte führten dort mit den Häftlingen Experimente zu allen möglichen und unmöglichen Fragestellungen durch. Der Eisteufel, diesen Namen bekam der Doktor, glaube ich, erst dort, tauschte manchmal mit ihnen die Versuchspersonen, so wie man sich in einem Forschungsinstitut von einem Kollegen die Laborratten borgt.

Seine früheren Experimente waren um das Problem der Wiederbelebung gekreist, doch jetzt suchte der Doktor nur noch eine Antwort auf die Frage, wann und wodurch der Tod einsetzt. Manchmal kam er mir vor wie ein Kind, das einer Fliege einen Flügel ausgerissen hat und nun mitleidlos beobachtet, was die Fliege mit nur einem Flügel macht.

Keiner seiner Probanden hatte, auch wenn ihnen

anderes erzählt wurde, eine Überlebenschance. Dies kümmerte den Doktor wenig. ‹Sieh dir doch die Schornsteine an, Reff›, sagte er, ‹sie qualmen Tag und Nacht, dass es einem den Atem nimmt. Von allen hier stirbt ein jeder, ist es denn da nicht nützlich, wenn er vorher noch seinen Dienst an der Menschheit versieht, indem er seinen Körper der Medizin zur Verfügung stellt?›

Die Versuche bestanden aus Kombinationen vorangegangener Experimente: Kaltwasserbottiche in der Unterdruckkammer, der simulierte Fallschirmabsprung aus fünfzehn Kilometern Höhe bei Minusgraden und so weiter. Ich legte den Gefangenen das Geschirr an, beruhigte sie, steckte ihnen das Thermometer hinten rein. Der Doktor wollte mich auch zum ‹Abspritzen› haben, so nannte er das Injizieren von Blausäure, wenn die Häftlinge noch lebten, er sie aber nach dem Experiment für eine Obduktion brauchte. Doch es gelang mir, mich so ungeschickt anzustellen, dass er bald wieder davon Abstand nahm.

Das Allerschlimmste waren die Kinder. Zu Anfang hatte der Doktor immer so welche wie mich für seine Experimente ausgewählt. Starke, stämmige Burschen, von denen zu erwarten war, dass sie die Tortur sehr lange durchhielten. Aber diese Art Menschen wurden rar, wen wundert's, kamen doch die meisten der Unglücklichen bereits in einem ausgezehrten Zustand im Lager an. Also musste er auf, wie er es nannte, ‹minderwertiges Material› zurückgreifen. Eher zufällig nahm er auch ein paar Kinder, Jungen, die um die elf, zwölf Jahre alt waren. Da machte er eines Tages eine erstaunliche Beobachtung. Einer dieser klapperdürren Knaben überstand einen simulierten, nicht zu zügigen Aufstieg in zehn Kilometer Höhe bei minus zehn Grad nahezu unbeschadet. Anscheinend war er in eine Art Kälteschlaf gefallen. Der Eisteufel war völlig aus dem Häuschen. Er wiederholte den Versuch mit demselben Jungen, das Ergebnis war gleich. Andere überlebten den Versuch nicht. Warum?, fragte der Doktor. Obwohl ich ihn anflehte, auf Knien anflehte, mich und nicht diesen Jungen zu töten, gab er ihm eine Spritze und obduzierte ihn. Ich musste ihm dabei helfen, es war, es war –»

Die Nachmittagssonne flirrte durch den vom Wind aufgewirbelten Sand, der einmal der Grund des großen Sees gewesen war, und durch die klapprigen Fensterläden in das Halbdunkel der Halle des verfallenden Hotels «Freundschaft», wo die Irren von Muniak, die seit dem Verschwinden des Wassers täglich mehr wurden, in den alten Polstern herumsaßen und die staubigen Lichtstrahlen mit ihren Händen zu greifen suchten. Die Frau, die behauptete, große Dinge bewegen zu können, hatte Reff die ganze Zeit über aufmerksam zugehört, gelegentlich den Kopf geschüttelt und eine Hand vor den Mund genommen.

«Pah», sagte Stalin, «da könnte ich von ganz anderen Sachen berichten, Reffski! Habe ich euch beispielsweise schon einmal von den Selbstmord-Zwergen erzählt? Das war die reinste, meine ausgefriemelste Schurkerei! Und zwar –»

«Sei still», sagte die Frau, «sei still.» Eine einzelne Träne lief ihr über die Wange, doch ihre Augen blickten klar geradeaus und verrieten keine Erschütterung, als sich einer der Fensterläden einen Spalt weit öffnete und den Blick auf das Sandmeer freigab.

Reff blinzelte wie jemand, der für kurze Zeit aus dem Schlaf erwacht ist, dann aber in seinen Traum zurücksinkt. «Die Obduktion des Jungen ergab nichts. Sie war völlig überflüssig gewesen. Aber der Eisteufel war besessen von der Idee des Kälteschlafs. Er träumte von einer Maschine, in der man Menschen beliebig lange würde einfrieren können, um sie dann, ganz nach Wunsch und ohne erkennbaren Schaden, eines Tages wieder aufzutauen. Von da an stellte sich der Doktor persönlich an die Rampe und sortierte jede Woche drei, vier Jungen aus, die dem, den er umgebracht hatte, äußerlich glichen. Keiner von ihnen hat überlebt.

Spätestens da hätte ich ein Ende machen sollen, aber ich habe immer weitergemacht. Es ging ganz automatisch: das Geschirr anlegen, Thermometer hinten rein, die Drucklufttüre schließen, den Druck senken. Die Schreie habe ich gar nicht mehr gehört. Erst jetzt höre ich sie, jede Nacht.

Das alles wäre wohl noch endlos so weitergegangen, wenn wir nicht dabei gewesen wären, den Krieg zu verlieren. Die Front rückte unaufhaltsam näher, und eines Tages schlugen die ersten verirrten Granaten in das Feld vor dem Lager und an der Rampe ein. Die Wachmannschaft war geflohen, hatte einen Teil des Lagers niedergebrannt, die Öfen gesprengt und einige tausend Häftlinge verschleppt. Der Eisteufel hatte vorgesorgt. Zwei Uniformen lagen bereit, die uns zu Angehörigen der Luftwaffe machten, der Doktor wollte sich zu den Amerikanern durchschlagen. Wir kamen nie so weit. Ein sowjetischer Stoßtrupp nahm uns gefangen. Sie erkannten uns nicht. Es ist schon komisch, aber sie haben uns dann wegen erfundener Vergehen, ihn, weil er ein Arzt war und sie einen Arzt brauchten, und mich, weil ich so kräftig ausschaute, zu zwanzig Jahren Arbeitslager verurteilt. Wir kamen nach Kagan. Nicht nach Sibirien, wo der Doktor seine Kälteexperimente an sich selbst hätte zu Ende führen mögen, sondern in die Steppe, in die Wüste, unter einen blauen Himmel und eine glutheiße Sonne.»

Stalin räusperte sich ungeduldig. «Und wie, Reffski, kommst du jetzt darauf, dass dein Eisteufel noch lebt? Und wer hat eigentlich behauptet, dass er schon tot ist?»

«Von Kagan aus wurden wir manchmal für Monate in andere Lager geschickt. Wir mussten vor allem Bewässerungsgräben anlegen. Es sind diese Gräben, die den See austrocknen lassen, wusstet ihr das? Na, eines Tages steckten sie uns wieder in einen Waggon. Es war glühend heiß, und wir hatten kaum Wasser und beschwerten uns über die Hitze. Da sagte einer der Wachen: ‹Genießt es, denn bald kommt ihr nach Sibirien.› Es war ein dummer Scherz, wie sich später herausstellte, doch wir alle, auch der Doktor, haben es geglaubt. Als wir wenig später in einem Waggon von Süden nach Norden fuhren, da hat er sich mit den Leichen aus dem Zug werfen lassen. Es starben nämlich immer einige unterwegs, und die wurden in alte Kartoffelsäcke gehüllt und dann einfach aus dem fahrenden Zug geworfen. Der Eisteufel stellte sich tot, denn die Russen, die in den Güterwaggons das Sagen hatten, waren Schwerverbrecher, und sie waren froh um jeden, den sie hinausschmeißen konnten, sei es, weil wir dadurch alle ein wenig mehr Platz hatten, sei es aus Vergnügen. Sie hatten dem Doktor gerade den leeren Kartoffelsack über den Kopf gezogen, da rief ich: ‹Halt! Er ist nicht tot!› Aber sie lachten nur, brüllten: ‹Eins, zwei, drei, gleich ist er es›, und warfen ihn mit Schwung aus der offenen Schiebetür. Der Zug, ein ewig langer Zug, wie er nur durch die Steppe fahren kann, wo kein anderes Fahrzeug seinen Weg kreuzen und warten muss, ratterte gerade gemächlich in eine lang gestreckte Kurve, die die Geleise dort aus unerfindlichen Gründen machten, denn überall war nur trockener Boden mit ein paar Sträuchern darauf, und durch die offene Tür konnte ich sehen, wie der Körper des Doktors auf dem Sand aufschlug, ein wenig den Bahndamm abwärts rollte, liegen blieb und sich gleich darauf bewegte. Ich sah, wie der Eisteufel sich den Sack vom Kopf zog, die Hosen abklopfte und mit einer Hand über seine Schulter strich, als hätte er sich gestoßen. Lange blickte er noch dem Zug hinterher, bis wir in eine Senke fuhren. Es war das letzte Mal, dass ich ihn gesehen habe.»

«Na gut», brummte Stalin, «da lebte er vielleicht noch. Aber wo, hast du gesagt, haben sie ihn rausgeworfen? Mitten in der Wüste Karakum? Bist du einmal länger als ein paar Stunden in der Karakum gewesen? Niemand kann dort überleben. Es gibt kein Wasser, keinen Schatten, nichts. Vielleicht hat er noch gelebt, als er da an den Geleisen stand, aber wenn du mich fragst, nicht sehr lange. Abgesehen davon, wohin sollte er denn gegangen sein? Selbst wenn er ein paar Nomaden mit ihren Tieren begegnet ist, glaubst du, die freuen sich, wenn sie einen deutschen Sträfling sehen? Wahrscheinlich haben sie ihn umgebracht.»

«Er hat die Stadt Gog Garram gefunden», sagte die Frau, und der Holzladen öffnete sich noch ein wenig mehr, sodass Stalin die Hand vor die Augen halten musste, als ihn der goldene Staub blendete.

«Gog Garram? Die Stadt der toten Armee? Das ist ein Märchen, diese Stadt gibt es nicht», widersprach er.

«Er hat die Stadt gefunden, und die Stadt hat ihn gefunden», beharrte die Frau.

«Du bist ja verrückt», sagte Stalin, und einige der anderen Verrückten kicherten.

«Was soll das sein, Gog Garram?», fragte Reff.

«Also», begann Stalin, «das weiß niemand so genau. Als ich noch die Regierungsgeschäfte führte, haben wir einmal eine Expedition ausgerüstet. Nomaden hatten berichtet, es gebe mitten in der Wüste, um eine kleine Oase herum, eine Ruinenstadt, Tausende Jahre alt, in der die früheren Völker einst ihre toten Könige samt ihrem Gefolge und ihren Soldaten begraben hätten. Nicht einfach nur begraben: Häuser und Paläste und Straßen hätten sie angelegt, alles nur für die Toten. Deswegen hieß sie die ‹Stadt der toten Armee›. Wäre ja ganz interessant gewesen. Aber es wurde nie etwas gefunden. Wir haben sogar ein Flugzeug losgeschickt, doch es ging verloren. Ein Sandsturm wahrscheinlich. Und überhaupt», ergänzte er und funkelte die Frau böse an, «selbst wenn es da draußen irgendwelche alten Ruinen gäbe, samt den Knochen der toten Könige unter dem Sand, was hätte das dem Deutschen genützt? Nichts!»

Vielleicht hat mein Großvater Gog Garram gefunden. Jedenfalls war er, als er in Babol Sar ankam, im Besitz von Gold und Geschmeide, das selbst die damals noch wohlhabenden Tazafhadis, stellvertretende Verwalter des kaiserlichen Sommerpalastes, beeindruckt hätte. Wie er die Wüste durchquert und das Kaspische Meer erreicht hatte, wird wohl für immer ein Geheimnis bleiben. Fischer aus Babol Sar fanden ihn vor der Küste in einem Schlauchboot treibend, das aus einem britischen Flugzeug stammte. Das war Ende 1946, einige Monate nachdem die Briten und die letzten Verbände der Roten Armee das Land verlassen hatten, und so könnte es durchaus sein, dass er auf seiner Flucht irgendwo in der Nähe der Grenze auf dieses Schlauchboot gestoßen und darin über das Meer getrieben war. Oder vielleicht war er zunächst auf einem größeren Schiff gewesen, und dieses Schiff sank, oder er musste es schnell verlassen, weil man ihn erkannt hatte, wer weiß. Nicht weniger rätselhaft ist es, dass er den iranischen und sowjetischen Patrouillen hatte entgehen können, aber wie dem auch sei, eines Tages lief ein Fischerboot in den Hafen der Stadt ein, und im Schlepp hatte es dieses Schlauchboot, in dem mein zukünftiger Großvater lag, mehr tot als lebendig.

Obwohl er seine Retter, den Fischer, der ihn gefunden hatte, und dessen Familie, bei der er einige Wochen lang unterkam, im Unklaren über seine Herkunft ließ, dachte der Fischer, dass der Fremde ein entflohener Kriegsgefangener oder ein Deserteur sein musste, auch wenn ihm seine Flucht ganz unwahrscheinlich schien. Doch er stellte keine Fragen.

Eine Ahnung davon, wer der Fremde wirklich war, bekam der Fischer erst zwei Jahre später, als ein Brite in Babol Sar auftauchte und ihm, meinem Urgroßvater, einige Fotografien vorlegte, die den Geretteten in der Uniform eines Hauptsturmführers der SS zeigten. Damit, mit der Uniform und dem Rang, konnte mein Urgroßvater wenig anfangen, aber der Brite, ein Zivilist, hatte einen Dolmetscher bei sich, der unzweifelhaft dem Geheimdienst des Militärs angehörte. Er machte nur Andeutungen, was die Vergehen des Gesuchten anging, aber allein die Tatsache, dass der Brite aufgrund eines Gerüchts (das er vielleicht auf dem Basar von Teheran aufgeschnappt hatte) nach Babol Sar gefahren war, um diesen Hauptsturmführer zu finden, ließ ein schlimmes Verbrechen vermuten, sodass mein Urgroßvater, der vielleicht einen Augenblick lang versucht gewesen war, sich an der Suche des wahren Vaters seines Enkelkindes zumindest indirekt zu beteiligen, entschied, endgültig den Kaftan des Schweigens über die Existenz und den Verbleib des Fremden zu breiten. Mehr denn je tadelte er sich dafür, dem Rat der Alten nicht gefolgt zu sein, die in dem Fremden die Verkörperung des Bösen gesehen und ihm empfohlen hatten, den ungebetenen Gast wenn schon nicht zu töten, so doch wenigstens aus dem Haus zu werfen. Aber der Fischer war stur geblieben, teils wegen der traditionellen Gastfreundschaft, teils wegen der Geschenke, die ihm der Fremde als Dank für die Rettung überreicht hatte.

Ohne sich zu verabschieden, war der Fremde schließlich von selbst gegangen, ließ ihn ratlos und seine älteste Tochter verzweifelt zurück. Die Verzweiflung seiner Tochter, still, aber anhaltend, verwirrte meinen Urgroßvater zusätzlich, und er schöpfte einen unglaublichen Verdacht. Selbst unter Schlägen leugnete seine Tochter alles, doch seine Frau teilte bald seine Vermutungen, und schlimmer noch als der bloße Verdacht waren die Konsequenzen, die sich daraus ergaben. Wie lange würde man noch schweigen können? Babol Sar war keine sehr große Stadt.

Aber selbst in der kleinsten Stadt, im entlegensten Flecken auf der Erde, wo sich Menschen zusammenfinden, geboren werden und sterben, schaut irgendwann das Glück vorbei. In diesem Fall nahm das Glück die Gestalt eines wohlhabenden Händlers an, der kurz nach dem Weggang des Fremden in der Stadt aufkreuzte und die Tochter, die sich bis dahin jeder angebotenen Vermählung erfolgreich entzogen hatte, ohne Fragen zu stellen zur Frau nahm. Was ein weiterer Grund für den Fischer war, dem Briten keine Auskünfte zu geben.

«Er sah ganz anders aus», sagte mein Urgroßvater, «er hatte einen Bart, einen Schnurrbart, verstehen Sie?»

«Aber es war ein Deutscher, ja?»

«Wahrscheinlich war es ein Russe. Ein Deserteur. Woher sollte denn hierher ein Deutscher kommen? Er sprach Russisch und ein wenig Englisch, wir haben manchmal den Volksschullehrer geholt, zum Übersetzen.»

«Bei dem war ich bereits. Er hat gesagt, der Fremde habe Englisch mit einem deutschen Akzent gesprochen.»

«Hoho», lachte da mein Urgroßvater, «ich glaube, mit dieser Behauptung hat er sich nur wichtig machen wollen bei Ihnen. Das war ein russischer Deserteur, und er hat auch nicht Wochen bei mir gewohnt, wie man Sie glauben machen will, sondern nur ein, zwei Tage, ich hatte Mitleid, so bin ich halt, und wir haben nicht viel miteinander gesprochen, weil wir uns ja überhaupt nicht verstehen konnten.»

Bei diesen letzten Worten zuckte mein Urgroßvater so endgültig und desinteressiert mit den Schultern, dass selbst der Dolmetscher, der für den Geheimdienst arbeitete, ihm die Geschichte abnahm.

Hätte es etwas geändert, wenn mein Urgroßvater gewusst hätte, dass über die Jahre von den Regierungen verschiedener Länder auf den Kopf des Eisteufels beinahe zwei Millionen Dollar ausgesetzt wurden? Dass es immer wieder Zeiten gab, in denen verschiedene Menschen an verschiedenen Orten ihn plötzlich gesehen haben wollten, mit und ohne Schnurrbart übrigens? Wahrscheinlich nicht. Denn das Einzige, was irgendetwas geändert und den Briten zurück auf die richtige Spur und meinen Urgroßvater zur Kooperation bewogen hätte, wäre Reff gewesen, der seine Geschichte erzählt. Aber Reff, der im Irrenhaus von Muniak saß und aus dem inzwischen offenen Fenster auf Sanddünen und Dornengestrüpp starrte, vergaß man, so wie man den kleinen Ausflugsdampfer neben dem Hotelsteg vergessen hatte, der da draußen schon seit Jahren auf Grund lag, so wie man das Wasser und den See und damit auch das Verbrechen, das an ihm begangen worden war, eines Tages für immer vergessen würde.

# IV

# Der Freund des Schimponauten

## 14

**Die ersten beiden Wochen** im Krankenhaus sagte Ismael kein Wort. Er schlief viel, und wenn er wach war, wusste er nicht, ob er nicht noch schlief und die Welt um ihn herum ein Traum war. Er fragte sich, wie er dorthin gekommen war, wo er sich jetzt befand und ob er sich nicht in Wirklichkeit schon immer dort aufgehalten hatte. Er konnte die Dinge nicht benennen: Ein Löffel war kein Löffel, sondern etwas, das sie ihm neben den Teller legten, der kein Teller war, sondern etwas, auf dem sie ihm Nahrung brachten. Er aß mit den Händen, sobald die Schwester den Raum verließ.

Nach und nach kehrten die Namen der Dinge zu ihm zurück. Ein Teller war ein Teller, und ein Bett war ein Bett, und eine Toilette war eine Toilette. Aber er behielt es für sich. Noch immer sprach er kein Wort. Er wagte es nicht, weil er die Sprache, die die Schwestern und Ärzte sprachen, nicht verstand und weil er der eigenen Sprache nicht traute. Die Wörter, die ihm einfielen, waren wie akrobatische Kunststücke, die er lange nicht mehr geübt hatte, und er fürchtete, sie nicht aussprechen zu können, ja überhaupt keinen Ton herauszubringen, allenfalls ein heiseres Krächzen. Oder er würde, wenn er die Wörter doch herausbrächte, etwas sagen, was so schrecklich war wie seine Albträume, an deren Inhalt er sich ebenso wenig erinnern konnte wie an seine Vergangenheit, außer dass in beiden Schreckliches passiert sein musste. Dieses Schreckliche aber, fürchtete er, würde diese Menschen hier, von denen er nicht wusste, ob sie seine Retter oder seine Wärter waren, so sehr verstören, dass sie ihn sicher verstoßen oder töten mussten. All diese Gedanken beschäftigten ihn nicht der Reihe nach, sondern durcheinander, wie es ihm gerade in den Sinn kam. Dachte er noch darüber nach, dass der Löffel ein Löffel ist, spürte er schon diesen dumpfen Albdruck aus seinen Träumen, dann wieder überlegte er, wie das Behältnis hieß, in dem sie ihm sein Essen brachten. Sie nannten es «Teller», aber er wusste, in seiner anderen Sprache gab es ein anderes Wort dafür. War das ein schlechteres Wort? War dieses Wort verboten?

In den ersten Wochen schirmten ihn die Ärzte beinahe vollständig von seiner Umwelt ab. Es war das übliche Verfahren in einem solchen Fall. Man hatte Angst, er könnte sich bei der leichtesten emotionalen Erschütterung in sein Schneckenhaus zurückziehen und nie wieder daraus hervorkommen. Sie wussten: Die ersten Wochen sind die entscheidenden, wenn es darum geht, ob einer ins Leben zurückfindet oder für immer in seinem Traum verharren muss. Keiner der Ärzte und Psychologen hegte den geringsten Zweifel daran, dass dem Jungen Böses widerfahren war und er eine schlimme Reise hinter sich hatte. Niemand hielt ihn für einen Simulanten, der sich irgendetwas erschleichen wollte oder ihnen etwas vormachte. Trotzdem war man immer noch in Deutschland, wo alles seine Ordnung haben musste, auch wenn diese Ordnung nicht unbedingt etwas mit der Ordnung der Dinge zu tun hatte, um die Ismael im Stillen rang.

Als jemand von der Verwaltung hereinkam, nahm ihm die Schwester das Formular aus der Hand und schickte ihn hinaus. Dann setzte sie sich neben das Bett, überflog das Papier, legte es auf den Tisch und fragte den Jungen etwas. Sie wiederholte die Frage in einer anderen Sprache, die Ismael auch nicht verstand, in Türkisch. Schließlich fragte sie ihn auf Englisch:

«Wer bist du?»

«Ich bin – », begann er, und dann sah er sich verzweifelt um: Der Tisch war ein Tisch, das Bett ein Bett, der Teller ein Teller, die Schwester saß auf dem Stuhl, die Sonne schien vom Himmel herab, der blau war wie das Meer. Bei jedem Ding, jedem Anblick, jedem noch so kleinen Ereignis hatte er sich gefragt, wie man es bezeichnet, aber eine Antwort auf die wichtigste Frage hatte er gescheut. Er wusste sie nicht, er konnte sich nicht erinnern. Seine Lippen zitterten, sein ganzer Körper zitterte, und er wandte sich schluchzend ab.

«Ismael», begann die Schwester sanft, aber der Name, den ihm Paul Mahlow gegeben hatte, weil er auf seinem T-Shirt aufgedruckt gewesen war, war ihm in diesem Moment fremder denn je. Der Junge hatte, da die Schwestern, die Ärzte und die Beauftragten der Verwaltung ihn so nannten, den Namen allmählich und notgedrungen akzeptiert. Nach den ersten Wochen, nach der Zeit der Dämmerung, in der die Dinge zu ihm zurückgekehrt waren, nicht aber die Geschichten, die zu den Dingen gehörten, war es noch lange so gewesen, dass er sich nicht angesprochen fühlte, wenn er den Namen hörte. Die Schwester kam zu ihm herein und sagte: «Guten Morgen, Ismael», und er antwortete: «Guten Morgen», und dachte: Ismael, das bin ich. Bat sie ihn fünf Minuten später aufzustehen, weil sie das Bett machen wollte, sah er sich um, ob noch jemand in das Zimmer gekommen war.

Es waren eintönige Wochen, in denen die Zeit zu einer grauen Masse verklumpte und sich die Tage kaum voneinander unterscheiden ließen. Morgens wachte er in seinem Krankenbett auf und konnte sich immer noch an nichts erinnern, auch wenn die Ärzte ihm versprochen hatten, sein Gedächtnis werde mit der Zeit wiederkehren. Zuweilen fürchtete er, er könnte vielleicht einschlafen und am nächsten Morgen ohne Erinnerung an die Zeit, die er bereits im Krankenhaus verbracht hatte, die Augen öffnen, und alles begänne von vorn.

Eines Tages verlegte man ihn in ein anderes Krankenhaus, es hieß, dort gebe es Ärzte, die sich besser um ihn kümmern könnten. Er misstraute dem. Gerade hatte er sich an die wenigen Quadratmeter gewöhnt, die sein Zimmer groß war, da sollte er es schon wieder verlassen? Er krallte sich am Bettgestänge fest und war nur mit Mühe davon loszubekommen.

In dem anderen Krankenhaus wurde er sehr genau untersucht und von einer Reihe von Ärzten befragt. Sie erzählten ihm, was mit ihm passiert war oder was mit ihm passiert sein könnte. Bis dahin hatte man ihm auf seine Fragen immer nur geantwortet, er habe einen schlimmen Unfall gehabt.

«Aus einem Flugzeug?», fragte er.

«Ja, Ismael, möglicherweise war es so, aus einem Flugzeug. Von weit her.»

«Was ist ein Flugzeug?», fragte er.

Als sie ihm die Fotografie eines Jumbo-Jets zeigten, begann er erst zu zittern, dann zu schreien. Aber erinnern, wirklich erinnern an das, was geschehen war, konnte er sich nicht. Stundenlang liefen ihm manchmal die Tränen über die Wangen, ohne dass er sich hätte erklären können, warum. Er fragte die Ärzte, ob das jemals aufhören, ob er jemals sein Leben zurückbekommen werde.

«Wir wissen es nicht», sagten sie. Vielleicht werde er ganz von vorne anfangen müssen. «Bis dahin können wir nur abwarten.»

Ismael spürte, dass die Ärzte nicht weiterwussten, dass er anfing, von einem interessanten Fall zu einem Problem zu werden. Sie konnten sich nicht entscheiden, ob sie ihn dabehalten oder in eine weitere besondere Einrichtung schicken sollten. Ismael befand sich in einem merkwürdigen Schwebezustand, hing in einer Warteschleife und wusste nicht, wann er wieder Boden unter seinen Füßen haben würde.

Als eines Tages Arnold Zumvogel durch die Tür kam und Ismael ohne große Einleitung anbot, mit ihm in die Vereinigten Staaten zu gehen, da wähnte sich Ismael in einem weiteren Wachtraum, der in den nächsten münden würde und so fort. Zumvogel betonte, dass er die Geschichte vom Flug im Fahrwerkschacht glaube und vielleicht der Einzige sei, der ihm helfen könne, weil er schon seit Jahren Fälle wie seinen untersuche.

«Natürlich kannst du auch hier bleiben, wenn du das nicht möchtest», sagte die Krankenschwester ein wenig hilflos.

«Es wird dir gefallen in New Mexico», sagte Zumvogel und lächelte freundlich. «Die Leute sind nett, das Wetter ist besser, und ich habe sogar einen Affen, der bereits einmal ins All geflogen ist – einen Schimponauten nennen wir ihn. Er ist zurzeit ein bisschen einsam, sitzt den ganzen Tag vor dem Computer und freut sich bestimmt über einen Kameraden.» Zumvogel wandte sich zur Krankenschwester: «Könnten Sie uns einen Moment allein lassen, ja?»

Zögernd ging die Schwester hinaus.

«Er ist ins All geflogen? Zu den Sternen?»

«Ja, genau», antwortete Zumvogel und setzte sich auf die Bettkante. «Zu den Sternen.»

«Und kann er sich noch daran erinnern?»

«Ha, das ist ja mal eine sehr interessante Frage! Ich sehe, wir werden sehr gut miteinander auskommen, mein kleiner Weltreisender! Also ehrlich gesagt, das wissen wir nicht. Wir wissen nicht, wie weit das episodische Gedächtnis – so nennen wir die Erinnerung an Geschichten und nicht an Wissen – bei Schimpansen reicht, aber wir forschen darüber. Ich habe bereits etliche Fälle untersucht, die ähnlich sind wie deiner. Piloten, die abgestürzt sind und sich an keine Geschichte erinnern können. Und natürlich auch die Fälle, wo die Menschen wieder zu ihren Geschichten zurückgefunden haben. Das ist es doch sicher, was du wirklich willst, Ismael Khan: Du willst deine Geschichte wiederhaben. Ich kann dir dabei helfen – wenn du mir hilfst, indem du mir deine Geschichte erzählst. Aber nicht nur mit dem Mund. Dein ganzer Körper muss mir die Geschichte erzählen, und wir werden Geduld haben müssen; es wird nicht ganz einfach und auch nicht immer angenehm sein, sie wieder aus ihm hervorzuholen. Na? Was ist? Was hältst du davon?»

Ismael war froh. Er war froh, weil etwas geschah, weil etwas sich bewegen würde. Eine unglaubliche Erleichterung durchströmte ihn. Dies war es, was er die ganze Zeit gewollt hatte. Seine Geschichte musste er wiederfinden, dann würde er auch eine Zukunft haben.

«Nur eines musst du mir versprechen, ich meine, das sollte von Anfang an klar sein zwischen uns», fügte der Doktor genauso freundlich hinzu. «Von nun an habe ich für dich zu sorgen, das heißt aber auch, dass du mir gehorchen und tun musst, was ich dir sage. Wenn du vorhast, bei der nächsten Gelegenheit stiften zu gehen oder dir ein süßes Leben auf eigene Faust zu machen, dann hast du dich getäuscht, dann ist es besser, du sagst es jetzt und bleibst hier.»

Er erinnerte sich nicht daran – nicht an den Tag und nicht an den Ort und auch nicht an das Gesicht, noch nicht einmal an die Stimme, die Stimme des Generals, die er so viele Male durch den Busch hatte hallen hören. Was er spürte, war der Rest eines Gefühls, ein Déjà-vu, die Ahnung, dass das, was gleich geschehen würde, schon einmal geschehen war, dass er diesen ihm sanft abverlangten Eid des Gehorsams schon einmal geleistet hatte, damals wie heute aus dem gleichen Grund.

«Ich werde Ihnen gehorchen, Sir», sagte er. «Bestimmt werde ich das, ich verspreche es. Nehmen Sie mich mit, Sir, bitte nehmen Sie mich mit.»

# 15

**Auch wenn er das** Raketentestgelände immer gehasst und sich für die umliegenden Ortschaften nie hatte begeistern können, war Joseph Hutzinger von der Landschaft von New Mexico tief berührt worden, so sehr, dass er sie in seinem Bestseller ausdrücklich erwähnte: «Sollten Sie eines Tages verzagt sein, sollten Sie eines Tages glauben, dass Ihnen etwas von Ihrer Seele abhanden gekommen ist oder Sie nicht mehr weiterwissen, dann begeben Sie sich unter einen blauen Himmel, steigen Sie auf einen Berg, von wo aus Sie eine Aussicht haben und weit über das Land schauen können. Ich bin mir sicher, Sie müssen gar nicht viel tun, einfach nur still sitzen, und das Verlorene wird sich wiederfinden. Ich persönlich empfehle eine Reise nach New Mexico.» (Dieser letzte Satz brachte ihm die Ehrenbürgerschaft von Albuquerque ein.)

Es war nicht nur die Landschaft, die Hutzinger so beeindruckt hatte. Es war vor allem das Licht, ein Licht, das einen Tag in so klarem Zauber erstrahlen lassen konnte, dass selbst der Schatten einer V2-Rakete erhaben und edel wirkte und man glauben wollte, die Welt sei doch auf etwas gebaut, das größer war als man selbst, größer als unsere Lügen, unsere Verbrechen, unsere Schuld.

Was wahrscheinlich nicht stimmte. New Mexico war das Land Billy the Kids, und wie auch immer man zu ihm stehen mochte, konnte niemand bestreiten, dass während des «Lincoln County War» einige Leute von hinten und ganz unnötigerweise erschossen worden waren. Westlich von Lincoln liegt Socorro County, wo auf einem Wüstenstreifen mit dem Namen «Jornada del Muerto» die erste Atombombe gezündet wurde, und südlich davon Alamogordo, wo Arnold Zumvogel sein Forschungsinstitut hatte, das zeitweise, wenn auch aus unterschiedlichen Gründen, in die Schlagzeilen geriet.

Beinahe wäre Ismael nie dorthin gekommen. Als er an einem verregneten Tag im Juni mit Zumvogel in Berlin auf dem Flughafen stand, verließ ihn aller Mut, und er sank auf den Boden, das Bein des Doktors umklammernd und darum flehend, nicht in eines dieser Flugzeuge steigen zu müssen. Das war dem Doktor vor allem peinlich. Außerdem, obwohl er einen amerikanischen Pass hatte und niemand nach ihm suchte, da er schon vor Jahren offiziell für tot erklärt worden war, wollte er gerade hier, in seiner ehemaligen Heimat, kein Aufsehen erregen. Man kann nie wissen, sagte er sich. Und: Zufälle gibt's, die sind so verrückt, die kann man sich gar nicht ausdenken.

Arnold Zumvogel fühlte sich also ziemlich unbehaglich, als Ismael ihm da am Bein hing. Es kamen auch gleich zwei Sicherheitsleute herüber und fragten, ob alles in Ordnung sei. Er bejahte, und bald hatte er Ismael so weit beruhigt, dass er sich mit ihm auf eine Wartebank setzen konnte.

Ismael schämte sich für seine Angst, aber es war ihm unmöglich, sie abzustellen.

«Ich könnte dir etwas geben, um die Angst zu vertreiben, zumindest für eine Weile. Einverstanden?»

Ismael nickte.

Im Waschraum sah sie ein Geschäftsreisender irritiert an, als Zumvogel Ismael aufforderte, eine Faust zu machen, und die Spritze setzte.

«Insulin», sagte Zumvogel, «er ist zuckerkrank, verstehen Sie?»

«Ach so», sagte der Mann und ging.

Ismael wurde so müde, dass er, im Flugzeug auf einem Gangplatz sitzend, noch vor dem Start einschlief. Allerdings beobachtete der Doktor, wie die Hände des Jungen die Armlehnen umkrallten, als die Kabine vom Pfeifen der hochfahrenden Triebwerke erfüllt war und die Maschine abhob. Vom Rest des Fluges bekam er nichts mit. Erst in Chicago, wo sie umsteigen mussten, wachte er wieder auf. Glücklicherweise waren sie da schon gelandet, rollten gerade auf eines der Gates zu. Der Junge war noch schläfrig, als sie vor dem Zollbeamten standen, aber kaum sah der Uniformierte die vorbereiteten Papiere und Zumvogels Militärausweis, winkte er sie durch. Eine gute Stunde mussten sie auf ihren Anschlussflug nach Albuquerque warten, und Ismael wurde langsam wach und wieder unruhig; der Doktor hielt Tabletten bereit, wollte ihm aber vorerst keine weitere Spritze geben.

So wurde der Flug von den Großen Seen nach New Mexico zur ersten Tortur Ismaels in der Neuen Welt. Schweißgebadet presste er sich in seinen Sitz, hielt die

Augen geschlossen, sah nichts von der Weite der Seen und der Ebenen, die sie überflogen.

«Stimmt etwas nicht mit ihm, Sir?», fragte die Stewardess.

«Flugangst», antwortete Zumvogel, «nichts Besonderes.»

In einem Schnellrestaurant in Albuquerque aß Ismael den ersten Hamburger seines Lebens, das heißt, er erinnerte sich zumindest nicht, vorher schon mal einen verzehrt zu haben. Auf die Frage, was er trinken wolle, antwortete er, ohne zu zögern: «Eine Coke», was die Vermutung nahe legt, dass die braune Brause ihren Weg bis in die geheimen Lager des Generals gefunden hatte. Wenig später rief Zumvogel, der sich am Flughafen einen Leihwagen genommen hatte, seine Sekretärin Britney an und teilte ihr mit, sie solle sie im Institut zusammen mit dem Affen erwarten. Britney klang etwas übermüdet, doch Zumvogel hatte nur einen Vierteldollar in den Münzfernsprecher geworfen und sowieso keine Lust auf ein längeres Gespräch.

«Ja, ja, kann ich mir vorstellen, dass es anstrengend war mit Shilo», sagte er, während Ismael vor der Telefonzelle wartete, «aber das können Sie mir ja nachher noch in Ruhe erzählen.»

Als er herauskam, lächelte er und klopfte Ismael auf die Schulter:

«Shy ist schon ganz aufgeregt. Ihr werdet bestimmt gute Freunde werden.»

Dann stiegen sie in den Wagen und nahmen den Highway nach Soccoro, bogen ab, überquerten den Rio Grande und fuhren bis Carrizozo und von dort weiter Richtung Alamogordo. Die «Jornada del Muerto», die Tagesreise des Toten, lag zu ihrer Rechten, auf der Straße war wenig los, nur ein paar Pick-ups begegneten ihnen, vielleicht mit Jägern, die ein verlängertes Wochenende in den Bergen verbracht hatten. Ein Wagen der Grenzpatrouille fuhr eine Weile lang hinter ihnen her, überholte und verschwand in einer Staubwolke. Die Landschaft war karg und trocken, ein karstiger Boden, der mit dornigem Gestrüpp, Grasbüscheln und niedrigen Bäumen bewachsen war und bis an den Horizont reichte, wo sich in diesem klaren, Nähe versprechenden Licht Tafelberge unbekannter Höhe aufschichteten. Ismael hatte noch nie eine solche Landschaft gesehen, das glaubte er zu wissen. Das Einzige, womit er sie vergleichen konnte, war die Landschaft auf jenen riesigen Plakaten, die er am Flughafen gesehen hatte und auf denen ein paar große, zuversichtlich wirkende Männer mit Hüten für Zigaretten warben.

Alamogordo war eine Stadt, die sich, wenn man früh dran war, nicht allzu schnell fuhr und die Ampeln auf Grün erwischte, beinahe ohne anzuhalten durchfahren ließ. Etwa zwanzigtausend Menschen lebten dort, von denen ein größerer Teil für das Militär arbeitete, den nahen Luftwaffenstützpunkt und das White-Sands-Testgelände. Kam man auf der Hauptstraße von Norden, dehnte sich rechts in der Nachmittagshitze der Stützpunkt mit seinen Start-und-Lande-Bahnen aus, deren Asphaltgrau im Abgasflimmern verbrannten Kerosins mit der Wüste zu verschmelzen schien. Links wuchsen nicht besonders hohe Häuser die Ausläufer der Berge hinauf. Dort, auf einer Anhöhe mit einem schönen

Blick über Stadt und Wüste, einem Flecken Erde, dessen Aussicht Joseph Hutzinger gegen das Abhandenkommen der Seele empfahl, sollte eines Tages auch das Raumfahrtmuseum stehen, in dem Shilo und mein Großvater sich für immer anlächeln würden. Aber noch war es nicht so weit.

«O Doc, was bin ich froh, dass Sie wieder da sind, es war, es war –», rief Britney, als Zumvogel sein Institut betrat.

«Ja, ja», winkte er ab, «kann ich mir vorstellen.»

«Nein, *das* können Sie sich nicht vorstellen», protestierte sie. Shilo hatte sich von ihrer Hand losgemacht und saß schon wieder auf seinem Stuhl vor dem Computer, die Hände wie üblich über seinem Bäuchlein gefaltet.

«Was hat er denn angestellt?», fragte Zumvogel.

«Darüber möchte ich lieber nicht reden.»

Was nicht ganz stimmte, denn natürlich wollte sie darüber reden, sie hatte ja bereits mit ihrem halben Tennisclub darüber geredet, wozu Schimpansen, die einmal im All waren, fähig sind, und möglicherweise hätte sie auch jetzt (gegen Shilos Willen) einen Teil ihres delikaten Wissens preisgegeben, wenn in diesem Moment nicht Ismael durch die Tür gekommen wäre.

«Oh, hallo.»

«Britney, das ist Ismael, Ismael, das ist Britney, meine Sekretärin. Ismael wird eine Weile bei uns wohnen. Er wird mir bei einigen wichtigen Dingen helfen. Im Übrigen, Britney, weiß ich ziemlich genau, wozu Schimpansen fähig sind.»

Ismael sah sich um. Das Labor bestand aus einem großen Raum, der gleichzeitig als Empfangs- und Konferenzzimmer diente, und mehreren Nebenräumen, die davon abgingen. In einige von ihnen hatte man durch große, dicke Glasscheiben Einblick, nur ein Raum wurde von einer Stahltür mit Drehkreuz verschlossen, wie bei einem U-Boot. Ismael kam das Ganze nicht fremder als das Schnellrestaurant vor, in dem er seinen ersten Hamburger verzehrt hatte. Nur eines war seltsam, selbst für ihn: der Affe, der in seinem Lehnstuhl wippte und ihn nun musterte. Er trug eine zerschlissene graue Fliegerkombi mit allerlei Aufnähern auf der Brust und auf den Ärmeln. Das Tier betrachtete ihn mit einem so durchdringenden, abschätzigen und zugleich traurigen Blick, dass Ismael Angst bekam.

«Das ist Ismael, Shilo, er wird ein Weilchen bei uns wohnen. Komm, Shilo, sag Ismael guten Tag», befahl Zumvogel.

Der Schimpanse starrte den Doktor an. Dann schob er sich von seinem Stuhl herunter, wackelte zu Ismael und reichte ihm die Hand.

Die ersten Versuche waren Intelligenztests, mit denen der Doktor herausfinden wollte, ob Ismaels Gehirn durch den Flug im Fahrwerkschacht Schaden genommen hatte. Dabei zeigte sich, dass Ismael nicht sehr gut lesen und schreiben konnte. Also besorgte Zumvogel in einem riesigen Laden, der sich «Desert Kids World» nannte und Teil eines der Einkaufszentren am Rand Alamogordos war, einige Kinderbücher und Gesellschaftsspiele. Das ist ein Tisch. Das ist ein Stuhl.

Die Sonne scheint. Der Mond ist aufgegangen. Neil Armstrong war der erste Mann auf dem Mond. Schau, wie er die Fahne hält. Ein großer Schritt. Ein kleiner Schritt. Das Auto ist blau. Die Lippen sind rot. Die Indianer jagen Büffel. An Halloween setzen sich die Kinder Masken auf und klingeln an Mr. Millers Haus. Mr. Miller gruselt sich vor den Kindern, aber die machen nur Spaß. Er gibt ihnen ein paar Bonbons, und sie ziehen lachend weiter, zum Haus von Mrs. Smith. Das Haus von Mrs. Smith ist weiß mit gelben Fensterläden.

«Was bedeutet ‹sich gruseln›?», fragte Ismael.

Zumvogel sah ihn überrascht an. «Gruseln?»

«Ja.»

«Es bedeutet, vor etwas Angst haben, aber nicht genau wissen, wovor und warum.»

Ismael durfte das Institut nicht verlassen. Arnold Zumvogel hatte dafür eine einfache Begründung:

«Du würdest in der Welt da draußen noch nicht zurechtkommen.» Er zeigte auf die schwere, verriegelte Eingangstür des Instituts. «Hinter dieser Tür ist es nicht so, wie es auf den Werbeplakaten aussieht. Dahinter ist die Wirklichkeit. Und die ist rau und gefährlich, alles Mögliche kann dort passieren. Außerdem – und das ist vielleicht viel wichtiger – besteht die Gefahr, dass zu viele neue Eindrücke bei dir die alten überdecken und du dann deine Erinnerung nie mehr zurückbekommen wirst. Und das willst du doch nicht, oder?»

Nein, das wollte er nicht. Oft stellte sich Ismael vor, wie das sein würde, wenn er sich eines Tages wieder an alles erinnern könnte. Wer war er gewesen? Prinz oder Bettler? Held oder Feigling?

«Ich hab ja früher geglaubt, dass jeder Mensch so was wie eine Bestimmung hat», erzählte ihm Britney. «Ich hab auch an Astrologie geglaubt, an die Sterne. Richtig reingekniet hab ich mich da und mal 'ne Weile lang Horoskope erstellt.»

Nie war sie aus Alamogordo herausgekommen, sah man einmal von einer Reise nach Las Vegas ab, wo ihr damaliger Freund, der Ex-Army-Sergeant Park Son-Il, ein Superleichtgewichtler im Boxen, in einem WM-Vorkampf aufgetreten war.

«Hatte einfach kein Glück, der Parky», erklärte Britney, «na ja, Mars war hinter der Sonne, Merkur in Konjunktion, da hat die Venus ihm die Tour versaut.»

Die Venus hieß Rancho Ramirez, kam aus Ciudad Juárez und legte Park in der vierten Runde nach einer wüsten Prügelei auf die Bretter. Kurz nach diesem Ausflug trennte sich Britney von ihrem Superleichtgewichtler und belegte einen Computerkurs am Air Force Community College, was damals noch keineswegs üblich war. Als Teilzeitkraft arbeitete sie von da an in der Buchhaltung des Luftwaffenstützpunkts; hatte sie dort frei, war sie Arnold Zumvogels Sekretärin.

«Ich denke, das ist vorbei mit der Vorherbestimmung und so. Man nimmt, was man kriegen kann. Man zersplittert sich. Das ist der neueste Trend.»

Außer Zumvogel war Britney der einzige Mensch, mit dem sich Ismael in dieser Zeit unterhalten konnte, und auch das nur zweimal die Woche. Ansonsten war bloß Shilo da, und der schien, besonders am Anfang, misstrauisch. Vielleicht wusste er nicht, wie er den neuen Bewohner des Instituts einschätzen sollte. Der Schimpanse ließ Ismael nicht aus den Augen, sobald der den Raum betrat. Das änderte sich, nachdem Arnold Zumvogel mit Ismael Khan das erste richtige Experiment durchgeführt hatte.

## 16

**Shilo konnte alles mit ansehen.** Er hatte seinen Platz vor dem Bildschirm verlassen und war an das Fenster zu einem der Nebenräume getreten, in einer Hand einen kleinen hölzernen Hocker, auf dem er stand, als er gedämpft durch das Panzerglas die Stimme des Doktors hörte:

«Willst du dich nun erinnern oder nicht?»

In Alamogordo hatte Zumvogel keinen hölzernen Bottich mehr, sondern ein gekacheltes Becken, und man musste den Versuchspersonen auch kein Thermometer mehr hinten reinschieben, sondern maß Haut- und Körpertemperatur, Pulsschlag und Hirnaktivität über eine Vielzahl von Elektroden, Daten, die ein automatischer Schreiber aufzeichnete und an Zumvogels Computer weitergab.

Er fing mit acht Grad an. Viele der freiwilligen Illegalen oder illegalen Freiwilligen hatten die dumme Angewohnheit, es sich noch einmal anders zu überlegen, sobald sie nur eine Zehe ins Wasser steckten, und manchmal, wenn auch eine Erhöhung der Summe, die ihnen versprochen worden war, sie nicht von ihrem Rückzieher abbringen konnte, halfen nur noch die Spritze und später die Hand- und Fußfesseln, um das Experiment abzuschließen.

Ismael sah den Doktor unsicher an. «Doch, ich will mich erinnern», sagte er, bloß mit Unterhosen bekleidet und bereits bis zur Hüfte in das Wasser eingetaucht, «aber es ist so kalt.»

«Es muss so kalt sein», hörte Shilo den Doktor sagen, «denn nur, wenn wir uns langsam zu den Bedingungen deines Fluges vortasten, besteht eine Chance, dass du dein Gedächtnis wiederfindest.» Und mit dieser Lüge stieß Zumvogel seinen Probanden sanft in das Wasser hinein.

«Es ist so kalt», sagte Ismael.

Der Doktor schwieg.

Nach gut einer Stunde begann Ismael benommen zu werden. Zumvogel ließ ihn noch zwei Minuten in diesem Zustand und kontrollierte die Anzeigen seiner Instrumente. Dann trat er an das Becken und zog den Jungen vorsichtig heraus, um ihn in ein benachbartes Becken mit warmem Wasser zu tauchen. Es machte ihm einige Mühe, er war, da halfen auch keine morgendlichen Dauerläufe, nicht mehr der Jüngste und konnte von Glück sagen, dass Ismael so leicht war. Noch. Während er ihn zum Warmwasserbecken schleifte, nahm er sich vor, darauf zu achten, dass der Junge nicht zu viel zu essen bekam. Eine leichte Unterernährung wäre durchaus vertretbar und den Experimenten in jeglicher Hinsicht förderlich. Schließlich war der Junge auch vor seinem spektakulären Flug unterernährt gewesen, und es stand anzunehmen, dass ein Fettpolster, auch wenn es eine Zeit lang isolierend wirkte, letztlich den rettenden Zustand des Kälteschlafs verhindert hätte. Und genau diesen Zustand wollte der Doktor wieder erzeugen.

Ismael erwachte mit der von Zumvogel auch an anderen beobachteten Orientierungslosigkeit, hatte das Experiment aber erstaunlich gut überstanden. Den Doktor beflügelte das geradezu. «Wir kommen besser voran als gedacht!», jubelte er und log: «Du hast während des Versuchs auch gesprochen. Ich habe nicht genau verstanden, was du gesagt hast, aber ich bin mir sicher, das waren bestimmt schon die ersten Fetzen deiner Erinnerung.»

Beim vierten Experiment im Kaltwasserbecken ging es dann schief. Zumvogel hatte das Wasser auf fünf Grad abgekühlt und wartete, bis sich die Körpertemperatur des Jungen auf unter dreißig Grad gesenkt hatte. Jenseits dieses Punktes, das wusste der Doktor aus unzähligen Versuchen, gab es nur selten eine Wiederkehr. Als der Junge ohnmächtig wurde, löste er sich von seinen Instrumentenanzeigen und lief in den Beckenraum, um ihn aus dem kalten Wasser und in das Erwärmungsbecken zu ziehen. Zwischen den beiden Bassins, den Jungen im Schlepp, spürte er plötzlich ein Stechen im Rücken, so stark, dass er Ismael fallen lassen und sich auf den Boden setzen musste. Er hatte sich verhoben, vielleicht war ein Nerv eingeklemmt. Auf jeden Fall strahlte der Schmerz bis in die letzte Zehe, und sosehr er sich auch bemühte, er war nicht in der Lage aufzustehen. Vor einigen Jahren hatte er einmal einen Bandscheibenvorfall gehabt; erst nach zwei Wochen Schmerzmitteln und intensiver Gymnastik war er wieder in der Lage gewesen, morgens aufzustehen und seinen Dauerlauf zu absolvieren.

Vor ihm lag Ismael. Der hatte keine zwei Wochen

Zeit. Keine zwei Tage, keine zwei Stunden, vielleicht noch nicht einmal viel mehr als zwei Minuten. Auch wenn der Doktor das leise Piepsen der Instrumente außerhalb des Raumes nicht hören konnte, sah er auf dem Kontrollmonitor an der Wand, wie die Herzfrequenz weiter abnahm. Nicht mehr lange, dann würde es vorbei sein, das kleine, kurze Leben des Ismael Khan, der zwar einen Flug von sechstausend Kilometern Länge in zehntausend Metern Höhe überlebt hatte, aber nun wegen eines Rückenleidens starb. Der Doktor versuchte sich hochzustemmen, ächzte, fluchte, stieß Ismael mit dem Fuß, in der absurden Hoffnung, der Junge möge zu sich kommen und in das nur eineinhalb Meter entfernte Becken kriechen.

Der Geruch war das Erste, was Zumvogel wahrnahm, dann hörte er ein wildes Kreischen und Gebrüll. Shilo hielt sich nicht länger als vielleicht zehn Sekunden mit Brüllen auf, dann war er neben Ismael, würdigte den Doktor keines Blickes und zog den leblosen Körper an den Armen zum zweiten Bassin. Es war erstaunlich, wie viel Kraft der alte Affe hatte, deutlich mehr als der Doktor. Shilo hatte immer eine Abneigung gegen die Becken gehabt, nun war er sich nicht zu schade, zusammen mit dem Jungen hineinzugleiten und dessen Kopf behutsam über die Wasseroberfläche zu halten. Jetzt erst trafen sich die Blicke von Doktor und Schimpanse. Vielleicht war Arnold Zumvogel zu erleichtert über den glücklichen Ausgang, vielleicht zum ersten Mal von Bewunderung für das Tier erfüllt, denn eigentlich hätte ihm der Blick Shilo Macintoshs ernsthafte Sorgen machen müssen.

Immerhin führte der Beinaheunfall dazu, dass es keine weiteren Kaltwasserbeckenversuche mehr gab. Der Doktor verbrachte die ersten beiden Wochen danach in einem alten, großen Ohrensessel, den er nur zu den Mahlzeiten und für den Gang zur Toilette verließ. Er schlief sogar darin, da es ihm nicht möglich war zu liegen. Britney besorgte die Einkäufe. Ein, wie Zumvogel ihn nannte, «Wald-und-Wiesen-Kurpfuscher» kam und gab ihm eine Spritze, die die Schmerzen fürs Erste lindern sollte. Als er die Spritze sah, wand sich Zumvogel. Spritzen zu bekommen, hatte er noch nie gemocht.

«Stellen Sie sich nicht so an», wagte der Kurpfuscher zu sagen, und für einen Augenblick leuchteten das alte, kalte Blau und die Grausamkeit der Karakum in den Augen des Doktors auf.

«Ich soll was nicht?»

«Entschuldigung. War nur so dahergesagt.»

«Machen Sie Ihren Job», flüsterte Zumvogel, «bei Gott, ich rate Ihnen, machen Sie Ihren Job.»

«Und was soll ich machen?», fragte Ismael, der trotz aller Quälerei und Entbehrung fürchtete, die Experimente zur Wiederherstellung seiner Vergangenheit könnten abgeblasen werden.

«Weiß ich nicht», antwortete der Doktor mürrisch, «du kannst ja ein Buch lesen, bis ich wieder auf den Beinen bin. Shilo schleppt immer einige durch die Gegend, er holt sie aus der Mitarbeiterbibliothek, um sich draufzusetzen, der Witzbold.»

Als ob er den Doktor gehört hätte, überreichte Shilo dem Jungen drei Tage nach dem Unfall das Buch. Er steckte in so etwas wie einer Galauniform. Ismael hatte nicht gewusst, dass der Affe neben seiner grauen, abgenutzten Fliegerkinderkombination eine blaue, blitzsaubere, gepflegte besaß, die er in diesem Moment trug. Ebenso wie an dem anderen Overall waren an ihr zahlreiche Missionssticker aufgenäht, aber über der Brust prangten zusätzlich zwei üppige Ordensspangen.

Shilo rutschte von seinem Stuhl, griff unter seinem Hintern nach dem Band und ging langsam auf Ismael zu. Mit ausdrucksloser Miene blieb er vor ihm stehen, und ohne einen einzigen Affenlaut von sich zu geben, überreichte er das Buch. Dann stellte er sich gerade hin, schob die nackten, behaarten Füße zusammen, sah Ismael in die Augen, hob die rechte Hand und salutierte. Das Buch war kein anderes als Joseph Hutzingers Bestseller *Reich und glücklich in sechs Tagen*.

«Hutzinger?», sagte Zumvogel. «Das war doch der Koch von White Sands. Ein Österreicher, soweit ich mich erinnere. Keine Ahnung, wie der dorthin gekommen ist. Ich glaube, diese Schnitzel-Buden gehören ihm. Na ja, er wird das Buch wohl der Bibliothek geschenkt haben.»

Ismael klappte es auf, und bereits auf den ersten Seiten wurde er gestört. Sobald er nämlich das Gruppenfoto von Hutzinger und dessen Freunden in White Sands aufgeschlagen hatte, begann Shilo in seiner Galauniform zu kreischen und zu hüpfen und zeigte immer wieder auf einen Mann, der auf dem Foto in der ersten Reihe kniete.

«Ernest Weintraub, ein Testpilot», erklärte Zumvogel. «Der hatte einen Narren an Shilo gefressen. Weintraub war eigentlich für einen der ersten Weltraumflüge vorgesehen, bevor sie das Programm der NASA, den Zivilisten, übertrugen. Aber was weißt du schon davon?»

Damit konnte Ismael tatsächlich wenig anfangen. Das Einzige, was ihm auffiel, war die Verachtung, mit der der Doktor das Wort «Zivilisten» aussprach.

«Shilo war so etwas wie sein Vorgänger», fuhr Zumvogel fort. «Shilo war im All, bei den Sternen, man glaubt es kaum. Was er dort oben wohl gesehen hat? Die beiden waren unzertrennlich, Weintraub und er, obwohl Shilo ja zu meiner Abteilung gehörte. Aber das ist sehr lange her. Hatte einen Unfall, der Weintraub. Unfälle passieren manchmal», er deutete mahnend zum Fenster hinaus. «Schon wenn du nur über die Straße gehen willst, kann da draußen dein letztes Stündlein geschlagen haben. Der Testpilot ist gegen einen Berg geflogen. Tragische Geschichte.»

Ismael hätte sie gerne gehört, diese tragische Geschichte, doch der Doktor wollte und Shilo konnte sie ihm nicht erzählen. Also las Ismael das Buch. Er erfuhr von Hutzingers Gefangennahme in den Ardennen, davon, wie er mit einem Raketenspezialisten verwechselt wurde, und von seiner Zeit als Koch in White Sands. Wann immer Ismael konnte, ging er auf das Dach des Hauses, um in der Ferne den weißen Sand der Wüste zu sehen, hinter dem das Testgelände liegen musste, das immer mehr zu einem mystischen Ort für ihn wurde, je länger er das Buch las.

«Das Glück kann man selbst an den verlassensten Orten der Erde finden, sogar in einem Sandkorn», schrieb Hutzinger. «Sie müssen nur darauf vertrauen, es zu finden. Auch widrige Umstände können wichtige Wegmarken auf der Landkarte Ihres Schicksals sein, also sehen Sie jede neue Schwierigkeit nicht als Rückschlag, sondern als Herausforderung an.» Sein Buch vermittelte, und das war wohl der Hauptgrund für den Erfolg, dass alles möglich und damit für jedermann erreichbar ist. Joseph Hutzinger war ein ehrlicher Mann, er glaubte, was er schrieb. Darauf, dass er vielleicht nur Glück gehabt hatte, kam er gar nicht.

«Es gibt kein Pech. Es gibt schlechtes Wetter, schlechte Laune und schlechte Sachertorte. Und wenn Sie täglich schlechte Gedanken hegen, können Sie sicher sein, dass das alles und noch einiges Schlechtere dazu Sie eines Tages einholen wird. Deswegen sage ich: Arbeiten Sie darauf hin, dass Ihr Menu gelingt! Besorgen Sie sich rechtzeitig die richtigen Zutaten, üben Sie sich im Braten, Blanchieren, Sautieren, Pochieren! Lernen Sie Ihre Speise kennen! Bedenken Sie, dass Sie im Restaurant Ihres Lebens der erste Gast sind! Wenn es Ihnen dort nicht schmeckt, wem soll es dann schmecken? Wissen Sie, was das eigentlich Schlimme an den meisten Schnellgaststätten ist? Dass die Köche das Zeug, was sie dort anbieten, selbst nicht essen würden. So kann man vielleicht seinen Job machen oder sogar ein Unternehmen weiterführen und hoffen, dass es niemand merkt, aber ANFANGEN kann man so gar nichts. Ich zum Beispiel freue mich heute noch jeden Tag auf ein leckeres Schnitzel. Das ist das ganze Geheimnis!»

All diese Ratschläge nahm Ismael begierig in sich auf, ohne allerdings zu wissen, wann und wie er sie umsetzen sollte. Er verschob die Eröffnung des «Restaurants seines Lebens» auf einen unbestimmten Zeitpunkt jenseits des Tages, an dem er seine Vergangenheit wiedergefunden haben würde. Hierbei war ihm Hutzinger keine Hilfe, ja er verunsicherte ihn sogar, denn nach dessen Meinung sollte man sich weder mit der Vergangenheit noch mit einer unbestimmten Zukunft länger beschäftigen.

«Hören Sie auf, sich den ganzen Tag lang Sorgen zu machen, was am nächsten passieren könnte. Sie leben JETZT, morgen ist vielleicht schon alles vorbei!»

Was Ismael jedoch am meisten beschäftigte, war jene knappe Frage, die der Schnitzelkönig am Anfang des Buches stellte und von deren Beantwortung alles abhing. Wenn man die Frage mit Ja beantworte, schrieb er, könne man sein Buch getrost in die Ecke werfen oder weiterverschenken.

«Bin ich glücklich?», fragte Ismael den Doktor.

«Natürlich bist du das. Was denkst du denn? Es wird schon einen Grund gehabt haben, warum du dir einen Fahrwerkschacht zur Flucht von wo auch immer ausgesucht hast. Jetzt bist du doch viel besser dran», stellte der Doktor fest. Dann schnallte er Ismael in den Fliegersessel, klebte ihm die Elektroden an und verließ die Druckkammer.

Zumvogel hatte einen relativ langsamen, dem Aufstieg eines Verkehrsflugzeuges entsprechenden Druckabfall gewählt, die Temperatur veränderte er bei diesem ersten Mal noch nicht. Auf achttausend Metern Höhe war Ismael noch nicht in Ohnmacht gefallen, was die Hypothesen des Doktors durcheinander brachte. Er verzichtete auf eine weitere Senkung des

Drucks und erhöhte ihn stattdessen, wie bei einem schnellen Sinkflug. Ismael zeigte die typischen Symptome: Unruhe, er begann zu schreien, zappelte, verlor schließlich das Bewusstsein. Als er wieder zu sich kam und der Doktor ihn losmachte, redete er einige Worte in einer Sprache, die der Doktor noch nie zuvor gehört hatte.

Später konnte er sich allerdings nicht daran erinnern, nur dass das Experiment nicht gerade angenehm gewesen war, fiel ihm wieder ein. Von der Stammessprache erwähnte Zumvogel nichts. Das fehlte gerade noch, dass der Junge sich wirklich an etwas erinnerte. Zumvogel war in letzter Zeit etwas griesgrämig geworden, was nicht nur mit seinem Rückenleiden zusammenhing: Er hatte Ismaels Geschichte vom Flug im Fahrwerkschacht und seine Experimente und Theorien dazu in verschiedenen Fachzeitschriften veröffentlicht, aber Hohn dafür geerntet. Einige behaupteten sogar, es gebe Ismael gar nicht, was den Doktor besonders ärgerte, denn aus verschiedenen Gründen konnte und wollte er den Jungen nicht der Öffentlichkeit präsentieren.

Wie immer stumm und mit ausdrucksloser Miene hatte Shilo auch den ersten Druckkammerversuch beobachtet. Er stand auf seinem Hockerchen und schien weder beeindruckt noch besorgt. Zumvogel nahm an, dass Shilo nur dann nervös wurde, wenn etwas Außergewöhnliches passierte. Deswegen hatte er den Jungen in das warme Wasser gezogen: nicht weil er wusste, dass ihm das das Leben retten würde, sondern damit alles seine Ordnung hatte.

Umso merkwürdiger war es, dass Shilo eines Morgens begann, Dinge zu verlegen. Nicht seine eigenen, denn er besaß ja kaum etwas, auch wenn er für einen Affen recht komfortabel wohnte: in einer Art Besenkammer neben dem verwaisten Männerwaschraum des Instituts. Nein, Shilo begann die Dinge der anderen zu verlegen: Britneys Bürotasse («Die Zukunft gehört jenen, die ihre Träume lieben – E. Roosevelt») nahm er mit in den Waschraum, stellte sie auf eine Ablage und sich selbst dann unter eine der Duschen, bis Britney auftauchte und endlich ihre geliebte Tasse wiederfand.

«Ach, Shy», seufzte sie, während Shilo seinen Schwengel shampoonierte, «du bist mir einer.»

Als Shilo die kleine Wernher-von-Braun-Büste unter das Sofa des Doktors kickte, das V2-Modell in die Teeküche trug und die gerahmte Fotografie, die den Doktor mit dem früheren Präsidenten Gerald Ford und dessen Verteidigungsminister Donald Rumsfeld zeigte, eines Morgens in einem der Wasserbecken trieb, war Zumvogels Zorn zwar groß, aber die Erklärung einfach: Es ging zu Ende mit Shilo. Das infantile Verhalten, das er an den Tag legte und das allenfalls für junge Schimpansen typisch war, deutete auf eine beginnende Altersdemenz hin. Es war wohl nur eine Frage der Zeit, bis Shilo sein Wasser nicht mehr halten, orientierungslos durch die Gegend laufen und, dank einer versehentlich offenen Tür, ganz zufällig auf der Bundesstraße unter einen Truck geraten würde. Adios compañero! Schade nur um das schöne Geld, das die Spinner aus Kalifornien jeden Monat für seinen Unterhalt überwiesen: für das Essen, die Unterkunft, die Käfigreinigung und die Veterinärklinik einschließlich des staatlich geprüften Tierpsychologen – alles Posten, die der Doktor sich ausgedacht hatte, denn Shilo bekam sein Futter aus dem Supermarkt, Zumvogel war Veterinär und Tierpsychologe in einer Person, spülte mit einem Gartenschlauch einmal die Woche den Waschraum durch und hatte im Übrigen schon seit Monaten nicht mehr in die Besenkammer geschaut. Schade, wie gesagt, aber ein seniler Affe war noch schlimmer als ein Affe, der einmal im Leben die Zahl Pi auf einen Computerbildschirm zu zaubern vermochte. Zumvogel glaubte, dass er schon viel zu lange viel zu nachsichtig gewesen war. Eine Einschätzung, die er bestätigt fand, als er eines Tages Ismael und Shilo im Konferenzraum sitzen sah. Auf dem Tisch vor ihnen stand das Glas. Das Glas mit Captain Ernest Weintraubs Gehirn in Formaldehyd.

«Das ist nicht witzig», sagte der Doktor, «das ist überhaupt nicht witzig.»

Ismael machte einen verstörten Eindruck. «Wo er das herhat, da gibt es noch mehr», sagte er. «Im Keller. Ein ganzes Regal voll.»

«Ich weiß.»

Der Doktor starrte Shilo an und rekapitulierte, was der Affe alles angestellt haben musste, um an dieses Glas zu kommen: Er musste unbemerkt in sein Büro gelangt und den großen Aktenschrank geöffnet haben und irgendwie hochgeklettert sein, um die alte Zigarrenkiste, in der unter anderem der Kellerschlüssel lag, erreichen zu können. Dann musste er die doppelte Verriegelung der Tür des Kellers, den man (als der Kalte Krieg noch keine Picknick-Veranstaltung gewesen war) zum Behelfsbunker umgebaut hatte, entriegelt und schließlich das eigentliche Schloss aufgesperrt haben. Und dann musste es ihm gelungen sein, unter den rund drei Dutzend Präparaten dort ausgerechnet Weintraubs Gehirn herauszuziehen.

«Hast du ihm etwa dabei geholfen, die Tür zu öffnen?», fragte Zumvogel.

«Nein, die Tür stand schon offen. Ich bin die Kellertreppe runter, weil ich ein Geräusch gehört habe.» Ismael sah auf das Glas. «Was ist das?»

«Ein medizinisches Präparat. Ein Geschenk.»

«Da steht ‹Captain Weintraub› drauf.»

«Weil er es mir geschenkt hat.»

Weintraub war der Einzige gewesen, der Zumvogel jemals gefährlich geworden war. Der Testpilot musste damals irgendwelche mehr oder weniger private Ermittlungen angestrengt haben, auf jeden Fall entdeckte der Doktor eines Tages während einer Besprechung in White Sands in der offenen Aktentasche des Captain eine Reihe von Briefen und Anfragen: an den Suchdienst des Roten Kreuzes, an das Verteidigungsministerium und die CIA, an ehemalige Militärstaatsanwälte, die im Rahmen der Nürnberger Prozesse ermittelt hatten, sogar an eine Stelle in der Sowjetunion, die für die Verwaltung und Schließung der Kriegsgefangenenlager zuständig gewesen war. Sein alter Name tauchte auf. Verschiedene Archive wurden um ein Foto des Hauptsturmführers gebeten. Zumvogel wusste, ihm blieb wenig Zeit. So wie es aussah, hatte Weintraub bislang nichts als einen vagen Verdacht. Der nächste Testflug war für denselben Tag angesetzt. Der Doktor wählte ein sehr starkes, nahezu geschmackloses Schlafmittel, das er Weintraub unbemerkt ins Getränk tat.

«Komisch», sagte der Captain, «aber heute schmeckt mir die Coke nicht. Schmeckt, als hätten die da Muskat reingemacht.»

Eine Bemerkung, die einen ziemlich guten Anhaltspunkt auf Art und Wirkungsweise des Mittels gegeben hätte, wenn sie nur irgendjemandem im Gedächtnis geblieben wäre.

So schlief Captain Ernest Weintraub über White Sands ein und wachte nicht mehr auf. Sein Jet flog auf Autopilot immer weiter Richtung Norden. Seine Kameraden flogen neben ihm her und suchten nach einem Weg, ihn aufzuwecken. Es gab keinen. Weintraub überflog New Mexico und halb Colorado, bis seine Maschine an einem Berg zerschellte. Die Bergungsmannschaft brauchte Tage, bis sie seine Leiche, und Wochen, bis sie die Einzelteile des Flugzeugs in der unzugänglichen, verschneiten Gebirgsregion gefunden hatte. Man vermutete einen Defekt an der Druckmaske. Zumvogel hatte die Obduktion durchzuführen. «Ein Fehler an der Maske oder bei der Sauerstoffzufuhr ist das Wahrscheinlichste», erklärte er abschließend.

Shilo wollte das Gehirn nicht herausrücken. Es kam zu einer kurzen Verfolgungsjagd um den Tisch herum, Zumvogel hinter dem Affen, der Affe greinend vorneweg, das Glas umklammernd. Schnell gab der Doktor auf. Er zuckte mit den Achseln, während Shilo mit seiner Beute Richtung Besenkammer davonwackelte.

Ismael machte dieser Vorfall nachdenklich, er verstärkte seine Zweifel und die Angst, die er schon seit längerem beiseite schob. Was, überlegte er, wenn der Weg des Doktors der falsche war? Wenn die Experimente nur dazu führten, dass er für eine kurze Zeit das Gedächtnis an sie verlor, ihm aber die Erinnerung an seine Vergangenheit, all das, was er einst gewesen war, trotz der Tortur für immer verwehrt blieb? Eine Frage, die er sich seit der Lektüre des Buches von Hutzinger stellte, war, ob es überhaupt erstrebenswert für ihn sei, die Erinnerung zurückzugewinnen. Wenn er jetzt glücklich war, wie fühlte sich dann das Unglück davor an und worin hatte es bestanden? Warum sich, wenn es nur Leiden gewesen war, noch einmal daran erinnern? Und wenn er auf seine Vergangenheit verzichtete?

«Du willst also eine Weile mit den Versuchen aussetzen», sagte der Doktor und nickte mit dem Kopf.

«Ja, aber nur für eine Weile. Eine Pause oder so was. Manchmal fallen einem ja die Dinge wieder ein, wenn man eine Zeit lang an was anderes gedacht hat.»

«Du willst vor die Tür und dir die Welt anschauen?»

«Ja.»

«Und das Risiko, alles zu verlieren, kümmert dich gar nicht, unsere ganze Forschung, all die Mühen?»

«Ich muss es riskieren.»

«Du willst vor die Tür?»

«Ich will ja nicht weggehen, ich will mich nur mal umschauen, auf andere Gedanken kommen, das ist alles.»

«Verstehe.» Zumvogel nickte. «Na ja, wenn das so

ist, dann musst du das so machen, aber jetzt schlaf erst mal darüber, und morgen werden wir weitersehen.»

Als Ismael am nächsten Morgen in seinem Zimmer im Obergeschoss des Institutsgebäudes erwachte, hatte er um sein Fußgelenk eine Eisenschelle, die ein Vorhängeschloss sicherte. Offenbar war er nicht der erste Gefangene des Doktors: Von der Eisenschelle lief eine Kette zu einem in der Wand einbetonierten Ring, dessen Funktion er sich bis dahin nicht hatte erklären können.

«Du wirst nirgendwohin gehen», sagte der Doktor ruhig, «jetzt, so kurz vor dem Ziel. Alles, was du bist, verdankst du mir, und da hast du gedacht, du könntest es dir mittendrin anders überlegen? Ein süßes Leben auf meine Kosten?» Er seufzte. «Wenn du doch ein wenig einsichtiger gewesen wärst, noch ein wenig mehr Geduld gehabt hättest, wäre das alles jetzt nicht nötig. Dass ausgerechnet du mich enttäuschen musst! Die Kette, glaube mir, die ist nur zu deinem Besten.»

«Warum reden Sie drum herum? Ich hab schon kapiert, dass ich Ihr Gefangener bin.»

«Mein Gefangener?» Der Doktor beugte sich vor und packte Ismael am Handgelenk, so fest, dass dem Jungen Tränen in die Augen traten. «Nein, du bist nicht mein Gefangener. Du bist mein Besitz, mein Eigentum. Ich habe Geld und Zeit in dich investiert, habe dich durchgefüttert und dir Lesen und Schreiben beigebracht, du dummer kleiner Nigger. Das ist hier keine Sozialstation. Hier bringt jeder sein Heu in die Scheune, oder er ist nicht mehr wert als ein Kojote, der im Müll wühlt. Weißt du, was sie mit den Kojoten machen, die im Müll wühlen? Sie knallen sie einfach ab.»

Ismael versuchte dem Doktor Widerstand zu leisten, indem er in den folgenden Tagen das Essen verweigerte, aber er hielt nicht lange durch.

«Natürlich nicht, mein kleines Äffchen», sagte der Doktor, als Ismael gierig das «Schnitzel on a stick» und die Pommes frites verschlang, die Zumvogel ihm mitgebracht hatte, «natürlich kannst du dich gegen deine Natur, dein Negerblut nicht wehren. Aber es gibt etwas darin, was mich interessiert. Ist das nicht ein Glück für uns beide?»

Der Doktor musste ihm etwas ins Essen getan haben, denn plötzlich fühlte Ismael sich so schläfrig, dass er noch im Sitzen einnickte. Das Nächste, was er wie durch einen Nebel mitkriegte, war, dass der Doktor mit einer Spritze auf ihn zukam. Nach der Injektion spielte die Kette, an die er gebunden war, keine Rolle mehr. Ein bis dahin unbekanntes Glücksgefühl durchströmte ihn, und er glaubte fliegen zu können. Mehrfach erhob er sich von seinem Bett, nahm Anlauf und wollte durch das Fenster hinaus in die Wüste schweben, wurde aber von der Kette auf das Bett zurückkatapultiert und begann dort hemmungslos zu lachen.

Irgendwann hörte es wieder auf. Er fühlte sich erst matt, dann leer, und er hatte Angst, unglaubliche Angst vor etwas, das er nicht benennen konnte. Da kam der Doktor herein und gab ihm wieder eine Spritze.

Tage wurden zu Wochen und waren doch nur Stunden, Minuten, und alles war gut, solange das Glück in ihm wohnte, doch wenn es sich verzog, wenn es einfach verschwand und nichts zurückließ, war es schlimm, viel schlimmer als das Becken, als die Unterdruckkammer. Obwohl er wusste, dass die Spritzen daran schuld waren, konnte es Ismael bald kaum erwarten, dass der Doktor kam und ihm die nächste gab. Warum sich wehren? Er war sein Gefangener, er war nichts ohne ihn, er war seine Schöpfung, sein Eigentum.

Britney schaute einmal vorbei und strich dem betäubten Ismael über die Stirn.

«Ach, Ismael, der Doktor wird dich schon davon abbringen, von den verdammten Drogen. Du musst ihm jetzt vertrauen und stark sein. Ich hätte das nicht gedacht, dass du mit Heroin rummachst, echt nicht.»

«Was für Heroin?», lallte Ismael.

Auch Shilo stattete ihm einen Besuch ab, schien aber an der ganzen Szenerie nichts Ungewöhnliches zu finden, trat an die Wand zu dem Eisenring und prüfte, ob er fest saß. Ismael kauerte in einer Ecke des Bettes. Er erkannte Shilo nicht und brüllte: «Haha! Hutzinger, ich muss dein Buch nicht lesen, weil ich glücklich bin, glücklich bin, glücklich bin.»

Eines Tages kam der Doktor später als sonst. «Jetzt hast du es mit der Angst zu tun gekriegt, stimmt's?»

Ismael nickte.

«Du hasst mich, aber du wünschst dir jeden Tag, dass ich durch diese Tür komme.»

Ismael nickte abermals.

«Und jetzt würdest du alles für mich tun, damit ich dir die nächste Spritze gebe?»

Ismael nickte.

«Sag es, Ismael, mein Junge, sag es.»

«Ich tue alles, was Sie von mir verlangen, Sir, wirklich, ich werde nicht weglaufen, ich tue alles, ich schwöre es, Sir.»

«Weißt du, Ismael, ich glaube dir sogar. Das Problem ist nur – du hast mir das schon einmal versprochen, und wie bitter hast du mich enttäuscht!»

«Ich werde Sie nie wieder enttäuschen!»

«Wer einmal lügt, dem glaubt man nicht, wusstest du das? Damit du dich immer daran erinnerst, welche Folgen es hat, mich betrügen zu wollen, wirst du die nächsten Stunden ohne Spritze auskommen müssen.»

«Nein, bitte, geben Sie sie mir sofort, jetzt, Sir, bitte!»

«Und wenn du hier Theater machst und die Einrichtung demolierst, dann werden aus zwölf Stunden ganz schnell zwei Tage.» Mit diesen Worten verließ der Doktor das Zimmer.

Unten, im Erdgeschoss, waren die Rufe, das Betteln und Flehen Ismaels kaum zu hören. Obwohl es erst zwölf Uhr mittags war, packte Britney schon ihre Sachen zusammen, warf Shilo, der wie immer in seinem Lehnstuhl vor dem Computer saß, einen Kussmund zu und wünschte allen ein schönes Wochenende.

«Bis Mo-ontag!», trällerte sie. «Und geben Sie auch dem lieben, armen Ismael einen großen Schmatz von mir, Doc.»

«Aber natürlich», versprach der Doktor.

«Er wird es schon schaffen.»

«Bestimmt wird er das.»

Zumvogel atmete auf, als sie die Tür hinter sich

schloss. Er musste nachdenken. Zwar hatte er in letzter Zeit die Dosis, die er Ismael verabreichte, langsam reduziert, trotzdem würde die Droge, auch wenn er sie streckte und mit eher harmlosen Beruhigungsmitteln verschnitt, die Versuchsergebnisse beeinflussen. Fragte sich nur, in welche Richtung. Außerdem konnte es sein, dass ihm der Junge hopsging, was ja nun wirklich ärgerlich wäre nach dem ganzen Aufwand. Er würde also eine Dosierung finden müssen, die Ismael in der Schwebe ließ. Die das Verlangen und damit die Hörigkeit aufrechterhielt, ansonsten aber keine allzu großen Nebenwirkungen hervorrief. Wahrscheinlich würde er den Jungen noch einer kleinen Gehirnwäsche unterziehen müssen, danach könnte er, mit einigem Geschick, die Droge vielleicht absetzen.

Shilo hackte in die Tasten und grunzte zufrieden, und alles sah nach einem gemütlichen Wochenende aus. Am Nachmittag erledigte Zumvogel ein paar Einkäufe, und am Abend stieg er auf die Dachterrasse und grillte sich ein saftiges Steak. Später sah er sich im Fernsehen ein Footballspiel an, was er überraschenderweise recht spannend fand, obwohl er kein großer Fan war. Allerdings schlief er vor dem Gerät ein und verpasste so den Ausgang.

Am nächsten Morgen ging er zu Ismael, der schweißgebadet auf dem Bett lag und nur den Arm ausstreckte, als er hereinkam.

«Ich schwör's», flüsterte Ismael, «ich schwör's.»

Zumvogel gab ihm eine reduzierte Dosis, und der Junge war fürs Erste ruhiggestellt. Danach absolvierte er seinen morgendlichen Dauerlauf.

Das Unheil kündigte sich bereits an, als er zurückkehrte und in die Blechbox schaute.

Keine Zeitung.

«Na warte!», schrie er und lief ins Haus.

Shilo saß auf seinem Stuhl, wippte ein wenig, spielte den Unschuldigen. Unter seinem Hintern klemmte keine Zeitung, sondern, soweit Zumvogel das erkennen konnte, eine ledergebundene Ausgabe klassischer griechischer Tragödien.

«Wo ist meine Zeitung, du kleiner Affenarsch?»

Shilo wandte sich ab und widmete sich wieder seinen Zeichenkolonnen.

«Wehe!», rief der Doktor und rannte in den Raum mit den Wasserbecken. Aber seine Befürchtung war unbegründet, in den Becken schwamm nichts.

Zumvogel stellte das ganze Institut auf den Kopf, sah sogar bei Ismael nach und suchte unter dessen Bett. Keine Zeitung. Fast wollte er schon glauben, es handle sich tatsächlich um ein Versäumnis des Zustellers, als er zurück in den Besprechungsraum kam und, eher zufällig, durch die offene Tür in die Druckkammer schaute.

Die Zeitung lag auf einem kleinen Tisch, der neben dem Pilotensitz stand. Auf dem Tisch bereitete er üblicherweise Injektionen vor, falls welche notwendig waren, oder er machte sich Notizen über den Allgemeinzustand der Versuchspersonen («bleiche, etwas gräuliche Färbung der Haut, kalter Schweiß, zittert, typischer Angstgeruch»). Er ging hinein, setzte sich an den Tisch und las. Auf der ersten Seite stand etwas über das Footballspiel, bei dem er gestern eingeschlafen war. Nicht, dass es ihn besonders interessiert hätte, aber das Gerenne im Institut hatte ihn müde gemacht, und er wollte einfach wissen, wie die Begegnung ausgegangen war.

Das Geräusch der Druckkammertür nahm er nicht wahr. Er hatte es so oft gehört, dass ihm daran nichts bemerkenswert erschien. Selbst als sie sich hydraulisch geschlossen hatte und das typische Zischen zu hören war, das entstand, wenn sich die Gumminuten luftdicht aneinander sogen, sah Zumvogel von dem Bericht nicht auf. Der Mannschaft, die lange, auch noch zu dem Zeitpunkt, als er eingeschlafen war, weit zurückgelegen hatte, war es in den letzten zehn Minuten doch noch gelungen, das Ruder herumzureißen und zu gewinnen. Kaum zu glauben, aber so etwas kommt vor. Erst als er den Artikel zu Ende gelesen hatte, fiel Arnold Zumvogel auf, dass die Luft knapp wurde.

Man kann nun behaupten, dass Shilo Macintosh das von langer Hand geplant habe. Dass bereits der erste Zeitungsklau ein Teil des Plans gewesen sei. Wäre das so ungewöhnlich bei einem Tier, das die Zahl Pi entdeckt hatte?

Vielleicht aber war er einfach nur ein Schimpanse, der gerne Knöpfe drückte. Die Druckkammertür schloss sich, wenn man einen bestimmten Knopf betätigte, hatte aber eine manuelle Entriegelung. Außen. Innen gab es nur einen Notschalter, wie bei einem Aufzug für den Fall, dass er stecken bleibt. Eine Hupe ging an, als Zumvogel den roten Schalter umlegte, und ging nach zehn Sekunden wieder aus.

Shilo hatte ein Programm gewählt, das den Luftdruck in der Kammer in kurzer Zeit auf ein Niveau absenkte, wie es in fünfzehn Kilometern Höhe herrscht. Zumvogel zog sich an den Haaren, warf sich gegen die Tür, hämmerte gegen die Scheibe, hinter der der Affe stand. «Nein, nein, nein!», brüllte der Doktor, aber er wusste natürlich, was geschehen würde.

# V

## Als ich schlief

## 17

**Heute hat Miss Ellie** Professor DeLore vom Flughafen abgeholt. DeLore kommt aus Québec, Kanada, lebt in den Vereinigten Staaten und ist dort Chefarzt einer neurologischen Klinik in New Orleans. Mahlow hat ihn aufgetan, auf einer Geschäftsreise. DeLore ist Spezialist, und er ist nicht gerade billig. In meinem Fall wäre er vielleicht auch so gekommen, gratis, wenn er von meinem Fall anders als durch Paul Mahlow erfahren hätte. Er ist eine Kapazität auf dem Gebiet der «Resurrection», wie er es ganz unbescheiden nennt, im Gegensatz zu Yilmer, dem, während DeLore mich untersucht und ganz entzückt ist von meiner «erstaunlich unverbrauchten Verfassung», das deutsche Wort Auferstehung kein einziges Mal über die Lippen kommt. Mein frommer, alter Onkel.

Der Kanadier ist nicht der erste Spezialist, der sich an mir versucht, jedoch der einzige, der sich mit gewissen Erfolgen empfehlen kann. Sein Bild ging um die Welt, nachdem es ihm gelungen war, einen 55 Jahre alten Lastwagenfahrer, der mit einer Ladung Hühner eine Schlucht hinuntergestürzt war, nach acht Jahren Koma wieder ins Leben zurückzubringen. Der erste Satz des Wiedererweckten soll gelautet haben: «Und was ist mit den Hühnern?»

Als DeLore von Mahlow, seinem Sitznachbarn im Flugzeug, den er wegen des dunklen Anzugs und seiner komischen, zermatschten Ohren zunächst für einen Berufskiller gehalten hatte, erfuhr, es gebe einen Patienten, der seit beinahe zwanzig Jahren im Koma liege, da fiel alle Scheu von ihm ab, witterte er doch neue Forschungsgelder, einen Sommer voller Talkshow-Auftritte, noch mehr Auszeichnungen und Ehrenmedaillen, darunter vielleicht sogar – durfte er es wagen, davon zu träumen? – den Nobelpreis! Nur zwei Wochen nach dieser Begegnung auf der Strecke Los Angeles–Chicago packte er seinen Wiedererweckungs-Drogencocktail ein und brach beschwingt und rotwangig in Richtung Europa auf, das er (abgesehen von sporadischen Kongressaufenthalten) seit Jahren, genauer gesagt seit einem Gastsemester in Freiburg, nicht mehr besucht hatte.

Yilmer kann ihn nicht ausstehen. Misstrauisch beobachtet er jede Bewegung des jungen, gefeierten Kollegen, der mit seinem wirren rotblonden Haar, seiner Art, den Kopf herumzureißen, und seinen nervösen Tippelschritten, die vom ausladenden Gestikulieren gibbonähnlicher Arme begleitet werden, viel eher einem Dirigenten als einem Neurologen gleicht. Yilmers Schnauzbart ist weiß geworden. In einer Hand hält er den nadelbewehrten Wiederbeleber wie einen Beweis dafür, dass er schon alles versucht habe, dass *alle* Methoden, auch die ältesten, angewandt worden seien. Schnapp-schnapp macht das kleine Gerät in seiner Hand, ein Geräusch, das dem Spezialisten sichtlich nicht behagt.

«Wenn Sie ihm Ihre Medikamente spritzen und er tatsächlich aufwachen sollte», fragt mein Onkel in seltsamem Ton, «wird er sich dann an irgendetwas erinnern?»

«Woran soll er sisch dän erinnern?», fragt DeLore zurück, während er mir mit seiner Funzel in die Pupille meines rechten Auges leuchtet.

«An das, was in den vergangenen zwanzig Jahren passiert ist, was er gesehen und erlebt hat.»

DeLore dreht sich ruckartig um, betrachtet den pensionierten Hausarzt, der, dem Geruch nach, seine Rente offenbar mit dem Betrieb einer Imbissbude aufbessern muss. Sein Blick lässt keinen Zweifel daran, dass er Trapezunt nicht nur für einen Versager seiner Zunft, sondern auch für einen Spinner hält. Dabei hat Yilmer Recht. Mir bleibt nicht viel Zeit. So oder so, egal ob Professor DeLore Erfolg haben wird oder nicht, die Vergangenheit wird mir entgleiten, und was sind wir ohne unsere Vergangenheit? Ich muss mich beeilen, die ganze Geschichte zu erzählen.

DeLore hat auch mein anderes Auge ausgiebig ausgefunzelt, ohne etwas Bemerkenswertes darin entdeckt zu haben. Er steckt seine Lampe in die Brusttasche seines Jacketts und blickt missmutig in die Runde, bevor er seine Hand hebt und mit den Fingern schnipst.

«Zwanzisch Jahr! För ihn es gibt kein zwanzisch Jahr. Zwanzisch Jahr, c'est – wie ein Tag! Für ihn es ist 1985, und», er zeigt auf den großen Fernsehschirm, «alles da drinnen ist niescht passiert!» Er schüttelt den Kopf, was mitfühlend wirken soll, aber zu einer weiteren hochmütigen Geste gerät. «Die meisten erinnern sisch nischt mal an ihre Mütter und schon gar niescht», er mustert Yilmer, Miss Ellie und Gonzo, dessen lackierte Fußnägel ihm nicht entgangen sein dürften, «an ihre so genannt' Froinde.»

Gonzo brachte mich zurück. Nachdem meine Schwester gegangen war, ohne eine Nachsendeadresse zu hinterlassen, war der Mann von der Krankenhausverwaltung in mein Zimmer gekommen und hatte sich, wie man so sagt, vor mir ausgeheult.

«Alles umsonst», jammerte er. «Jetzt kann ich wieder von vorne anfangen.»

Gonzo, getrieben von schlechtem Gewissen, nahm ihm diese Arbeit ab. Er tauchte eines Tages auf der Station auf und hatte statt Blumen einen Haufen Formulare bei sich. Mit einer mir an ihm bislang nie aufgefallenen Verschlagenheit unterbreitete er, unmittelbar an meinem Bett, dem Verwaltungsmenschen seine abenteuerliche Idee. Für den Fall, dass auf dieses einmalige Angebot nicht eingegangen werde oder man ihm irgendwelche bürokratischen Knüppel zwischen die Füße werfe, drohte er mit der Gründung einer Bürgerinitiative.

Dem Verwaltungsmenschen hätte er gar nicht drohen müssen. Er war entzückt von Gonzos Idee. Nicht so der zuständige Oberarzt.

«Das ist keine leichte Aufgabe, die Sie da übernehmen wollen.»

«Ich weiß.»

«Da bin ich mir nicht so sicher. Sie werden alles für ihn tun müssen, ihn waschen, wickeln, anziehen, als wäre er ein Kleinkind. Sie werden nicht mehr allein sein. Wollen Sie das wirklich?»

«Ja, ich will», antwortete Gonzo und fügte sich und mich in unser Schicksal.

Der Abschied von Britta fiel mir schwer. Ging es ihr ebenso? Ein letztes Mal maß sie die Temperatur und kniff mich zärtlich in die Wange. Gonzo versuchte sie zu trösten:

«Kannst ihn ja besuchen kommen.» Und als Britta daraufhin den Kopf schüttelte, fügte er hinzu: «Paul ist ausgezogen.»

«Oh», sagte sie.

War es ihm zu leer geworden ohne mich? Jedenfalls hatte er Miss Ellie und Gonzo ohne größere Erklärungen verlassen, war in seinem geliehenen Mercedes um die Ecke gebraust, ein Mann, dessen Besitztümer den Inhalt einer Sporttasche füllten.

Gonzo hatte mein Hochbett abgebaut, verkauft und durch ein Krankenhausmodell ersetzt, welches ihm der Onkel, trotz anfänglicher Skepsis gegenüber seinem Plan, hatte organisieren können. Dieses Bett erfüllte alle therapeutischen Erfordernisse, strahlte aber jenen nostalgischen Charme aus, den ich von Yilmer Trapezunts medizinischer Ausrüstung gewöhnt bin. Es war in den sechziger Jahren gefertigt, jedoch nicht ein einziges Mal benutzt worden. Yilmer hatte es aus dem Atombunker an der Pallasstraße, dessen «Hausmeister» ihm einen Gefallen schuldig gewesen war.

«Bringste halt wida zurück, wenn de Iwans kommen», bat er, und Yilmer versicherte, das im Falle einer Invasion umgehend zu tun.

Seinen inoffiziellen Vorgesetzten vom Verfassungsschutz teilte Gonzo schriftlich mit, dass er für inoffizielle Dienste nicht länger zur Verfügung stehe. Die Betreuung eines Schwerstkranken sei ihm von Amts wegen übertragen worden, und er habe weder die Zeit noch die Lust, sich weiterhin als Spitzel zu verdingen. Er spürte ein gewisses Angstwürgen in der Kehle, als er diese Nachricht in einen der stillen Briefkästen des Amtes warf, eine Sammelbox der «Deutschen Gesellschaft zur Rettung Schiffbrüchiger» in einer Altberliner Kneipe, die sich «Zum letzten Halt» nannte. Doch in dem Moment, als das Briefchen durch den Schlitz des Kutters gefallen war, atmete er auf.

«Ist was?», fragte der Wirt.

«Es ist immer irgendwas», entgegnete Gonzo.

Er montierte einen großen Fernseher auf eine Konsole an der Wand schräg gegenüber dem Krankenbett. Der Fernseher lief vom späten Vormittag bis tief in die Nacht, und als man 1987 das Frühstücksprogramm einführte, rieselten bereits um sechs Uhr morgens die Weltnachrichten in das Zimmer. Vielleicht hatte Gonzo Angst – Angst, dass Alps leerer Blick Dingen galt, die lieber verborgen bleiben sollten. Alle Unannehmlichkeiten ertrug er, doch an diesen Blick gewöhnte er sich nie. Zu oft und zu sehr mögen ihn die Augen vor die Frage gestellt haben, was sie sehen, und damit auch, was er selber sah. War denn sein eigenes kleines Gonzo-Dasein um so viel besser? Der Fernseher lief also streng genommen nicht für mich, sondern für meinen Pfleger, der es sich mit der Zeit angewöhnte, neben dem Bett sitzend Tee zu trinken, zu essen, fernzuschauen und mir dies und das zu erzählen oder mich in belanglosen Dingen nach meiner Meinung zu fragen.

Nach vier Wochen, als er Zutrauen zu sich selbst in seiner neuen Aufgabe gefunden hatte, wuchtete Gonzo mich in eine weitere Morgengabe aus der Pallasstraße, einen Atombunker-Rollstuhl. Außerdem hatte er der Hausverwaltung den Schlüssel für den wahrscheinlich seit Jahrzehnten nicht mehr benutzten Aufzug abgetrotzt. Das Rasseln des Schiebegitters, das den Lift bis dahin verschlossen hatte, und der muffige, sargähnliche Geruch in seinem Inneren, die Plakette, die an die 1965 nötig werdende Wartung erinnerte, all das flößte ihm wenig Vertrauen ein, als der Fahrstuhl sich mit einem mechanischen Ächzen in Bewegung setzte, und keiner hätte sagen können, ob die scheppernde Abwärtsfahrt, die nun folgte, nicht für uns beide und den Aufzug die allerletzte war.

Sie war es nicht. Gonzo schob Rollstuhl samt Patienten hinaus in das Treppenhaus, warf den Aufzugschlüssel in die Luft, fing ihn geschickt auf, öffnete und arretierte die Haustür und fuhr mich hinein in einen sonnigen, durchaus als freundlich zu bezeichnenden Morgen.

So vergingen die Jahre: Der Fernseher lief, Gonzo trauerte um Rock Hudson, Miss Ellie trauerte um Bobby Ewing, beide schoben sie mich in den Park, dichteten die Fenster ab und wuschen und schrubbten den Salat, als 1986 der Reaktorblock 4 in Tschernobyl explodiert war und die böse, unsichtbare Wolke über Europa und seinem Gemüse hing. Gonzo nahm mich 1987 zur ersten Maidemonstration mit, bei der in größerem Umfang Steine flogen. Obwohl im einstweiligen

Ruhestand, hatte er die Eskalation vorausgesehen und sich entschlossen, mit seinem Schutzbefohlenen ein letztes Mal das Zentrum der Schlacht aufzusuchen, in der unausgesprochenen Hoffnung, ich möge durch ein derartiges Ereignis wieder zu Bewusstsein kommen. Wie von einer unsichtbaren Aura geschützt, rumpelten und klapperten wir durch die Straßen, über Myriaden von Glasscherben hinweg, vorbei an brennenden Reifen und qualmenden Autowracks, blutenden Köpfen und zerbeulten Schutzschilden, verfehlt vom Strahl der Wasserwerfer, unbehelligt vom Tränengas. Nichts geschah. Der Patient blieb stur, verzog keine Miene, das Heiligengrinsen blieb. Allerdings nutzten wir die Gelegenheit, ich in meinem Rollstuhl voran, ungestört einen Supermarkt zu plündern. 1989 stand ich auf der Bornholmer Brücke und lächelte von meinem Gefährt aus wie eine Sphinx den DDR-Bürgern entgegen, 1991 war ein Schild an den Rollstuhl geschraubt: Kein Blut für Öl. Bald darauf gestand Gonzo der Welt seine wahre Neigung, hatte sein «Herauskommen». Von da an gaben sich seine Freunde bei Miss Ellie die Klinke in die Hand, und jedes Jahr nahmen wir drei – Gonzo, Miss Ellie und ich – an einem Straßenumzug dieser Freunde teil.

Mahlow kam regelmäßig, saß aber dann nur schweigend neben meinem Bett, wusste nicht, was, ja ob er überhaupt irgendetwas sagen sollte. Er habe das Auto waschen und wachsen lassen, sagte er zum Beispiel.

Die Abstände seiner Besuche wurden länger und länger, schließlich kam er nur noch an meinem Geburtstag vorbei, und man musste kein Tiefenpsychologe sein, um zu erkennen, was für eine traurige Veranstaltung dieses Fest für ihn war. Er unterhielt sich mit Gonzo, Miss Ellie und natürlich Yilmer, ob sich an meinem Zustand etwas verändert habe, ob die Aussicht bestehe, dass sich jemals etwas verändern werde, und dann sah er wieder mich an, wie ich da dumm lächelnd und sabbernd und nach Kampfer und voller Windel stinkend in einem alten Rollstuhl hing, und konnte es kaum ertragen. Von allen war er der Einzige, der immer noch den Gedanken in sich trug, Alp Tazafhadi werde eines Tages aufwachen und der Alte sein.

Er nahm sein Studium wieder auf und schloss es in erstaunlich kurzer Zeit ab. Er bewarb sich um ein Auslandsstipendium, bekam es und kehrte mit einem weiteren Abschluss in internationalem Wirtschaftsrecht zurück. Die Arbeit als Wachmann, das Herumlungern in der Mensa, die Frauen, sein ganzes bisheriges Leben, in das er sich auf unbestimmte Zeit gefügt hatte, es schmolz auf eine «Weißt du noch?»-Episode zusammen, nur dass er kaum mehr jemanden traf, den er das hätte fragen können. Außer mir. Immer wenn er mich nun besuchte, verfiel er in ein einseitiges Gespräch: «Weißt du noch, unser erstes gemeinsames Turnier, der Abend, an dem wir uns in der Kneipe Soundso bis zur Besinnungslosigkeit betrunken haben? Oder die Studentenmeisterschaft – denkst du auch manchmal an Hansi, ich war ja ewig nicht mehr bei ihm, was der wohl macht, der Hansi, ob der immer noch Training gibt? Weißt du», sagte er leise in den stillen Raum hinein, «manchmal denke ich darüber nach, wie verrückt das alles ist; dass unser Leben, meines, deines, auch ganz anders hätte verlaufen können. So war es doch nicht geplant, oder? So ist es doch nicht in Ordnung, so kann es doch nicht vorübergehen ... Wach auf, Alp. Stell dich nicht so an. Wach auf.» Aber der Freund lächelte nur milde und blieb, wie und wo und was er war.

Mahlow fing bei einer Wirtschaftsprüfungsgesellschaft an, einem internationalen Unternehmen, in dem er schnell aufstieg, so schnell, dass die meisten seiner Bekannten sich darüber wunderten. Sie waren beeindruckt und beneideten ihn zugleich – und gingen auf Distanz. Seine Karriere machte ihn noch einsamer, als er es schon gewesen war. 1998 kam er nicht zu meinem Geburtstag, weil er irgendwo in Thailand oder Südafrika zu tun hatte, und obwohl er sich damit beruhigte, dass es für mich sowieso keinen Unterschied bedeutete, hatte er ein schlechtes Gewissen, das so lange nicht abnahm, bis er entschied, den versäumten Geburtstag durch einen Weihnachtsbesuch nachzuholen.

«Du willst an Heiligabend einen Behinderten besuchen?», fragte die Frau in seinem Bett.

«Er ist nicht behindert, er liegt im Koma.»

«Das ist ja noch schöner! Da kriegt er doch eh nix mit.»

«Das weiß niemand», sagte Mahlow und zog sich seinen Mantel an.

«Wohin gehst du?»

«Geschenke einkaufen. Und wenn ich zurückkomme, möchte ich, dass du nicht mehr hier bist.»

An diesem 23. Dezember hatte Mahlow eine seltsame Begegnung. Nicht, dass es sich um einen besonders großen Zufall gehandelt hätte. Wie bei den meisten Begegnungen, die man als zufällig ansieht, stellte sich die Frage, warum es nicht viel früher dazu gekommen war.

Mahlow stand in einem noblen Kaufhaus, in dem er inzwischen häufiger Besorgungen machte, und überlegte, was er mir schenken könnte. Ihm fiel nichts ein, denn all der teure Tand, der ihn umgab, schien ihm wenig geeignet für jemanden in meiner Situation. Vor ihm, auf einem niedrigen, ausladenden Tisch, hatte man ungefähr drei Dutzend Exemplare von Joseph Hutzingers Bestseller *Reich und glücklich in sechs Tagen* aufgestellt und darüber ein selbst gemaltes Schild gehängt: DER EVERSELLER AUS DEN USA! DAS GESCHENK FÜR JEDERMANN! Mahlow beachtete es kaum, ein Buch kam nicht in Frage. Ratlos sah er sich weiter um und schüttelte den Kopf. Es hatte keinen Sinn, Alp etwas zu schenken, er könnte es nicht einmal auspacken. Schwermut erfasste ihn, aus der ihn erst eine Stimme riss, die hinter ihm leise, aber deutlich hörbar sagte:

«Die haben Fotos von dir gemacht.»

Mahlow drehte sich um. Er hätte ihn fast nicht erkannt. Er hatte deutlich zugenommen und so viele Haare verloren, dass ein Seitenscheitel überflüssig geworden war. Er trug weder Handschellen noch Schlagstock. Die Geschäftsleitung hatte ihren Kaufhausdetektiv in einen schlecht sitzenden, an manchen Stellen zu knappen, an anderen wiederum zu weiten, auf jeden Fall aber absolut unmodischen graublauen Anzug gesteckt, der das Molchartige seines Trägers noch verstärkte. Die Brille, das billige Metallgestell, war jedoch immer noch dieselbe und ließ Mahlows Gegenüber dem gerade abgewählten Bundeskanzler erschütternd ähnlich sehen.

«Krämer?»

«Die haben Fotos von uns allen gemacht.»

«Wer?»

«Erich Mielke und seine Saubande. Das ganze Scheißkommunistenpack.»

Mahlow hielt diese Behauptung für einen weiteren, wenn auch späten Anfall von Paranoia, gepaart mit Krämers Hass auf Gott und die Welt. Dennoch stellte er einen Antrag, und drei Monate später, als er von einem größeren Auftrag in Italien zurückkehrte, fand er Post in seinem Briefkasten. In dem Brief stand, dass eine Akte über ihn existiere und er sie, nach vorheriger Terminabsprache, einsehen könne.

So saß Mahlow bald darauf in einem kleinen Zimmer des Amtes und staunte: Sie hatten tatsächlich 143 Fotos von ihm gemacht, wahrscheinlich von einem der Wachtürme auf der anderen Seite des Kanals aus, und allesamt zeigten sie mehr oder weniger das gleiche Motiv: Paul Mahlow, wie er in seiner Wachmannuniform auf dem Dach der Rösterei stand und rauchte. Totale, Halbtotale, Porträtaufnahme, Panoramabild. Mal regnete es, mal schneite es, mal schien die Sonne. Mal lächelte er still vor sich hin, dann wieder war sein Blick ernst, einmal direkt in die Kamera gerichtet, als ob er von seiner Observierung gewusst hätte. Er fand es seltsam, sich so zu sehen, und obwohl es ihm gelang, die Erinnerung an jene Tage beiseite zu schieben, blieb doch ein merkwürdiges Gefühl, als ob man vor Jahren in einen Spiegel geschaut hätte und sich eines Morgens im Badezimmer wiedersieht. Noch seltsamer allerdings waren die Notizen, Lagebeurteilungen und schriftlichen Memoranden, die den Fotos beigefügt waren. Offenkundig hatten die Grenzaufklärer die Kaffeerösterei auf der anderen Kanalseite für einen Horch- und Propagandaposten gehalten. Wild spekulierten sie über Mahlows Motive, beinahe jeden Samstag und Sonntag auf dem Dach der Rösterei eine Zigarette zu rauchen, hatten auch genaue Listen angelegt, aus denen die Zeiten seines Kommens nebst einer Einschätzung seiner Verfassung und Laune hervorgingen. In allem, was geschehen war, in allem, was sie beobachtet, gehört, gerochen und aufgezeichnet hatten, versuchten sie einen tieferen Sinn zu erkennen, Zusammenhänge auszumachen, einen geheimen Plan aufzuspüren.

Über den Jungen, der vom Himmel gefallen war, fand sich in der Akte nichts. Allerdings trug sie den Vermerk, es sei möglich, dass Teile der Akte vernichtet oder entfernt oder zerhäckselt oder von Hand zerrissen und von anderer Hand wieder zusammengesetzt oder ohne Angabe von Querverweisen, Quellen oder Bearbeitern wieder in das Archiv eingefügt worden seien. Der Einsichtnehmende, stand dort fett gedruckt, könne also in keinem Fall davon ausgehen, dass seine Einsicht endgültig sei.

Alles und jeder veränderte sich vor meinen offenen Augen, nur Miss Ellie blieb dieselbe. Bis heute kleidet sie sich in ihre schlabberigen, lilafarbenen Dritte-Welt-Klamotten, färbt sich mit Henna das Haar, schaut mit mir fern und lädt ihre mittlerweile gealterten Freundinnen dazu ein, sich gemeinsam mit ihr vor der Glotze zu besaufen.

Ich hatte bereits erwähnt, dass sie den Fernsehtod ihrer Lieblingsserienfigur betrauerte: Bobby Ewing kam in Folge 184 von *Dallas* buchstäblich unter die Räder. Das wäre nicht weiter schlimm gewesen, mir ging dieser biedere Sauertopf schon immer auf die Nerven. Was wirklich schlimm war und uns alle nachdenklich stimmte, war Bobbys Rückkehr in Folge 216. Eines Morgens stand er einfach wieder unter der Dusche. Nicht seine Auferstehung an sich war es, die uns schockierte, sondern die Erklärung dafür: Pam, Bobbys Exfrau, hatte die Folgen 185 bis 215 nur geträumt.

«Was ist die dritte Möglichkeit?», fragte Yilmer Trapezunt unvermittelt eines Nachmittags im Februar 1985. Der Tee köchelte hinten im Bus lustig vor sich hin, und wir warteten auf alles und auf nichts.

«Was für eine dritte Möglichkeit?»

«Na, bei der Sache mit der Katze in der Kiste. Wo die Katze gleichzeitig tot ist und nicht tot oder es in Wirklichkeit zwei Katzen gibt, in zwei Welten, eine tot, die andere lebendig. Du hast einmal gesagt, es gebe noch eine dritte Möglichkeit.»

«Keine Kiste.»

«Keine Kiste?»

«Es gibt keine Kiste, es gibt keine Katze. Alles ist nur Einbildung. Unsere Ideen vom Atom, dieses Universum, die Katzen, die Kisten und schließlich wir selbst, das alles existiert gar nicht. Es ist alles zusammengesponnen. In Wirklichkeit sitzt irgendjemand schon seit vielen Jahren in einem leeren weißen Raum und denkt sich das hier aus.»

«Du glaubst, dass Gott ein Irrer ist?», fragte Yilmer.

«Nein. Aber manchmal habe ich Angst, dass er uns schlicht und einfach in seinem Irrenhaus vergessen hat.»

## 18

**«Nein»**, sagte Paul Mahlows Nachbar im Schlaf, «nein.» Sie flogen über den Stillen Ozean, und er war sich einen Moment lang nicht sicher, ob er nur für Sekunden weggenickt oder tatsächlich für Stunden tief geschlafen hatte. Schlaf und Traum, Vergangenheit, Gegenwart und Zukunft schienen ihm im Moment des Erwachens wie verschmolzen im Rauschen der Klimaanlage, im fernen Grollen der Triebwerke, im Geflüster der Stewardessen oder dem Stöhnen des Fluggastes neben ihm.

In seinen Händen hielt er Joseph Hutzingers Buch. Er überlegte, ob er es weglegen und stattdessen Akten studieren sollte, aber schließlich klappte er es bloß zu. Und, dachte er, bist du glücklich? Willst du überhaupt glücklich sein? Oder war das Glück nur die Abwesenheit von Unglück? Was, hatte Alp einmal gesagt, soll das Glück anderes sein als ein Zufall, der uns gelegen kommt? Und ist das Gefühl, glücklich zu sein, mehr als nur eine Anhäufung dieser Zufälle? Glück ist vielleicht nicht der Zustand, auf den das Universum hinauswill. Glaubst du, das Universum strebt nach Glück? Von allen dummen Zufällen ist der Mensch der größte, denn die wahrscheinlichste der Welten ist ein Universum ohne uns. Wir sind der Fehler, der Irrtum, das Pech.

Wir sind allein, Paul, und was machen wir? Wir suchen nach etwas, das es gar nicht gibt.

«Darf ich Ihnen noch etwas zu trinken bringen?»

Mahlow blinzelte, sah die Stewardess an. Sie war nicht mehr jung, vielleicht Ende dreißig, Anfang vierzig, und erinnerte ihn an jemanden, ja, er war sich beinahe sicher, ihr schon einmal begegnet zu sein, doch ihm fiel nicht ein, wo. Er nickte.

Der Auftrag trieb ihn um die Welt. Eigentlich waren es Dutzende, doch in seiner Erinnerung verbanden sie sich zu einem einzigen, großen, schwer benennbaren Auftrag, der niemals abgeschlossen war, über den man nie das letzte Wort gesprochen hatte und der aus sich selbst heraus stets neue Aufträge und Ziele erschuf. Mahlow sah sich Unternehmen an, die die Kunden seiner Firma kaufen wollten. Er ging hinein, fühlte der Geschäftsleitung auf den Zahn, sprach mit den Angestellten, nahm Einsicht in die Bücher. Die meisten der Unternehmen brannten darauf, gekauft zu werden, nur ein paar wirklich große Fische zierten sich.

Wichtig war, dass er die Wahrheit herausfand. Wenn es um den eigenen Kopf geht, nehmen es viele mit der Wahrheit nicht genau. In Europa suchte Mahlow die Wahrheit in klimatisierten, menschenleeren Büros, in Afrika auf Erdölfeldern mitten im Dschungel, wo altersschwache Pumpen und malariageschwächte Arbeiter das Rohöl aus der Erde holten, in die die Hälfte davon wieder versickerte, er war auf Schrottplätzen in Indien, die man in der Bilanz zu Stahlwerken erklärt hatte, und in Chemiefabriken in Bangladesh, die schon seit langem nichts mehr produzierten, sondern als Müllhalden dienten. In Hongkong musste er entdecken, dass Land mit Krediten beliehen wurde, das es gar nicht gab, weil es noch Meer war. Und überall traf er Menschen – auf den Straßen, Plätzen, Flüssen, zwischen den Hütten, vor ihren Häusern und auf den Treppen der Paläste –, unglaublich viele Menschen, die auf dem Weg zu sein schienen und nicht nur nicht wussten, was um sie herum geschah, sondern es auch gar nicht wissen wollten.

Beinahe wäre er ausgestiegen. Das Flugzeug auf dem Weg von Hongkong nach Los Angeles hatte eine Zwischenlandung in Tokio gemacht, und obwohl die Weiterreisenden die Maschine nicht verlassen sollten, während Gepäck umgeladen wurde und andere Passagiere zustiegen, war ihm danach gewesen, aufzustehen, seinen kleinen Koffer mit dem Nötigsten zu nehmen und die Gangway hinunter über das nächtliche, regenglänzende Flugfeld in ein anderes Leben zu gehen. Mahlow hatte das Judo beinahe vergessen, eine Ewigkeit nicht mehr trainiert, aber seit die Maschine in Tokio aufgesetzt war, sehnte er sich nach dem Gefühl, den schweren, weißen Judo-Gi zu tragen und den Gürtel umzubinden, er sehnte sich nach dem zehn mal zehn Meter großen Mattenquadrat wie andere vielleicht nur nach ihrer verlorenen Heimat. Schon sah er sein Gepäck eine herrenlose Reise machen, während er mit nichts als seinem Anzug, einer Zahnbürste, dem Rasierapparat und nunmehr wertlosen Akten vor dem Kodokan steht oder an der Pforte eines Klosters klopft, die ein Mönch gleichmütig lächelnd öffnet. Es war bloß ein Moment. Ein Moment, in dem es, wie man so sagt, auf des Messers Schneide stand, Mahlows Hände die Armlehnen des Sitzes bereits umfasst hatten, die Beine angespannt waren, die Muskeln auf den Impuls warteten, der Aufstehen hieß, Aufstehen, Aussteigen, Fortgehen für immer. Aber es passierte nicht. Nicht in diesem Universum.

Er sah aus dem Fenster. Irgendwann würden sie die Datumsgrenze überfliegen, zurück in den vergangenen Tag. Als Kind hatte er sich oft vor den Tischglobus seines Vaters gestellt und sich gefragt, ob es möglich sei, unentwegt gegen die Drehung der Erde zu fliegen, immer wieder über die Datumsgrenze hinweg, und so die Zeit anzuhalten.

Noch war es nicht so weit, noch herrschte Dunkelheit über den Wolken, die, von einem hellen, nahen Mond beschienen, wie eine Traumlandschaft schneebedeckter Felder strahlten. Er versuchte sich vorzustellen, was unter diesen Wolken war – außer Finsternis und einem endlosen Ozean, obenauf ein paar Boote, die, spärlich beleuchtet, ihren Weg durch die Nacht suchten. Tief war das Meer dort, auf dessen Grund die alten Kabel in den Schlick gesackt sind, neben die Schiffe früherer Kriege und gescheiterter Entdeckungsfahrten samt ihrem Gold und ihren Toten, zu denen hinab nie ein Lichtstrahl dringt, die allenfalls beleuchtet werden vom Schein der Tentakel eines Tiefseefischs, betrachtet von den riesigen, fühllosen Augen der Kalmare, über denen Schwärme von Krill und kleinen Fischen in den warmen und kalten Strömen von Ost nach West und wieder zurück schwimmen, zurück in die blaugrüne Dunkelheit ihrer Geburt, während sich an der Oberfläche

Welle auf Welle türmt, sich fortpflanzt, einer Nachricht gleich, die so lange weitererzählt wird, bis sie niemand mehr versteht, niemand mehr ihren Ursprung kennt, wenn sie als lange, sanfte Dünung die Küste Nordamerikas erreicht und sich an der Mole des Hafens bricht.

Mahlow sah noch immer aus dem Fenster, als über Los Angeles die Sonne aufging, sich durch den Dunst des Morgens wie durch einen schweren Traum fraß, der nach Fisch und Seetang roch und, vermengt mit der Hitze der vergangenen Wochen, die Straßen hinaufschwappte wie ein lautes Gebet in der Früh, wenn sich im Klappern der Müllwagen und in den Gerüchen von verbranntem Benzin, feuchtem Asphalt und Eiern mit Speck der neue Tag ankündigte, ein Tag, dessen Licht in ein Haus am North Omaha Drive hineinströmte, durch die Jalousien floss, mit keckem, unfassbarem Blinzeln das Zimmer durchstöberte, in dem Ismael Khan auf dem Bett lag, an die Decke schaute, seit Stunden schon wach und auf der Suche nach seiner Geschichte war.

# 19

**Ismael Khan lag im Schlafzimmer** eines einstöckigen Bungalows in South Central L. A., einer Gegend, die wie ein weißer Fleck auf der Landkarte der Erinnerung an diese Stadt war, denn weder umfasste sie die berüchtigten Straßenzüge, deren unruhige Bilder alle paar Jahre über die Fernsehschirme flimmerten mit atemlosen Reportern, die vor einem brennenden Gebäude oder Fahrzeug oder neben einem verletzten Polizisten stehen, noch gehörte sie zu jenen Vierteln, die sich aus der Umklammerung der Verzweiflung gelöst zu haben schienen, Vierteln, deren Einwohner sich nach Jahren der Angst und Gewalt zum aufrechten Gang entschlossen und, zumindest für eine gewisse Zeit, gewonnen hatten. Genau genommen lag das Stück Land, samt Ismael Khans Bungalow darauf, irgendwo dazwischen.

Alles war offen. Gut möglich, dass auf der einen Seite der Straße die Verbrecher und Versager lebten und auf der anderen diejenigen, die es geschafft hatten, die wussten, dass ihre Tage in dieser Straße dem Ende entgegengingen und sie bald dorthin aufbrechen würden, wo die Zukunft als breiter, gut gemähter Rasen vor ihnen lag. Im Großen und Ganzen war es nicht der schlechteste Ort; es kam nur darauf an, auf welcher

Seite der Straße man lebte oder zu leben glaubte. Es war ein Zwischenreich, eine Zone der Dämmerung, und es sprach für sich, dass das Viertel, eingekeilt zwischen drei Autobahntrassen, im Gedächtnis seiner Bewohner keinen Namen trug.

Manchmal fuhren vor dem Bungalow Autos vorbei, und manchmal hörte Ismael ein Baby schreien und dann wieder die Erkennungsmelodie einer Fernsehserie und dann für eine Weile nichts. Durch das Fenster in seinem Zimmer sah er einen purpurnen Himmel, der von Strom- und Telefonkabeln durchschnitten wurde, und er wartete ungeduldig auf den Morgen, ohne sich auf ihn zu freuen. Die halbe Nacht hatte er wach gelegen. Er war sich nicht sicher, auf welcher Seite der Straße.

Eine Zeit lang hatte es so ausgesehen, als könnte er eines Tages wie der Westernheld zufrieden ins Abendrot reiten. Die Dinge schienen sich zum Guten zu wenden. Nach dem Tod des Doktors hatte der Polizeichef von Alamogordo ihn bei sich aufgenommen. Der Mann hieß Archer, er hatte schon zwei Kinder und machte keinen Hehl daraus, dass Ismael sein Haus, sobald es ginge, wieder verlassen sollte. Andererseits hatte er sich während seiner Ermittlungen die Unterlagen des Doktors etwas genauer angeschaut und veranlasste die Air Force, auf deren Gehaltsliste Zumvogel lange gestanden hatte, Ismael Highschool und zwei Jahre College zu bezahlen. Da wohnte Ismael schon nicht mehr bei ihm und seiner Familie, kam aber manchmal zum Abendessen vorbei. «Ich glaube ja immer noch, dass es der Affe war», sagte Captain Archer dann und zwinkerte vergnügt. Offiziell war es ein Unfall.

Ismael lächelte die Zimmerdecke an. An die Abende bei den Archers, die er damals als so unerträglich langweilig empfunden hatte, erinnerte er sich jetzt gern. Irgendetwas war passiert. Irgendetwas war passiert auf seinem Weg von Alamogordo bis nach South Central, aber er hätte nicht sagen können, was. Nach dem College hatte er eine Weile auf dem Luftwaffenstützpunkt gearbeitet. Obwohl er das Geräusch warmlaufender Jetmotoren nicht mochte, zogen ihn Flughäfen auf eine merkwürdige Art an – so wie Seeleute, die den Untergang ihres Schiffes überlebt haben, immer wieder zur See fahren müssen. Beinahe wäre er sogar in die Air Force eingetreten, wenn er nicht immer noch eine schreckliche Höhenangst gehabt hätte, eine Angst, die bei ihm zu Schweißausbrüchen, Erstarrung und schließlich Ohnmacht führen konnte. Er nahm verschiedene Jobs an, in Alamogordo und Las Cruces, in Albuquerque und Santa Fe. Dort arbeitete er zuletzt als Sachbearbeiter in einer Autoleasingfirma. Die Vergangenheit zog sich aus seinem Bewusstsein zurück, als wäre sie nur eine Episode unter vielen in einem Leben, das erst jetzt richtig beginnen würde. Er verliebte sich in eine Sekretärin, sie hieß Evita Rodriguez und beharrte darauf, aus Argentinien zu stammen, kam aber wahrscheinlich doch nur aus El Paso. Ismael war es egal. «Und woher kommst du?», fragte sie. «Ich bin vom Himmel gefallen», antwortete er, sie lachte. Wenn sie miteinander schliefen, sprach sie spanisch. Sie hatte sehr schöne weiße Zähne.

Dann kam die Woche im Sommer 1995, in der die Büros durchsucht, die Leasingfirma geschlossen und der Chef von der Polizei in Handschellen abgeführt wurde. Wenige Tage später teilte ihm Evita mit, dass sie von nun an mit jemand anderem spanisch sprechen wolle. So verlor Ismael Kahn innerhalb nur einer Woche Arbeit und Frau. Doch anstatt den Kopf hängen zu lassen, zog er jenes Buch hervor, das ihm der inzwischen verstorbene Colonel Shilo Macintosh feierlich überreicht hatte: Joseph Hutzingers Bestseller *Reich und glücklich in sechs Tagen*. Auch nach all den Jahren wirkte es noch frisch auf ihn und gab ihm Zuversicht. Am meisten hatten ihm schon immer jene ersten Kapitel gefallen, in denen Hutzinger von seiner Fahrt quer durch Amerika, von White Sands nach Santa Monica, Los Angeles, erzählt. Ismael wusste, es war Zeit für eine Reise, seine Pilgerfahrt, und er machte sich auf den Weg.

Er fuhr von Santa Fe aus südlich und bog, wie es Hutzinger getan hatte, in die Sacramento Mountains ab, um in einem teuren Berghotel in Cloudcroft zu übernachten. Das alte Hotel hatte einen hölzernen Aussichtsturm, in dem Clark Gable und Judy Garland vor vielen Jahrzehnten nach einem Abendessen einmal ihre Namen ins Holz geritzt hatten. *Wir waren hier: Judy und Clark.* Und darunter hatte Hutzinger Jahre später hinzugefügt: *Ich auch. Joseph H.*

Abends ging Ismael in die Hotelbar. Die Jagdsaison hatte noch nicht begonnen, die Ferienzeit war vorbei, und an der Bar saßen nur ein paar Piloten, die auf der Luftwaffenbasis stationiert waren und hier ihr freies Wochenende verbrachten. In ihrer Nähe sitzend, bekam er mit, dass es keine Amerikaner waren, sondern Deutsche.

«Wir fliegen hier», erklärte ihm einer, «weil wir hier mehr Platz haben. Zu Hause sind zu viele Menschen.»

«Ich war auch einmal in Deutschland», sagte Ismael.

«Stationiert?»

«Nein», Ismael zögerte. «Nur so. Auf der Durchreise.»

Am nächsten Tag durchquerte er Alamogordo, ohne ein einziges Mal anhalten zu müssen, alle Ampeln standen auf Grün. Er besuchte das kleine Museum der Raketenbasis von White Sands, wo Fotos von Dr. Zumvogel, Hutzinger (mit Kochmütze, neben dem Foto ein handsigniertes Exemplar von *Reich und glücklich* in einer Vitrine) und Shilo Macintosh hingen. Am Abend verlangte ein rotgesichtiger Portier in einem Motel in Tucson zweimal seine Kreditkarte, und am Tag darauf wurde er von der Grenzpatrouille zweimal angehalten. Was er hier suche, fragten sie.

Das Amerika des Jahres 1995 war nicht das Amerika, das Joseph Hutzinger gesehen hatte. Zwar gab es immer noch die Hamburger-Restaurants, Drive-ins, Burrito-Kaschemmen und Hot-Dog-Stände, wahrscheinlich waren sogar einige dazugekommen. Aber in der Wüste fuhr Ismael an üppig grünen, bewässerten Golfplätzen vorbei, an den verlassenen Silos verschrotteter Interkontinentalraketen und einmal an einer weiten Ebene, auf der alte Flugzeuge herumstanden, nur Flugzeuge bis an den Horizont. Er stieg aus und stellte sich an einen Drahtzaun, an dem ein rostiges, nur lose befestigtes Schild Unbefugten den Zutritt verbot. Bei Zuwiderhandlungen, hieß es darauf, werde scharf geschossen. Er hatte das Gefühl, schon einmal vor so einem Zaun und so einem Schild gestanden zu haben, und spürte, dass diese Flugzeuge etwas mit seinem Schicksal zu tun hatten. Er atmete tief durch, als könnte er eine verlorene Erinnerung, die frei vor ihm schwebte wie feiner Staub, durch Atmen in sich aufsaugen. Schließlich stieg er wieder in das Auto und fuhr weiter, ohne zu wissen, wie nahe er seiner Vergangenheit gekommen war: In der elften Reihe des Friedhofs stand die ausgemusterte Boeing 727, die der Vizepräsident zehn Jahre vorher für seine Dienstreisen benutzt hatte.

Die Fahrt endete am Strand von Santa Monica vor Hutzingers erster Schnitzel-Bude. Eine kleine Gedenktafel erinnerte an den erst kurz zuvor gestorbenen Unternehmer, und man konnte eine Taschenbuchausgabe seines Bestsellers kaufen. Die Leute drängelten sich vor der Bude, die Bedienung war unfreundlich, das «Schnitzel on a stick» schmeckte ranzig. In der Woche darauf begann Ismael für einen gewissen Jackie Orlando Gebrauchtwagen auf fliegenden Automärkten zu verkaufen, die an Sonntagen auf Supermarkt-Parkplätzen in Cerritos, Garden Grove und Anaheim stattfanden. Er sparte, legte nicht jeden, aber jeden zweiten oder dritten Cent zur Seite. Er hatte keine besondere Geschäftsidee, aber er war sich sicher, irgendwann eine zu haben, genauso wie er fest daran glaubte, dass er sich eines Tages an sein früheres Leben erinnern werde.

Dann, nach zwei Jahren und diversen Jobs, machte

er einen Limousinenservice auf. Es lief gut an, und bald musste er ein zweites Auto anschaffen und einen Fahrer beschäftigen. Er fuhr Besucher in L. A. herum, die keinen Mietwagen hatten, nicht selber fahren wollten oder denen ein Taxi zu profan erschien. Meistens holte er seine Kunden vom Flughafen ab, hielt vor dem Ausgang Schilder hoch: Mr. Shoemaker Jr., Mrs. Cohn, Mr. McPherson, Mr. Cummings, Mrs. …, Leute, die wichtig waren oder die wichtig taten. Einer empfahl ihn dem Nächsten, manchmal musste er sogar Aufträge ablehnen. Seine Arbeit machte ihm Spaß; er fühlte sich nicht wie ein Chauffeur oder kleiner Angestellter, er war ein Unternehmer, und ein Unternehmer zu sein, das war schließlich etwas, ob man nun Menschen in einem Auto transportierte oder ihnen aufgespießte Kalbsschnitzel verkaufte. Ismael wurde zu einem respektierten Mann, hatte nacheinander zwei Freundinnen und machte einmal im Jahr drei Wochen Urlaub dort, wo er noch nie gewesen war – in Oregon, Maine, New York. Der breite grüne Rasen erwartete ihn. Auf einmal konnte er sich vorstellen, seine neue Freundin, Glenda, zu heiraten und Kinder mit ihr zu haben, Kinder, die auf dem breiten grünen Rasen spielten.

Aber dann passierte etwas. Eigentlich passierte nichts, außer dass eines Tages jemand einen Auftrag absagte. Ismael dachte sich nichts dabei. Bald wurden noch andere Buchungen storniert, und die Aufträge wurden nach und nach immer weniger, bis es Monate gab, in denen er kaum die Leasingraten bezahlen konnte. Er musste den Fahrer nach Hause schicken und das zweite Auto verkaufen, und während er das tat, überlegte er fieberhaft, ob er irgendetwas falsch gemacht oder gesagt hatte, das seine Kunden vergrault haben könnte. Ihm kam nichts in den Sinn. Nach mehreren Wochen völliger Flaute begann er, einfach so an den Flughafen zu fahren, um dort auf ehemalige Kunden zu warten, die er rein zufällig treffen und beiläufig fragen wollte, warum sie nicht mehr mit ihm fuhren. Das Einzige, was ihm das eintrug, war das Misstrauen der Sicherheitsleute und, hinter vorgehaltener Hand, der Spott seiner Konkurrenten. Trotzdem konnte er nicht aufhören, zum Flughafen zu fahren. Ab und zu ergatterte er eine 30-Dollar-Tour nach Santa Monica oder West-Hollywood, aber er wusste, er durfte das nicht zu oft machen, wollte er nicht ernsthaften Streit mit den Taxifahrern haben. So stand er die meiste Zeit nur rum. Damit er nicht so auffiel, malte er ein weiteres Schild mit dem Namen «Mrs. Smith» und hielt es vor sich hoch. Warum er nicht «Mr. Smith» geschrieben hatte, hätte er nicht sagen können – allerdings sollte seine Entscheidung Folgen haben. Irgendjemand musste ihm auf die Schliche gekommen sein. Die anderen Fahrer und selbst die Wachleute machten bald Witze über ihn: Mrs. Smith ist wohl verhindert, Mrs. Smith hat wohl wieder mal ihre Tage, Mrs. Smith muss noch ihr Höschen wechseln und so weiter.

«Die muss ja was ganz Besonderes sein, diese Mrs. Smith, ein richtig steiler Zahn», sagte einer der wartenden Fahrer zu ihm.

«Worauf du Gift nehmen kannst», zischte Ismael, wohl wissend, wie blöde diese Antwort war.

Eines Tages ließ er das «Mrs. Smith»-Schild im Wagen liegen und ging stattdessen mit einem anderen Schild in die Flughafenhalle: «Khans Shuttle- und Sightseeing-Service – steigen Sie ein!» Das war zwar nicht gerne gesehen und würde außerdem jedem offenbaren, dass seine Geschäfte nicht mehr gut liefen, aber wahrscheinlich wussten das sowieso alle, und er brauchte Geld. Kaum hatte er das Gebäude betreten, da hörte er neben sich ein Raunen. Er drehte sich um. Etwa ein Dutzend Fahrer von Limousinen, Taxis und den kleinen Hotelbussen hatten sich dort aufgestellt und hielten gemeinsam ein selbst gemaltes Transparent hoch:

«MRS. SMITH, WIR LIEBEN DICH! BITTE KOMM SCHNELL!»

Sie lachten und grölten, als sie ihn da in der Wartehalle stehen sahen, bebend vor Wut, und sie lachten und grölten immer noch, als er die Halle verließ.

«Verstehst wohl keinen Spaß», rief ihm einer hinterher.

Nein, er verstand keinen Spaß. Wenn einem die Bank die Kredite streicht und man den Zahnarzt nicht mehr bezahlen kann, versteht man keinen Spaß.

Sie zogen mehrmals um, er und Glenda, in immer billigere Behausungen, damit er das Auto nicht verlor. Er sagte ihr, dass das nur ein vorübergehender Zustand sei. In Wahrheit glaubte er nicht mehr, dass es ein vorübergehender Zustand sei, genauso wenig, wie er glaubte, dass er sich jemals an seine Kindheit werde erinnern können. In Wahrheit fürchtete er, dass beide Dinge miteinander zusammenhingen, dass er in dieser vergessenen Zeit etwas Schreckliches getan hatte, für das er bis ans Ende seiner Tage würde büßen müssen. Wie zum Hohn kamen in der Nacht die Albträume wieder, Träume, in denen er mit gesenktem Blick durch einen endlosen Dschungel lief. Es regnete. Es regnete immer in seinen Träumen. Schüsse fielen im Regen, und Menschen schrien. Einmal sah er einen Jungen von einem Baum herabhängen über einem See von Blut – und wachte zitternd auf. Es war, als ob die Vergangenheit eine kalte, gierige Hand aus dem Grab der Zeit nach ihm ausgestreckt hätte, um ihn in dieses Grab hinabzuziehen. Und als ob das noch nicht genug gewesen wäre, tauchte eines Tages der Mann auf.

Glenda war bei ihrer Arbeit im Einkaufszentrum, als es bei Ismael klingelte und ein alter, weißer Mann mit schief sitzendem Gebiss, kalten Augen und halb offenem Mund in der Tür stand. Er hielt sich nicht lange dort auf, sondern schob Ismael mit erstaunlicher Kraft zur Seite und ließ sich in den einzigen Sessel im Bungalow sinken, stöhnte und verlangte etwas zu trinken.

«Wer sind Sie, und was wollen Sie in meinem Haus?»

«Khans Limousinen-Service, was?»

«Sind Sie von der Polizei?»

«Also ehrlich, ich dachte, du hättest es zu ein bisschen mehr gebracht. Bist doch 'n Wunderknabe, oder?»

«Vom Finanzamt?»

«So wie das hier aussieht, pfeifst du auf dem letzten Loch, mein Junge.» Der Mann wischte sich mit einem fleckigen Taschentuch den Schweiß von der Stirn. «Da ham wir was gemeinsam, mir geht's nämlich ähnlich.»

«Wer sind Sie?»

«'s geht zu Ende mit dem alten Trev. Seine Tage sind gezählt. Aber freu dich nicht zu früh, Mogli, du kommst auch noch dran. Jeder kommt dran.»

«Ich möchte jetzt Ihren Ausweis sehen, oder Sie verschwinden. Sofort.»

Der Mann seufzte. «Ich bin kein Bulle. Und ich komme auch nicht vom Finanzamt.»

«Wollen Sie mir einen Staubsauger verkaufen?»

«Nein, Mogli, Informationen. Ich handle mit Informationen, um meine unglücklicherweise höchst bescheidene Rente etwas aufzustocken. Nur leider –», der Greis sah sich in Ismaels Zuhause um, «gibt es hier anscheinend nichts, woran ich im Gegenzug interessiert wäre.»

«Und ich bin an Ihren Informationen nicht interessiert. Raus hier!»

Der Greis erhob sich schnaufend, schlurfte in seinem speckigen grauen Anzug zur Tür, in der Hand einen dazu passenden speckigen Hut, dann drehte er sich noch einmal um und sah Ismael scharf an. «Der alte Teufel hat dir nichts gesagt, stimmt's?»

«Ich weiß nicht, von wem Sie reden.»

«Du weißt sehr genau, von wem ich rede. Von Dr. Arnold Zumvogel, Freundchen. Wusstest du, dass Archer dich verdächtigte, den Doktor in die Druckkammer gesperrt zu haben?»

Nun war es Ismael, dessen Mund offen stand. Der Mann kniff die Augen zusammen, lächelte und nickte langsam. Leise sagte Ismael: «Das glaube ich nicht. Woher wollen Sie so was wissen?»

«Wir haben sein Büro abgehört.»

«Wer ist wir?»

«Meine Kollegen. Ehrlich gesagt war ich schon pensioniert, als der alte Teufel den Löffel abgegeben hat. Tja, jetzt wirst du's wohl nie erfahren.»

«Was?»

«Wo du herkommst», sagte der Mann, drehte sich um und ging auf die Straße hinaus.

«Warten Sie», rief Ismael.

Trevor Morgan brauchte nicht lange, um klar zu machen, was er für seine Informationen wünschte. Er deutete auf Ismaels Limousine.

«Ein verlängertes Wochenende, mein Sohn, gönn einem alten Geheimdienstmann noch einmal ein verdientes verlängertes Wochenende in Las Vegas, samt deiner schicken Limo hier.»

«Ich kann Ihnen kein Wochenende in Las Vegas bezahlen.»

«Ja, das ist leider wahr. Aber ein billiges Motel mit Parkplatz am Stadtrand wirst du dir wohl noch leisten können. Für dich, nicht für mich. Ich wäre zufrieden, wenn du mich von Donnerstagabend bis Montagmorgen herumkutschen würdest, wann und wohin ich will. Dann fällt mir die eine oder andere Sache bestimmt wieder ein.»

Es sollte nicht ganz so einfach werden. Morgan war von Berufs wegen misstrauisch und gab sein Wissen nur ungern preis. Als sie auf der Interstate 15 Richtung Norden durch die Mojave-Wüste fuhren, sagte er: «Wenn wir wieder zurück in L. A. sind und ich wohlbehalten bei mir zu Hause vor der Tür stehe, wirst du alles erfahren. Aber vorher, versteh mich jetzt nicht falsch – wer garantiert mir denn, dass du mich alten Furz nicht auf halbem Weg in der Einöde aussetzt?»

So erfuhr Ismael auf der Fahrt nach Las Vegas nur, dass der Doktor viel mehr über ihn gewusst hatte, als ihm jemals erzählt worden war. Offenbar hatte er nie vorgehabt, Ismael die Erinnerung an seine Vergangenheit zurückzugeben.

«So viel kann ich dir ja schon mal verraten», sagte Morgan, als sie am Horizont den Widerschein der Lichter von Las Vegas sahen. «Du kommst aus einem bettelarmen, gottverlassenen Scheißland, dessen Bewohner ein Haufen Kaffer, Viehdiebe und Mörder sind. Wahrscheinlich bist du selbst einer gewesen, wahrscheinlich war deine Mutter eine Nutte. Aber falls es dich tröstet: Du bist first class ausgereist. Fing alles auf dem Flugplatz dieses Scheißlandes an. Irgendwie hast du es in die Maschine des Vizepräsidenten der Vereinigten Staaten geschafft – Hut ab! – und bist tiefgekühlt angekommen. Wie ein Fischstäbchen. O Mann, der ist gut: Du bist ein Fischstäbchen, haha, ich werde von einem verdammten Fischstäbchen durch die Wüste gekarrt!»

Ismael hatte eigentlich erwartet, dass er Morgan von einer Attraktion zur nächsten fahren müsste, von einer Frank-Sinatra-Retro-Show zu einem Boxkampf und weiter zu einer Bar und schließlich zu einem heimlichen Bordell oder einfach nur die ganze Nacht mit einer Pulle Jack Daniel's den Strip rauf und runter, aber nichts in dieser Richtung wurde von ihm verlangt. Morgan wollte nicht rumfahren, er wollte *vorfahren*. Er liebte es, wenn Ismael aus dem Wagen sprang und ihm die Tür aufhielt. Er wohnte in einem der neuen, großen Casinohotels, und wenn er dort nicht den halben Tag verbrachte, dann ließ er sich zu den anderen großen Casinohotels fahren, wo er sich an die Geldspielautomaten setzte und brav mit einem Plastikeimerchen in der Hand auf den großen Gewinn wartete, den ihm drei Kirschen, drei Glocken oder drei Clowns bescheren würden. Ab und an schleppte sich der alte Mann an einen Black-Jack-Tisch, zur Entspannung, wie er sagte, aber sein schwaches Herz, betonte er, gehöre den einarmigen Banditen.

«Verstehst du, Ismael, ich bin kein James Bond, ich hatte nie Glück, die ham mir keinen Jaguar nich' geben wollen, mit dem man die Weiber aufreißen kann. Der Vizepräsident hat sich weder bei dir noch bei mir bedankt, wir sind das Fußvolk, so ist das eben. Ich hab mein Leben mit kleinen, klappernden Apparaten verbracht, vor irgendwelchen Chiffrier- und Dechiffriermaschinen und später vor Computern, und wenn man eine dumme Sache erst einmal lange genug gemacht hat, dann kann man nicht mehr aufhören, verstehst du? Ich *muss* einfach den Hebel ziehen und sehen, was dabei herauskommt.»

Es war am Montagvormittag, dem Tag ihrer Abreise, als Trevor Morgan besonders viel Glück hatte. Ismael, der in einem mexikanischen Restaurant gefrühstückt und den Wagen in der Tiefgarage des Casinohotels abgestellt hatte, brauchte einige Zeit, um von der Garage hinauf ins Paradies der einarmigen Banditen zu finden.

Das Geld ergoss sich aus der Maschine auf den Teppichboden. Nur Morgans Hand, die immer noch den kleinen Plastikeimer hielt, konnte Ismael sehen. Der

Rest wurde von den Sanitätern verdeckt, sie knieten neben dem Alten. Sie hatten Elektroden in der Hand, die wie Bügeleisen aussahen, sie zählten, hielten die Elektroden an, zählten. Morgans Hand zuckte, ließ aber den vor Geld schweren Eimer nicht los. Irgendwann packten sie die Elektroden zusammen.

Beinahe den ganzen Vormittag lief Ismael ziellos in der gleißenden, trostlosen Sonne von Las Vegas herum. Schließlich ging er wieder in die Tiefgarage, stieg in den Wagen und fuhr zurück nach L. A.

«Und, wie war's so?», fragte Glenda.

«Ganz gut», sagte er.

## 20

**Eines Abends im Frühjahr 1945,** als der Himmel klar wurde und der Schnee geschmolzen war, lag nur einen Kilometer von der Stelle entfernt, an der sich Joseph Hutzinger ergab, ein toter deutscher Soldat im Gras. Er hatte weniger Glück gehabt als Hutzinger, wenn man in diesem Fall von Glück sprechen kann. Zwar wollte er sich ebenfalls ergeben, vermasselte es aber, indem er nicht nur die Hände, sondern die Hände mit dem Gewehr in die Höhe hob, woraufhin der MG-Schütze des amerikanischen Panzers, dem er sich ergeben wollte, ihn vorsorglich erschoss.

«Das wäre jetzt aber nicht nötig gewesen, Bernie», tadelte der Kommandant des Panzers seinen Schützen.

Bernie zuckte mit den Achseln, kletterte aus der Luke und sprang vom Fahrzeug. Auf der Wiese sah er sich den Leichnam an, kramte dann in seiner Uniformbluse, holte ein kleines Notizbuch hervor und begann zu schreiben: Größe und Haarfarbe des Toten, Körperhaltung, Zustand der Uniform, wo und womit er ihn getroffen hatte («mit kurzer Salve Unterkiefer weggeschossen und ein etwa pflaumengroßes Loch in die rechte Schläfe gerissen. Verwendete Munition: panzerbrechend, FMJ»).

Der Kommandant war inzwischen auch abgestiegen.

Er stand nun rauchend hinter ihm und fragte: «Findest du das nicht ein wenig seltsam?»

«Was?»

«Dass du dir von jedem Deutschen, den du getötet hast, diese Notizen machst.»

«Nein. Man muss doch wissen, wen man schon erwischt hat und wer noch übrig ist.»

Aus dem Krieg kehrte Bernie Stillman ordenbehängt und mit einer umfangreichen Sammlung an deutschen Bierkrügen und Schusswaffen in seine Heimatstadt Clarksville zurück. In seinem letzten Jahr an der Highschool hatte er in das Jahrgangsabschlussbuch geschrieben, dass er am liebsten Angestellter der Stadt werden würde, aber nun war kein Posten für ihn frei. Weil er sich ohne Arbeit keine andere Bleibe leisten konnte, wohnte er bei seiner Mutter, die sehr stolz auf ihn war und Besucher gern in sein Zimmer führte, wo die Bierkrüge in ein Regal gestellt, die Orden in eine Glasvitrine gelegt und die Waffen fein säuberlich an Nägeln an die Wand gehängt waren. Bernie freute sich jedes Mal, wenn er einem Besucher erklären konnte, worum es sich bei jedem Ausstellungsstück handelte. Nur die Nachbarn waren nicht nett, machten Witze hinter seinem Rücken.

Als er 1949, ungefähr zur selben Zeit, da Hutzinger erbost über die Ignoranz seiner Mitmenschen die Kochmütze in den Wüstensand warf und um seine Entlassung bat, vom Einkaufen zurückkehrte, musste er entdecken, dass jemand ihm und seiner Mutter das niedrige Gartentor geklaut hatte: ausgehängt und einfach mitgenommen. Bernie ging in sein Zimmer, nahm die automatische Luger 9 mm vom Nagel an der Wand, steckte drei Magazine ein und erschoss in den nächsten zweieinhalb Stunden elf Menschen, die ihm mehr oder weniger zufällig auf seinem Spaziergang durch Clarksville begegneten. Das jüngste Opfer war zwei Jahre alt.

«Wenn ich mehr Munition gehabt hätte», gestand er später, «hätte ich sie *alle* umgelegt.»

Bernie Stillman wurde nie angeklagt, unter anderem deswegen nicht, weil der Sheriff von Clarksville das Notizbuch fand und es Stillmans ehemaligem Vorgesetzten, einem Colonel der Army, zeigte. Ein Kriegsheld auf dem elektrischen Stuhl! Das war nun gerade das, was man momentan am wenigsten gebrauchen konnte. Bernie wurde ohne viel Federlesen für verrückt erklärt und verschwand in der geschlossenen Anstalt von Topawonka County, wo er heute noch ist. Über achtzig Jahre alt, versieht er dort einfache Arbeiten, wischt den Boden. Er spricht mit niemandem, nur ab und zu hört man ihn leise kichern, kein Mensch weiß, worüber.

Mahlow packte Hutzingers Buch ein, als die Stewardess ankündigte, dass sie jetzt landen würden; irgendwie widerstrebte es ihm, es einfach so zurückzulassen. Er hatte ungefähr sechs Stunden Zeit, die Sache in L. A. zu regeln, dann würde er weiter nach Chicago fliegen, und Chicago bedeutete: endlich schlafen. Um acht Uhr morgens war er in Hongkong gestartet, und jetzt war es schon wieder oder immer noch acht Uhr, als hätte jemand die Zeit angehalten. Mahlow hatte sein Gepäck gleich bis nach Chicago aufgegeben und nur den Aktenkoffer bei sich behalten und ging damit, nachdem er die Einreiseformalitäten hinter sich gebracht hatte, schnell zum Ausgang, wo er abgeholt werden sollte.

Vergeblich hielt er nach jemandem Ausschau, der ein Schild mit der Aufschrift «Mr. Mahlow» trug. Er rief in der Firma an, und man sagte ihm, dass der Fahrer im Stau stehe. Ein Verkehrsunfall auf dem Santa Monica Freeway, es könne noch eine halbe Stunde dauern, vielleicht auch eine ganze, oder zwei. Mahlow hielt das für eine Lüge. Die wollen Zeit gewinnen, dachte er. Er ging zum Mietwagenschalter, und das einzige Auto, das er nach längerem Hin und Her sofort bekommen konnte, war ein Geländewagen.

«Sie können den Wagen heute Nachmittag direkt vor dem Eingang abstellen, aber bitte nur auf den markierten Halteflächen», sagte die Angestellte der Mietwagenfirma.

Ein junger dunkelhaariger Mann fuhr mit dem riesigen schwarzen Geländewagen vor, stieg aus, lächelte und gab Mahlow die Schlüssel. «Stellen Sie den Wagen bei der Rückgabe bitte wieder auf eine der markierten Halteflächen», sagte er.

Mahlow sah ihn schweigend an. Der junge Mann gab sich Mühe, nicht auf Mahlows Ohren zu starren.

«Viel Vergnügen, Sir.»

Mahlow brach auf, verfuhr sich aber schon auf dem Flughafengelände und geriet zweimal in den Kreisverkehr, der an den An- und Abflugterminals vorbeiführte, bevor er endlich auf den Autobahnzubringer kam. Das mit dem Stau war vielleicht doch nicht gelogen, dachte er, als er nach ungefähr drei Kilometern in zähem Verkehr steckte und so langsam fuhr, dass er die meiste Zeit damit verbringen konnte, der Frau im Sportcoupé neben sich auf die Beine zu sehen.

Irgendwann stand Ismael auf. Er machte sich einen Kaffee und setzte sich an den Küchentisch. Der Platz ihm gegenüber war leer, Glenda war nicht mehr da. Die Mahnungen der Leasinggesellschaft, die Briefe des Vermieters, das abgestellte Telefon, das alles hatte ihr nicht entgehen können. «Verstehst du», hatte sie gesagt, «es ist nicht wegen dir, aber ich kann so nicht leben, das ist es nicht, was ich mir vom Leben vorgestellt habe.»

Ismael blätterte in der Zeitung vom Vortag, sah dann aber, weil er sich nicht konzentrieren konnte, nur aus dem Fenster.

Wann kommen sie?, überlegte er.

Das Grundstück um den Bungalow herum, auf dem kein Rasen wuchs, sondern nur niedergetrampeltes Gras, außerdem Distelbüsche, Sumach und wilde Oleandersträuche, hatte keinen Gartenzaun und deswegen auch kein Gartentor, das jemand hätte klauen können. Aber am Vortag, es war bereits Abend gewesen, und Ismael kam von einer seiner einsamen Fahrten durch Los Angeles zurück, hatte ein Junge aus der Nachbarschaft auf der Stufe zum Eingang gesessen und hielt ihm eine Visitenkarte hin.

«Da waren so Typen hier, die haben nach Ihnen gefragt, Mr. Khan.»

Ismael nahm die Visitenkarte. Ein Inkassounternehmen. Die Leasinggesellschaft wollte ihr Auto zurück.

«Die haben gesagt, sie geben mir ’nen Zehner, wenn ich sie anrufe, sobald Sie hier aufkreuzen.»

Er griff in seine Hosentasche und gab dem Jungen einen Schein. Der nickte und verschwand. Ismael ging zurück zum Auto, brachte das Lenkradschloss an und klemmte die Batterie ab. Wenn sie mit einem Abschleppwagen kämen, würde er das wahrscheinlich hören und aufwachen. Danach war er ins Haus gegangen und hatte aus dem Wäscheschrank die Pistole geholt, die er sich im Jahr zuvor auf Glendas Drängen hin gekauft hatte, nachdem zwei Taxifahrer an der Ampel aus ihren Wagen gezerrt und ausgeraubt worden waren. «Automatik, leicht, schnell, zuverlässig», hatte der Verkäufer gesagt, «siebzehn Schuss im Magazin, eine Patrone in der Kammer, die ideale Waffe für alle Zwecke.»

Bis zum Nachmittag saß Ismael am Fenster, die Pistole lag neben ihm auf dem Tisch, aber sie ließen sich nicht blicken. Da kam ihm der Gedanke, dass sie gar nicht mehr kommen würden. Zumindest nicht heute, vielleicht morgen, vielleicht aber auch erst übermorgen, und er würde die ganze Zeit hier warten, nachts nicht richtig schlafen, sondern vielleicht vom Dschungel träumen, wie ein wildes Tier mit einem offenen Auge, würde die Automatik neben sich unter das Kopfkissen legen und auf Geräusche und Stimmen horchen, auf die Geister der Vergangenheit, die sich ihm nie offenbarten, ihn aber gleichwohl verfolgten.

Ismael stand auf, steckte die Waffe in den Hosenbund und zog sich seine Jacke an. Er musste los. Er wusste nur nicht, wohin. Irgendwie glaubte er, dass er nicht wiederkehren würde. Ob er vielleicht einen Brief schreiben sollte, bloß an wen? Er ging aus dem Haus zum Wagen, löste das Lenkradschloss, klemmte die Batterie an und startete den Motor. Er schaute nicht zurück, als er langsam die Straße hinunterrollte.

Mahlow brauchte beinahe eineinhalb Stunden, bis er endlich vor dem Firmengebäude stand. Als er dann durch die Büroräume ging, sah es so aus, als hätten sie für ihn aufgeräumt und gleichzeitig versucht, etwas verschwinden zu lassen. Er sah die Bücher und Unterlagen durch und hatte dabei ein komisches Gefühl. Er musste sich ein Bild vom Geschäftsführer machen. Sie aßen zusammen Lunch, und Mahlow erklärte: «Ihre Firma wird so oder so gekauft, Sie sollten sich überlegen, ob es nicht besser für Sie ist, wenn es meine Kunden sind und wir beide in dieser Sache zu Partnern werden.» Er hatte ihm ein Angebot unterbreitet, aber der Kerl hatte es entweder nicht kapiert, oder es gab noch ein weiteres. «Morgen früh erreichen Sie mich in Chicago, falls Sie mich anrufen wollen», sagte Mahlow beim Abschied. Dann machte er sich auf den Rückweg zum Flughafen.

Eine Weile fuhr Ismael nur durch die Straßen. Er fuhr hinaus aus dem Viertel, Richtung Osten, und dann die Atlantic Avenue hinauf, bog nach Downtown ab, fuhr ein Stückchen den Sunset entlang und dann wieder nach Süden. Er fuhr im Kreis, und als ihm das auffiel, überlegte er, wie lange er das machen könnte, ohne anhalten zu müssen. Irgendwann hatte er Hunger und hielt an einem Diner. Er bestellte sich ein Sandwich, im

Fernseher des Restaurants liefen die Nachrichten. Der Vizepräsident werde am frühen Abend in der Stadt landen und später eine Rede im Kongresszentrum halten, hieß es in einer kurzen Meldung. Ismael rief die Bedienung.

«Könnten Sie mir ein Blatt Papier bringen? Und wenn Sie haben, auch einen möglichst dicken Filzstift, ja?»

Nachdem er beides bekommen hatte, schrieb er auf das Blatt mit großen Buchstaben: «Mr. Vizepräsident». Dann steckte er das Blatt ein, zahlte und ging zu seinem Wagen.

Als Ismael am Flughafen ankommt, ist der Vizepräsident schon weg. Er muss seine Rede vorbereiten. Eine Rede über die Zukunft, die Verantwortung, die anstehenden Entscheidungen, über Gott. Statt des Vizepräsidenten ist Mrs. Smith da. Mrs. Smith ist einunddreißig, sie ist schön, aber nicht hübsch, ganz anders, als Ismael oder seine spöttischen Kollegen sie sich vielleicht vorgestellt haben. Sie war zwei Wochen lang in Colorado bei ihren Eltern, und jetzt steht sie vor dem Ausgang des Flughafengebäudes, neben sich ihre zweijährige Tochter, und wartet auf ihren Exehemann, der sie abholen soll, aber wie alle Exehemänner dieser Welt zu spät ist. Die kleine Debbie hält sich mit der einen Hand an ihrer Mutter fest, mit der anderen an einem Puppenwagen, in dem ihr Teddybär Groover sitzt und den vorbeiziehenden Verkehr beobachtet. Ein rotes Auto, ein blaues Auto, ein grünes Auto, ein schwarzes Auto.

Während Mahlow zwar richtig vom Freeway abgebogen ist, sich aber wieder im Flughafenkreisel verfranzt, hat Ismael die Limousine auf einem Parkplatz abgestellt, ist ausgestiegen und hat sich die Pistole unter der Jacke in den Gürtel gesteckt. Siebzehn Schuss, leicht, zuverlässig, eine Waffe für alle Zwecke. Ismael weiß nicht, was er eigentlich vorhat oder wie es jetzt weitergehen soll, doch das wusste Stillman 1949 auch nicht, Stillman, der jetzt in Topawonka County den Boden der Anstalt wischt, mit niemandem spricht, plötzlich innehält und in den Abend lauscht, kein Mensch weiß, warum.

Mahlow läuft die Zeit davon. Zwar hat er aus dem Kreisel herausgefunden, doch jetzt sucht er die Haltemarkierungen, von denen die ganze Zeit die Rede war, «Stellen Sie den Wagen bei der Rückgabe bitte wieder auf eine der markierten Halteflächen», mir läuft die Zeit davon, das Flugzeug wartet nicht, ein rotes Auto, ein blaues Auto, ein grünes Auto, ein schwarzes Auto. Stillman hat sich auf seinen Wischmopp gestützt, schaut über den glänzenden Boden hinweg in die Ferne und kichert leise.

Ismael kommt aus der Dunkelheit des Parkhauses gegenüber, geht Richtung Terminal, versichert sich der Existenz der Waffe und entdeckt auf der anderen Seite der Straße einen der verhassten Plakatträger, *Welcome Mrs. Smith*. Groover in seinem Puppenwagen ahnt, dass sein letztes Stündlein geschlagen hat. Ein rotes Auto, ein blaues Auto, ein grünes Auto, ein schwarzes Auto.

Mahlow hat die verdammte Parkmarkierung immer noch nicht gefunden. So oft, wie er jetzt schon am Flughafengebäude vorbeigefahren ist, mal oben, mal unten, hätte er den Wagen auch in das Parkhaus stellen können. Er ist müde, kann kaum mehr die Augen aufhalten. Seit sechsunddreißig Stunden hat er nicht geschlafen. Ein rotes Auto, ein blaues Auto, ein grünes Auto, ein schwarzes Auto, ein schwarzes Auto.

Ismael steht auf der anderen Seite der Fußgängerfurt, wartet den Verkehr ab. Ihm gegenüber Groover der Bär, bereit für die letzte Prüfung. Man soll, sagte der letzte Ju-Dan Kyuzu Mifune, niemals einer fixen Idee anhängen, denn dies ist der Kern des Bushido: Nur wer jederzeit für den Tod bereit ist, ist auch bereit für das Leben, für alle anderen ist das Leben bloß eine fixe Idee. Zum Sterben bereit zu sein bedeutet nicht, sein Leben wegzuwerfen, es bedeutet, bereit zu sein, seine Meinung zu ändern. Groover nickt leicht, als die kleine Debbie für einen Moment den Puppenwagen loslässt und er den abschüssigen Bordstein hinab auf die Fahrbahn rollt, auf der ihm Paul Mahlow in seinem schwarzen Geländewagen mit zweihundertfünfzig PS und dem monströsen, verchromten Kühlergrill entgegenkommt. Dies ist der Moment, in dem Mrs. Smith die Hand ihrer Tochter loslässt, da sie in der Ferne jemanden zu sehen glaubt, der ihr Exmann sein könnte, aber gar nicht ihr Exmann ist; dies ist der Moment, in dem Debbie ihrem Puppenwagen hinterherrennt und Paul Mahlow in seinem Gefährt, das eigentlich nur dazu taugt, in der Savanne Nashörner zu killen, nur noch wenige Meter entfernt ist, er sieht Groover, den Puppenwagen, dann Debbie, er bremst, aber es kann unmöglich reichen; dies ist der Moment, in dem Ismael Khan sein Leben ändert, indem er eine fixe Idee aufgibt und nicht in Bernie Stillmans Fußstapfen tritt; dies ist der Moment, wo es gleich auf gleich steht, fünfzig zu fünfzig, der Moment, in dem die Katze tot ist und auch wieder nicht, in dem es keine Welt gibt oder viele, wahrscheinliche und unwahrscheinliche, helle und düstere, schöne und furchtbare, darunter eine, in der Ismael losrennt, wie er schon einmal losgerannt ist, springt und das Mädchen im Sprung wegreißt, abrollt und neben Mrs. Smith, das Mädchen im Arm, liegen bleibt.

Mahlow bremst, aber es reicht nicht, Groover der Bär prallt mit weit aufgerissenen Augen gegen die Windschutzscheibe, während die Reifen des Geländewagens den Puppenwagen zermalmen. Mrs. Smith hat das Ganze ungläubig und wie in Trance angeschaut, diese wenigen Sekunden zwischen der einen und der anderen Welt. Erst als sie den zerdrückten Puppenwagen sieht, wird ihr klar, was da gerade passiert beziehungsweise nicht passiert ist. Sie nimmt ihre Tochter, die nicht weiß, ob sie lachen oder weinen soll, in den Arm und fängt zu schluchzen an, o mein Gott, o mein Gott.

Ismael saß auf dem Bordstein. Ihm war schwindlig, und er wusste im ersten Augenblick überhaupt nicht, was er hier eigentlich sollte, hatte nur das Gefühl, dass eine große Last von ihm abgefallen war. Mahlow stieg aus dem Wagen und fragte:

«Alles in Ordnung?»

Mrs. Smith weinte, Debbie weinte, und Ismael antwortete:

«Ja, ich denke schon.»

Mahlow sah Ismael an. Er glaubte, diesen Mann schon einmal gesehen zu haben. «Wirklich?»

«Ja», bestätigte Mrs. Smith, «entschuldigen Sie. Es war meine Schuld. Ich habe nicht aufgepasst.»

«Tut mir leid wegen des Puppenwagens», sagte Mahlow.

«Groover!», heulte das Mädchen.

«Ja, also, ich muss zu meinem Flug.»

«Machen Sie sich keine Sorgen, alles in Ordnung.»

«Auf Wiedersehen.»

Später, als er auf seinem Sitzplatz in der Maschine nach Chicago saß, dachte Paul Mahlow noch einmal darüber nach, woher er den Mann kannte, doch er erinnerte sich nicht. Durch das Fenster konnte er sehen, wie das Flugzeug im Dunst über der Stadt schnell an Höhe gewann, nach Osten schwenkte und schließlich, über der Wüste, in die Dämmerung flog. Er klappte die Lehne nach hinten, schloss die Augen und schlief ein.

## Inhalt